冤罪《えんざい》捜査

南　英男

Minami Hideo

文芸社文庫

目次

第一章　罠の気配　5
第二章　殺人容疑　66
第三章　決死の追跡行　132
第四章　隠蔽の構図　200
第五章　醜い真相　264

第一章　罠の気配

1

逃げ場は完全に封じた。

まさに袋の鼠《ねずみ》だ。被疑者は、もう観念するほかないだろう。

別所雄也《べっしょゆうや》警部は、ほくそ笑《え》んだ。被疑者宅の三方には、それぞれ部下を配してある。

別所自身は、被疑者の若松耕次《わかまつこうじ》宅の前の路上に立っていた。

台東区東上野《たいとうひがしうえの》の外れだ。雑居ビル、商店、民家などが混然と連《つら》なった密集地帯だった。

若松の自宅は六十坪ほどの敷地で、住居と小さな工場が並んで建っている。工場の出入口には、若松製作所という看板が掲《かか》げてあった。

五月上旬の夜だ。ゴールデンウィークが終わったばかりだった。

三十八歳の別所は、上野署生活安全課保安係の主任である。本来なら、所轄署の係長職に就《つ》いていてもおかしくはない。

別所は一年数カ月前まで、警視庁警備部の優秀なＳＰ《セキュリティー・ポリス》だった。しかし、現職大臣を狙撃したテロリストを射殺したことで、人生のシナリオは狂ってしまった。テロリストは同僚のＳＰに重傷を負わせ、別所にもマシン・ピストルの銃口を向けてきた。

血走った両眼には殺気が漲《みなぎ》っていた。十メートルも離れていなかった。銃弾を躱《かわ》せる距離ではない。

別所は迷うことなく、自動拳銃の引き金を絞った。

相手の右肩を狙ったつもりだった。だが、放った九ミリ弾は犯人の心臓部を貫《つらぬ》いてしまった。テロリストは即死だった。発砲は正当防衛と認められ、別所にはなんの科《とが》も与えられなかった。

しかし、彼は何か後ろめたい気がした。別所は射撃術上級の腕前だ。二十三メートル以内の標的を撃ち損《そこな》ったことは一度もない。同僚が撃ち倒され、一瞬、冷静さを失ってしまったのだろう。

別所は、テロリストに殺意を覚えたわけではなかった。単に手許《てもと》が狂ってしまったにすぎない。相手が凶悪犯だったとはいえ、人間を殺した事実は重かった。

テロリストを射殺したシーンは何かの弾《はず》みで、しばしば脳裏に蘇《よみがえ》った。その場面《シーン》は神経をさいなみつづけた。終日、素面《しらふ》でいるのは耐えがたかった。

　別所は、酒で苦悩を紛《まぎ》らすようになった。酒量は日ごとに増え、いつしか職務中にもウイスキーのポケット壜《びん》を傾けるようになっていた。そうしなければ、あまりにも辛過《つらす》ぎた。

　酒臭い息は、ごまかしようがない。服務規定違反が発覚し、別所は本庁から上野署に異動させられた。降格も降格だった。

　〝背広姿の忍者〟と呼ばれるSPは、警備部のエリートである。一般警察官《ノンキャリア》であっても、文武両道に秀《ひい》でた警部以上の者しかセキュリティー・ポリスになれない。しかも二カ国以上の外国語を操《あやつ》り、柔道と剣道の有段者であることが必須条件だ。

　名門私大出の別所も運動神経抜群で、知力もある。長身で、筋肉質だ。彫《ほ》りの深い顔立ちで、大学生のころは芸能プロダクションに幾度もスカウトされた。

　格下げになった別所は、酒浸《びた》りになってしまった。そのことで、夫婦仲にも亀裂が生《しょう》じた。

　五カ月前のある晩、別所は二つ年下の妻の有賀里《ゆかり》と烈《はげ》しく言い争った。過度の飲酒を妻に咎《とが》められたのだ。売り言葉に、買い言葉だった。別所は逆上し、怒鳴《どな》り声をあげた。

　すると、十歳のひとり娘の真央《まお》が自分の部屋から飛び出してきた。パジャマ姿だった。娘は父親だけを詰《なじ》った。罵《のの》りもした。

別所は真央を溺愛《できあい》していた。

それだけに、ショックだった。裏切られたような気がして、つい愛娘《まなむすめ》の頰に平手打ちを見舞ってしまった。すぐに悔《く》やんだが、後《あと》の祭りだった。

翌朝、妻は真央を連れて吉祥寺《きちじょうじ》の実家に帰ってしまった。

岳父《がくふ》の折戸善行《おりとよしゆき》は六十八歳だが、いまも四階建ての自宅ビルの一、二階でレストランを経営している。オーナーシェフだ。三、四階は住まいになっていた。

義母の静枝《しずえ》も店に出ている。六十三歳だが、若々しい。五十代の半《なか》ばに見える。

有賀里は実家の家業を手伝いながら、真央の面倒を見ていた。娘は転校したわけではない。同じ公立小学校に電車通学をしている。満員電車で揉《も》まれている真央が不憫《ふびん》でならない。

別所は、妻子と暮らしていたJR中野駅近くにある分譲マンションで生活している。間取りは3LDKだった。

住み心地は悪くないが、独り暮らしには広すぎる。夜中にふと目を覚ますと、寂《せき》寥《りょうかん》感に襲われたりもする。

妻と娘は、かけがえのない家族だ。実際、家族の存在は大きな張りになっていた。

別所は何度となく禁酒を試みた。心《こころ》から消し去りたい記憶が脳裏に閃《ひらめ》いても、懸命に耐えた。

しかし、一週間が限界だった。それ以上は抑制《よくせい》が利かなかった。アルコールで神経を麻痺《まひ》させないと、発狂しそうだった。

酒と縁さえ切れれば、妻は真央と別所の許《もと》に戻ると明言している。以前のように家族と愉《たの》しく過ごしたいと切に思う。

だが、どうしても別所は自分の弱さに克《か》てなかった。

我ながら、情《なさ》けない。何度、自分を罵倒《ばとう》したことか。

それでも、どうにもならなかった。この苦しみは、人を殺《あや》めた者にしか理解してもらえないだろう。

若松製作所の電灯が点《つ》いた。

夕食を摂《と》り終えた被疑者がいつものように工場に籠《こも》って、拳銃の密造に精を出すのだろう。五十二歳の若松は温厚な人柄で、近所の評判は悪くない。妻君や二人の娘にも優しく接しているようだ。

しかし、犯罪者だった。中学生のころから拳銃マニアだった若松はモデルガン集めでは飽《あ》きたらなくなって、各種拳銃の密造に手を染めるようになった。

被疑者は自分の工場で旋盤《せんばん》やプレス機などを使って、十数挺《ちょう》の拳銃を密《ひそ》かに造っていた。モデルガンを改造しているのではない。自ら設計図を引き、部品を一つずつこしらえている。実包《じっぽう》も手製だ。

拳銃の密造が発覚したのは、およそ一カ月前だった。

若松はある日の明け方、大胆にも上野公園内で密造銃の試《ため》し撃ちをした。試射して車で立ち去るところをジョギング中の男性に目撃され、警察に通報されたのだ。

車のナンバーから、保安係はすぐに若松を割り出した。別所は三人の部下とともに慎重に内偵を重ねてきた。

そのおかげで、若松が十数挺の拳銃と百発以上の銃弾を密造した証拠を押さえることができた。裁判所から逮捕状が下《お》りたのは、きょうの午後二時過ぎだった。

別所は、被疑者宅を囲んでいる部下たちに無線で着手することを伝えた。すぐに若松宅の敷地に足を踏み入れる。

住居のインターフォンを鳴らすと、若松の妻が応対に現われた。信子《のぶこ》という名で、四十八歳だった。地味な面立《おもだ》ちだ。色が浅黒い。

「どちらさまでしょう?」

「上野署生活安全課の別所といいます。ご主人は、工場にいるんですね?」

「はい。納期が迫《せま》ってるとかで、十時ごろまで機械を動かすと言ってました」

「娘さんたちは?」

「二人とも、自分の部屋にいますけど」

「奥さんと娘さんたちは工場に近づかないでくださいね、危険ですので」

別所は忠告した。

「どういうことなんでしょう？」

「ご主人に逮捕状が出てるんです。旦那さん、かなり以前から工場でこっそり拳銃と銃弾を造ってたんですよ」

「ま、まさか！　何かの間違いでしょ⁉」

「残念ながら、そうではありません。これから、若松耕次を銃刀法違反容疑で逮捕します。家族がご主人を逃がそうとしたら、罰《ばっ》せられることになりますよ。だから、じっとしててくださいね」

「なんてことなの」

信子が力なく呟《つぶや》き、玄関マットの上に頽《くずお》れた。顔面蒼白《そうはく》だった。

別所は玄関ドアを静かに閉め、脇にある工場に回った。

モーターが低く唸《うな》っている。別所は深呼吸し、上着のボタンを外した。

これで、いつでもホルスターからS《スミス》&W《ウエッソン》M360Jを引き抜ける。通称サクラという小型回転拳銃だ。別所自身は防刃・防弾チョッキを着用していなかった。

だが、部下たちには装着させていた。一般の刑事は銃撃戦には馴《な》れていない。若松が密造銃を使用したら、殉職者が出る恐れもあった。

別所は左手首のオメガを見た。

七時五十二分だった。夜風は妙に生暖かい。

工場のドアをノックする。

別所は応答を待たずにドア・ノブを引いた。油の臭《にお》いが鼻を衝《つ》く。

若松は旋盤機の前に立っていた。草色の作業服を着ている。

後ろ向きだった。筒状の鋼材《こうざい》を切断中だ。銃身部分だろうか。

気配で、被疑者が振り返った。

中肉中背で、短く刈り込んだ髪は半白だ。目尻の皺《しわ》が深い。

「上野署の生安《せいあん》課だ。あんたを銃刀法違反容疑で逮捕する」

「何を言ってるんだ⁉　まったく身に覚えがないぞ」

「空とぼけても無駄だ」

別所は上着の内ポケットから逮捕状を抓《つま》み出し、早口で読み上げた。執行時刻を告げる。

「わたしが拳銃を密造してたとでも言うのかっ。冗談じゃない」

「もう観念したほうがいい。われわれは、ほぼ一カ月も内偵してたんだ」

「誰かがわたしを陥《おとしい》れようとしてるにちがいない」

「往生際が悪いな。あんたが上野公園内で密造銃の試射をしたこともわかってるんだ。とにかく、旋盤のスイッチを切れ！」

「わかったよ」

若松は言われた通りにしたが、なおも犯行は認めなかった。

「世話を焼かせるなって」

別所は顔をしかめ、腰のサックから手錠を引き抜いた。と、若松が工具を投げつけてきた。空気が縺《もつ》れた。

別所は身を屈《かが》めた。スパナに似た工具は、別所の背後に落ちた。

若松が旋盤機を回り込み、工具棚に駆け寄った。

棚から工具を払い落とし、奥から密造銃らしきハンドガンを取り出した。型《タイプ》はグロック29だった。真正銃《しんせいじゅう》ではなさそうだ。

「真正銃にそっくりだな」

「帰れ！　帰らないと、こいつであんたを撃つぞ」

若松が手早くスライドを滑《すべ》らせ、両手保持で構えた。銃口は上下に揺れている。だいぶ動揺しているらしい。

「弾倉《マガジン》は空《から》なんだろう？　初弾が薬室《やくしつ》に送り込まれる音は聞こえなかったからな」

「フル装弾してある」

「そうかな」

別所は間合《まあ》いを詰めた。

恐怖は、ほとんど感じなかった。若松が徐々に後退しはじめる。ほどなく工具棚を背負う形になった。

ちょうどそのとき、渡り廊下に面した引き戸が勢いよく開けられた。工場に入ってきたのは被疑者の妻だった。

「お父さん、ばかな真似《まね》はやめて！」

「弾《たま》なんか入ってないんだ」

若松が虚《うつ》ろに笑って、銃口を下げた。

「そのピストル、お父さんが密造したの？」

「………」

「あなた、ちゃんと答えてちょうだい」

「魔が差したんだ」

「なんてことをしたのっ」

信子が夫に駆け寄って、密造銃を捥《も》ぎ取った。若松が幼児のようにうなだれた。

別所は若松に前手錠を掛けた。

硬質な音が高く響く。若松が絶望的な顔つきになった。

信子が密造銃を別所に差し出し、夫の体を両の拳《こぶし》で叩《たた》きはじめた。歪《ゆが》んだ泣き顔で、連れ合いに恨《うら》み言《ごと》をぶつけつづけた。

「わたしはどうかしてたんだ。信子、赦《ゆる》してくれ」

若松が妻に詫《わ》びた。別所は頃合を計《はか》って、信子を住居に引き取らせた。その直後、部下の土屋隆直《つちやたかなお》巡査部長が工場に踏み込んできた。

土屋は三十二歳で、まだ独身だ。数カ月前から彼はブランド物のスーツに身を包み、フランク・ミュラーの高級腕時計を嵌《は》めている。

別所は、急に金回りのよくなった部下に気づいていたが、あえて私生活には立ち入らなかった。人には人の生き方がある。職務を怠《おこた》らなければ、干渉すべきではないだろう。

「密造銃《オヤ》と銃弾《コドモ》は、どこに隠してあるんだ？」

土屋が若松に訊《き》いた。

若松が無言で隅にあるスチールキャビネットを指さした。土屋が両手に白手袋を嵌《は》め、スチールキャビネットに走り寄った。

そのとき、星敬太《ほしけいた》巡査長と鳥越聡《とりごえさとし》巡査が工場に入ってきた。星は二十九歳で、鳥越は二十六歳だ。

三人の部下が手際《てぎわ》よく押収品をまとめた。密造銃は十四挺で、実包は百二十八発だった。土屋たち部下が押収品を捜査車輛《しゃりょう》のトランクルームに納めた。

別所は、若松を覆面パトカーの後部坐席に腰かけさせた。自分も被疑者のかたわらに坐《すわ》る。別所たちは二台の警察車に分乗し、上野署に戻った。被疑者宅から署までは十分もかからなかった。

別所は部下たちに指示を与え、先に二階の生活安全課に戻った。保安係長の今中《いまなか》勇《いさむ》警部補の席に直行する。

今中は四十三歳だが、別所よりも職階は低い。そのため、年下の部下である別所に常に敬語を使う。

そうされるたびに、別所は落ち着かなくなる。何度も今中係長にフランクに接してほしいと頼んだのだが、いっこうに改まった口調を変えようとしない。

別所は、任務を遂行《すいこう》したことを簡潔に報告した。

「ご苦労さまでした。被疑者は密造銃を隠し持ってたわけですから、冷や冷やしたでしょうね」

「いいえ、特に」

「あっ、そうか。別所警部は元SPでしたものね。拳銃を突きつけられても、びくつくことはないいな。わたし、あまり賢くないですね」

今中が自嘲《じちょう》的な笑い方をした。別所は曖昧《あいまい》に笑い返した。

会話が途切《とぎ》れたとき、小杉幸雄《こすぎゆきお》課長がやってきた。生活安全課のボスだ。五十一歳で、別所と同じ警部である。

今中係長が小杉課長に無事に若松の身柄を確保できたことを伝えた。

「で、若松は取調室にいるのかな」

小杉が別所に顔を向けてきた。

「ええ。土屋に若松を取調室1に入れておくよう指示しておきました」

「そう。多分、若松は素直に全面自供するだろう。供述調書を取ったら、被疑者を留置場で寝《やす》ませてやってくれ」

「わかりました」

別所は課長と係長に一礼し、刑事部屋を出た。同じフロアに取調室がずらりと並んでいる。

取調室1に入ると、土屋が灰色のスチールデスクを挟《はさ》んで若松と向かい合っていた。

記録係は鳥越だった。星は壁に凭《もた》れかかっている。

「いつから拳銃の密造をやるようになったんだ？」

土屋刑事が被疑者に問いかけた。

「五年ぐらい前からです」

「何がきっかけだったんだい？」

「切り落とした鋼材を眺《なが》めているうちに、急に発射可能なハンドガンを造りたくなったんですよ」

「試作品一号から発射可能だったのか？」

「は、はい。拳銃のメカニズムは熟知してましたんでね。散弾の火薬を使って密造した実包を試し撃ちしてみたら、弾頭が三十メートル以上も先まで飛んでいったんですよ」

「最初の試射はどこでやったんだ？」

「秩父《ちちぶ》の山の中です。それから、東京湾の沖合でも試し撃ちをしました。知り合いのフィッシング・クルーザーで沖に出てね」

「野良犬や野良猫を撃ったこともあるんじゃないの？」

「動物に銃口を向けたことはありません」

若松が首を横に振った。

「本当だな？」

「ええ。でも、一度だけ池の鯉《こい》を撃ったことはあります。いつもは水を入れたペットボトルや空き缶を標的にしてたんですが、なんとなく動くものを狙ってみたくなったんですよ」

「試し撃ちするとき、銃声はどうやって殺してたのかな？」

別所は口を挟んだ。

「銃身をすっぽりとビニール袋で包み込んで、袋掛け《バギング》したんです。水の入ったビニール袋を銃口に押し当てたこともあります」

「鉄橋の真下で、電車の通過時にぶっ放したこともありそうだな。どうなんだ？」

「ええ、ありました」

「ガンマニアは少なくない。あんた、密造銃を弾付きで売ったことがあるんじゃないの？」

土屋刑事が別所よりも先に口を開いた。

「一挺も売ってません。どれも魂を込めて造った拳銃ですから、手放す気なんかまったくなかったですよ」

「犯罪者は平気で嘘をつく。あんたの話を鵜呑《うの》みにはできないな」

「わたし、嘘なんかついてませんっ」

若松が心外そうに言い返した。

別所は、被疑者の顔を見据《みす》えた。後ろめたい表情は少しもうかがえない。

「おたく、もう五十過ぎだよね。いい大人がつまらないことをやっちまったな。そうは思わない？」

星巡査長が言葉を発した。

「ええ、愚《おろ》かなことをしてしまいました。家内や二人の娘には軽蔑されても仕方がないですね」

「他人《ひと》に危害を加えたわけじゃないが、おたくの罪は重い。実刑は免《まぬか》れられないよ」

「覚悟してます。身から出た錆《さび》です。深く反省してます」

若松が神妙な顔つきで答えた。

それから間もなく、別所は指先の震えを自覚した。気分も重くなっていた。アルコールの禁断症状だ。

星の前のパソコンのディスプレイに目をやって、気を逸《そ》らす。しかし、文字がまるで頭に入ってこない。そのうち額に脂汗《あぶらあせ》がにじみはじめた。

若松は、ほぼ自供を終えている。後《あと》は部下たちに任せても問題はないだろう。

別所は土屋たち部下《くだ》に体調がすぐれないと仮病《けびょう》を使い、取調室1を出た。そのまま階段を下る。

一階ロビーに降りると、刑事課暴力犯係の刑事たちが立ち話をしていた。

四人だ。彼らは元SPの別所に敵愾心《てきがいしん》を持ち、〝人殺し刑事《デカ》〟とか〝酔いどれ警部〟と陰口をたたいていた。

「これはこれは、元SPの警部殿！　素面《しらふ》でも職務をこなせるんですか？」

古参の刑事が別所をからかった。同僚たちが、どっと笑う。

別所は四人を鋭く睨《にら》みつけ、大股で署を出た。

裏通りに足を踏み入れ、立ち飲みの酒場に駆け込む。焼酎《しょうちゅう》のロックをたてつづけに三杯呷《あお》ると、ようやく手指の震えは止まった。

しかし、四杯目のグラスに口をつけたときだった。脈絡《みゃくらく》もなく、例の忌《い》まわしい射殺シーンが脳裏一杯に拡《ひろ》がった。

別所は髪を搔《か》き毟《むし》った。

言葉にならない叫びを発し、グラスを足許に叩きつける。無意識の行動だった。グラスが砕け、破片が飛び散った。客や店員たちの視線が一斉《いっせい》に別所に注《そそ》がれた。すぐ横で飲んでいたサラリーマン風の三人連れの表情が険《けわ》しくなった。喧嘩を売られたと勘違いしたようだ。三人とも、三十代の前半に見える。

「何だよ、あんた！」

大柄な男が気色《けしき》ばんだ。肩が厚い。学生時代はラガーだったのか。

「違うんだ。別段、おたくらに絡《から》んだわけじゃないんだよ」

「喧嘩を吹っかけてきたんだろうがっ」

「誤解されるようなことをして、悪かったと思ってる。どうか勘弁してくれないか」

別所は三人連れに頭を下げ、店の従業員たちにも謝罪した。勘定を払い、そそくさと表に出る。

すぐに三人連れが追ってきた。別所は取り囲まれ、肩口や胸を突かれた。

「ふざけんじゃねえ！」

体躯《たいく》の逞《たくま》しい男が喚《わめ》き、別所の股間《こかん》を膝頭《ひざがしら》で蹴《け》り上げた。

別所は一瞬、息が詰まった。

腰が沈んだとき、後ろにいる男が首筋にラビットパンチを落とした。別所は思わず声を洩《も》らしてしまった。横に立った男には、靴の先で向こう臑《ずね》を思うさま蹴られた。痛みが憤《いきどお》りを招《よ》ぶ。

別所は三人連れを柔道の投げ技《わざ》で路上に転がし、素早く脇道に走り入った。三人組が怒号を放ちながら、凄《すさ》まじい形相《ぎょうそう》で追ってくる。

身分がわかると、面倒なことになる。別所は路地から路地を駆け抜け、ひたすら逃げた。

しばらく走ってから、足を止めた。

肩で呼吸を整え、後方を見る。追っ手の姿は見当たらない。どうやら三人組は追跡を諦《あきら》めたようだ。

別所はひとまず安堵《あんど》して、表通りに向かった。

歩いていると、背中に他人の視線を感じた。別所は缶ジュースの自動販売機に歩み寄った。アップルジュースを買う振りをしつつ、あたりに目を配る。

慌《あわ》てて暗がりに走り入る人影が目に留《と》まった。
三十三、四歳の細身の男だった。さきほどの三人組のひとりではない。

いったい何者なのか。

気になって仕方がない。別所は、尾行者と思われる男の正体を突きとめる気になった。実際に缶入りのアップルジュースを買い、ごく自然な足取りで歩きだす。

別所は大通りの手前で横丁に入り、路上駐車中のワンボックスカーの陰に身を隠した。

細身の男はワンボックスカーの横を通り抜けると、駆け足になった。気づかれなかったのだろう。

別府は用心しながら、正体不明の尾行者を逆に尾《つ》けはじめた。

男は尾行を諦《あきら》めたらしく、タクシーを拾った。

別所は、男が乗った車を別のタクシーで追跡した。細身の男を乗せたタクシーが停まったのは、なんと港区内にある警察の家族寮だった。高層の集合住宅だ。

別所は男が吸い込まれた部屋を確かめてから、集合郵便受けで姓名を調べた。矢代《やしろ》という苗字しかわからなかった。

「おい、そこで何をしてるんだっ」

斜め後ろで、男の尖《とが》った声がした。別所は体を反転させた。

三十代前半の男がつかつかと歩み寄ってくる。ずんぐりとした体型で、ぎょろ目だった。

「怪しい者ではありません。六〇五号室の矢代さんの同僚なんですよ」

別府はにこやかに言って、身分証を短く呈示《ていじ》した。

「そうでしたか。大変失礼しました」

「あなたも、この寮にお住まいなんですね？」

「はい。申し遅れましたが、わたし、瀬沼《せぬま》という者です。麻布署の鑑識課にいます。あなたも、矢代警部補と同じ本庁警務部人事一課監察の方でしたか」

相手が相好《そうごう》をくずした。人事一課監察は警察官の不正行為や犯罪に目を光らせ、警察庁の首席監察官たちと摘発にいそしんでいる。トップは首席監察官だ。その下に二人の管理官と四人の主任監察官がいる。平は、ただの監察係と呼ばれていた。

なぜ、自分が矢代という監察係にマークされているのか。どう考えても、思い当たらない。

「ポストを覗《のぞ》かれてましたよね？」

瀬沼と名乗った男が訝《いぶか》しんだ。

「矢代さんが帰宅してるかどうか確かめたんですよ」

「そうだったのか」

「メールボックスに郵便物は入ってませんでしたから、矢代さんはもう部屋にいるんでしょう。近くで何か手土産《てみやげ》を買って、訪ねてみることにします」

別所はもっともらしく言い繕《つくろ》って、家族寮の入居者《にゅうきょしゃ》に背を向けた。

2

職場の空気が普段と違う。

別所は出署したとき、そう感じた。若松を逮捕した翌朝である。九時過ぎだった。

別所は部下たちと朝の挨拶《あいさつ》を交わし、自席についた。土屋巡査部長の姿は見当たらない。

「土屋はどうした？」

別所は、正面に坐った星に声をかけた。

「非番ですよ、きょうは」

「ああ、そうだったな。昨夜《ゆうべ》は悪かった」

「いいえ。その後、体調はどうです？」

「もう大丈夫だ。若松は何もかも自白《ウタ》ったんだな？」

「ええ」

「それじゃ、逆致手続きをしないとな」

「それは自分がやります。今中係長にそう指示されてますんでね」

星が気まずそうに下を向いた。そのとき、上司の今中が近づいてきた。

「別所警部、すぐに奥の会議室に行っていただきたいんですよ」

「会議室ですか？」

「はい。小杉課長と本庁警務部人事一課監察の矢代修《おさむ》警部補がいるはずです。何か別所警部に確かめたいことがあるようですよ」

「そうですか」

別所は悪い予感を覚えながら、回転椅子から立ち上がった。

会議室に入ると、小杉課長と矢代がテーブルの向こう側に並んで坐っていた。矢代が腰を上げ、自己紹介する。

「こっちのことは、もう知ってるね。きのうの夜、おれはおたくに尾行されてたわけだから」

「ええ、別所さんのことは存じ上げてます」

「なぜ、尾《つ》けたりしたんだ？」

別所は矢代をまっすぐ見つめた。矢代が何か言いかけ、かたわらの小杉に目を向けた。

「ま、掛けてくれ」

小杉課長が別所に言った。

別所は、矢代と向かい合う位置に坐った。矢代が腰を椅子に戻す。

「わたしは、きみを信じてるよ」

小杉が困惑顔で別所に言った。

「課長、どういうことなんです？」

「本庁の矢代警部補から直《じか》に話してもらったほうがいいだろう」

「ええ、そうですね」

矢代が相槌《あいづち》を打って、別所に語りかけてきた。

「一昨日《おととい》の午後、人事一課監察に一本の密告電話がかかってきました。その内容は、あなたが故買屋《こばいや》の内海敏文《うつみとしふみ》、五十八歳を脅して、彼が窃盗グループから買い取ったスイス製の宝飾腕時計や金の延べ棒《インゴット》を横奪《ど》りしてるという話でした」

「なんだって!?」

「内海敏文のことは知ってますでしょ？」

「知ってることは知ってる。内海は管内に住む大物の故買屋だからね。何度かマークしたことはあるんだが、一度も検挙《アゲ》たことはない。一度も尻尾《しっぽ》を摑《つか》ませなかったんだよ」

「そうですか。別所さん、密告者に心当たりは？」

「ないな。本庁の監察は、内部告発と読んでるのか？」

別所は訊《き》いた。

「それはなんとも言えません」

「密告電話を受けたのは？」

「わたしです。密告者は公衆電話から発信してきました。相手は男でしたが、ボイス・チェンジャーを使ってたんですよ。ですから、年齢は察しがつきませんでした」

「そうか。言葉に訛《なまり》は？」

「きれいな標準語でした。紳士的な話し方をしてましたんで、中高年だったのかもしれません」

「警察用語は使わなかった？」

「ええ、一度も」

「だからといって、警察関係者の内部告発ではないとは言い切れないな」

「そうですね。入庁してからのことを調べさせてもらいました。別所さんはＳＰ時代に狂信的なテロリストを正当防衛で射殺してますね？」

「やむを得なかったんだ」

「あなたに撃ち殺された曽我部政明《そがべまさあき》の身内には逆恨《さかうら》みされてたようですね。射殺された曽我部は、享年《きょうねん》二十七だったわけですから」

「曽我部の二つ下の弟には事件後、電話で必ず兄貴の仇《かたき》を討つと凄《すご》まれたことがあるよ。しかし、そいつは殺人未遂事件を起こして、七、八カ月前から千葉刑務所で服役中なんだ」

「ええ、そうですね。しかし、曽我部の実弟が誰かに別所さんの行動を探《さぐ》らせて、不正の事実を……」

さすがに矢代は言葉を濁《にご》した。

「ちょっと待てよ。おたくは、おれが故買屋から盗品を脅し取ったと疑ってかかってるようだが、物証を押さえたのか？」

「いいえ、まだです。また別所さんに叱《しか》られそうですが、密告者はあなたが内海からせしめた超高級腕時計や金の延べ棒《インゴット》を職場のロッカーに隠してる可能性もあると言ったんですよ」

「そんなことも言ったのか!?」

「その通りだとしたら、密告者は警察関係者なんでしょうね。あるいは、われわれの身内から情報を得た人間なんでしょう。残念ながら、金に弱い現職警察官がいることは事実です。内部の不正を部外者にリークする者もいるでしょうね」

「監察の仕事をしてると、やたら他人を疑いたくなるんだろうが、密告電話一本でそこまで怪しまれるのは不愉快だな。濡衣《ぬれぎぬ》だよ」

「それなら、きみが使ってるロッカーをちょっと検《あらた》めさせてもらってもいいね」

小杉課長が会話に割り込んだ。

「かまいませんよ」

「それでは、ロッカーの鍵を出してくれ」

「わかりました。いま、持ってきます。キーは机の引き出しの中に入れてあるんですよ」

別所は会議室を出て、自分の机に急いだ。最上段の引き出しからロッカーの鍵を取り出し、会議室に引き返す。

小杉と矢代は、会議室のドアの近くにたたずんでいた。別所たち三人はロッカールームに向かった。

「鍵《キー》をお借りしたいんです」

矢代は早くも白い布手袋《ぬのてぶくろ》を嵌めていた。

「まだ疑ってるんだな、こっちを」

「念のために手袋を嵌めさせてもらったんです。密告電話の通りだったとしたら、証拠物にうっかり指掌紋《ししょうもん》を付けてしまうかもしれませんのでね」

「しつこい男だ」

別所は苦く笑って、矢代の右手の掌《てのひら》にロッカーの鍵を落とした。

矢代が軽く頭を下げ、別所のロッカーのロックを外した。細長いロッカーだった。

矢代が扉《とびら》を大きく開け、棚の奥に腕を伸ばす。

「たいした物は入ってないはずだ。予備のジャンパーとかスポーツタオル、それからジョギングシューズも入れてあるな」

別所は矢代の肩越しにロッカーの中を覗《のぞ》き込んだ。

次の瞬間、わが目を疑った。全身も強張《こわば》った。

あろうことか、最上段の棚にダイヤをちりばめた宝飾腕時計が無造作に置かれていた。ピアジェの製品だった。最低でも数百万円はする代物《しろもの》だ。その横には、一キロと思われる金塊が見える。

「偽情報《ガセネタ》ではありませんでしたね」

矢代が勝ち誇ったように言った。小杉課長がロッカーの中を見て、低く唸《うな》った。

「どっちも入れた覚えはない。誰かがおれを陥れようとしたんだろうな」

「別所君、正直に答えてくれ。きみは、故買屋から宝飾腕時計と金地金《きんじがね》を脅し取ったんじゃないのか？」

「課長、なんてことを言うんですっ。おれは、そこまで堕落してません」

「しかし、きみがいつも使ってたロッカーにどっちも入ってたんだ。鍵《キー》は別所君自身が保管してたんだよな？」

「そうですが、ロッカーの鍵は机の引き出しに入れっ放しにしてあったんですよ。最上段の引き出しは鍵付きなんですが、いちいちロックはしてなかったんです」

「そうなのか」

「生安《せいあん》課に出入りできる人間なら、こっちのロッカーの鍵を無断で使用可能です」

「署員の誰かが別所君に濡衣を着せたかもしれないと言うのか？」

「おれは、腕時計も金の延べ棒《インゴット》もロッカーに隠したりしてません。となれば、そういう疑いも出てくるでしょ？」

別所は言った。

「身内を怪しむなんて、悲しいことだ」

「しかし、出前の連中が署員たちの目を盗んで個人のデスクの中を引っ掻《か》き回すなんてことは考えられませんからね」

「そうだが、きみに罪を被《かぶ》せるような署員はいないはずだ。とにかく、鑑識の者に来てもらおう」

小杉が近くの机に走り寄って、警察電話の受話器を持ち上げた。

鑑識係の白井《しらい》という男が、すぐに駆けつけた。四十代の半《なか》ばで、黒縁眼鏡《くろぶちめがね》をかけている。無口で知られていた。

「すぐに指紋のチェックをお願いします」

矢代が白井に言った。白井は用意してきた半透明のビニール袋に宝飾腕時計と金の延べ棒を収めると、慌《あわ》ただしく生活安全課から出ていった。

「十分かそこらで、結果が出るだろう。別所君の指掌紋が付着してないことを祈りたい気持ちだよ」

小杉が言った。

「こっちの指紋や掌紋が出るわけありません。どちらにも、まったく触《ふ》れてないんですから」

「きみの言葉を信じたいね」

「ええ、そうしてください」

「会議室で待たせてもらいます」

矢代がロッカーの扉を閉めた。

三人は押し黙ったまま、会議室に戻った。さきほどと同じように、小杉と矢代は細長いテーブルの向こう側に並んで坐った。別所は矢代の前に腰かけ、セブンスターをくわえた。

「刑事課の暴力犯係の連中は元ＳＰの別所君のことを目障《めざわ》りだと感じてるようだが、彼らと何かで揉めたことがあるんじゃないのか？」

小杉が苦渋に満ちた顔で話しかけてきた。

「暴力団係《マルボウ》の連中に毛嫌いされてることはわかってますが、トラブったりしてませんよ」

「そうかね。生安課《うち》のみんなとも別に揉めたことはないんだな？」

「ええ」

「そうなると、きみが一年数カ月前に射殺した曽我部の関係者が臭いってことになるな。そいつがきみの発砲は過剰防衛だと考えて、何らかの仕返しをする気になったのかもしれない。そして、出入り業者にでも化けて署内に入り込んで……」

「こっちのデスクからロッカーの鍵を取り出して、超高級腕時計と金塊をこっそりとロッカーに入れた？」

「きみが潔白なら、そうとしか考えられないんじゃないのかな。まさか同僚刑事が別所君を窮地に追い込もうとしたとは考えられないからね」

「とにかく、おれはシロです」

別所は言って、短くなった煙草の火をアルミの灰皿の底で揉み消した。矢代は外した布手袋をいじりながら、何か考えている様子だった。

「あなたの推測はどうなのかな？」

小杉課長が矢代に声をかけた。

「指紋のチェックが終わりませんと、まだ何とも言えませんね。ただ、小杉さんがおっしゃられたことはどうでしょうか？　射殺された曽我部の縁者や知り合いが何か別所さんに報復する気でいたとしたら、もっと早い時期に実行してるんではありませんかね？」

「そう言われると、確かにそうだな」

「故買屋の内海敏文が上野署の内偵をうるさがって、別所警部を罪人に仕立てようと企《たくら》んだとは考えられませんか？」

「内偵をうっとうしいと思ってたとしても、そこまでは考えないだろう。別所君が内海から贓物《ぞうぶつ》をたびたび脅し取ってたんだったら、そういう可能性もあるだろうがね」

「二人とも、いい加減にしてほしいな」

別所は眉根《まゆね》を寄せた。

そのすぐ後、会議室のドアが小さくノックされた。鑑識係の白井がドアを細く開け、小杉に目配せした。

「ちょっと失礼するよ」

小杉が本庁の矢代警部補に断って、急いで会議室から出た。ドアは後ろ手に閉められた。

「何かまずい結果が出たのかもしれませんね」

矢代は言いながら、布手袋を上着のポケットに突っ込んだ。

別所は口を引き結んだままだった。

数分待つと、小杉が会議室に戻ってきた。表情が暗い。

「どちらにも、別所君の指紋と掌紋がべったりと付着してたそうだよ」

「そ、そんなばかなっ」

別所は、思わず声を張った。警察庁の指紋データベースには前科者ばかりではなく、警察官、海上保安官、自衛官、民間パイロットのものも登録されている。

「何かの間違いだと思いたいが、きみが超高級腕時計と金の延べ棒に触《さわ》ったことは事実なんだろうな」

「課長、おれはどちらにもまったく触れてません。おそらく何者かがシリコン樹脂の偽造指紋シールを使って、わたしを犯罪者に仕立てたんでしょう」

「偽造指紋シールだって？」

「ええ、そうです。一、二年前から偽造指紋シールで別人になりすまして、日本に不正入国しようとした韓国人や中国人の男女が数十人も検挙されてることは当然、ご存じですよね？」

「そのことは知ってるが、そんな幼稚なトリックは時間の問題でバレるんじゃないのか。シールから染み出た皮脂《ひし》や汗なんかでＤＮＡ型を検《しら》べれば……」

「こっちを陥れようと画策《かくさく》した奴が精巧な偽造指紋シールを使えば、目的は達せられると思います」

「そうなんだろうが」

「繰り返しますが、おれは故買屋の内海から盗品を横奪《ど》りなんかしてません。その気になれば、誰でもおれの指紋や掌紋を手に入れられます。職場だけではなく、外出先でコップ、スプーン、ドア・ノブ、蛇口の栓《せん》なんかに触れてますんで」

「そうだね。きみが疚《やま》しさはないと言い切るんだったら、誰かが濡衣を着せようとしたんだろう」

「やっと課長に信用してもらえたか」

別所は、ひとまず胸を撫《な》で下ろした。しかし、警視庁の矢代はまだ別所を怪しんでいる様子だった。

「別所君はＳＰまで務《つと》めた男なんだ。よく考えてみれば、盗品を掠《かす》め取ったりはしないな。矢代警部補も、そう思うでしょ？」

「ええ、まあ。しかし、ロッカーに入ってた超高級腕時計と金の延べ棒《インゴット》に別所さんの指紋と掌紋が付着してた事実は無視できません」

「それは別所君が言ったように、誰かが偽造指紋シールを使ったからなんだろう」

「そうなんでしょうか」

「わたしは部下を信じたい。いや、信じてる。そちらがどう判断してもいいが、いったん桜田門に引き揚げてくれないか。別所君がこれ以上疑われるのは、忍びないからね」

「しかし……」

「とにかく、きょうのところは引き取ってくれないか。頼むよ」

「わかりました」

矢代が腰を浮かせ、会議室から出ていった。

足音が遠のくと、小杉課長が先に言葉を発した。

「きみを疑うようなことを言って、申し訳なかった。勘弁してくれ」

「もう気にしてませんよ」

「そう。きみを罠に嵌めた奴を生安課《う ち》で捜し出さないとな」

「そのお気持ちはありがたいんですが、課長や同僚たちを巻き込みたくないんですよ。必要な職務はきちんとこなしますから、少し個人的に動かせてください。なんでしたら、何日か休暇を取らせてもらってもかまいませんか」

「わざわざ休暇を取る必要はない。何か思い当たることがあったら、自由に動けばいいさ。今中係長には、わたしから言っておくよ」

「それでは、そうさせてもらいます」

別所は勢いよく立ち上がった。

3

手土産のクッキーが宙《ちゅう》を舞った。

包装箱は玄関の三和土《たたき》に落ちた。横浜市港北区日吉《ひよし》本町にある曽我部宅だ。一年数カ月前に別所が射殺したテロリストの生家である。

「帰ってちょうだい！」

故人の母親が金切り声を張り上げた。午後一時半を回っていた。別所は曽我部政明の身内か知人が自分を陥れた可能性もあると考え、来訪したのだ。

「いまごろ、どういうつもりよっ」

「お母さん、どうか気を鎮《しず》めてください」

「ふざけたことを言わないでよ。わたしはね、頼りにしてた長男をあんたに撃ち殺されたのよっ。そのことを忘れたの！」

曽我部晶子《まさこ》が腰に手を当てた。五十三、四歳で、痩《や》せている。化粧っ気もない。

「政明さんを死なせてしまったことは申し訳なかったと思っています」

「息子が過激な行動に走ったことは、やりすぎだと思うわ。でもね、政明は狙った大臣を撃ち損《そこな》ってるし、ＳＰにも怪我《けが》を負わせただけだったでしょ！　それなのに、あんたは伜《せがれ》を撃ち殺した。どう考えたって、過剰防衛だわ」

「お母さんのお気持ちはわかりますが、わたしの発砲は正当防衛と認められたんです。もちろん、息子さんを死なせてしまったことは残念ですし、わたし自身も重く受け止めています」

「とにかく、あんたのことは赦《ゆる》せないわ。政明があんたに射殺されて半年も経《た》たないうちに夫が急性心不全で亡《な》くなってしまったし、次男の友和《ともかず》も殺人未遂事件を起こして服役することになったし。あんたはね、うちの家族を不幸にしたのよ。疫病神《やくびょうがみ》みたいなもんよっ。顔も見たくないわ」

「せめて息子さんにお線香を上げさせてもらえませんか？」

「断るわ」

「親類の方たちの中にも、わたしを恨んでる人もいるんでしょうね」

別所は、それとなく探《さぐ》りを入れた。

「政明は物事をはっきりと言う性格だったから、親の兄弟や従兄弟《いとこ》たちとは疎遠《そえん》になってたのよ。だから、息子が死んでもそれほどショックは受けなかったと思うわ。でもね、母親のわたしはあんたを殺してやりたいほど憎んでる。わたしが庖丁を持ち出さないうちに早く消えてちょうだい。それから、手土産は持って帰ってよね」

「ご仏前にでも供《そな》えてください」

「冗談じゃないわ」

晶子がスリッパのまま三和土に降り、クッキーの箱を憎々しげに踏み潰《つぶ》しはじめた。

別所は目礼し、ポーチに出た。

晶子の罵声を背に受けながら、曽我部宅を出る。別所は最寄《もよ》りの東急東横線日吉駅まで歩き、自由が丘に向かった。曽我部は亡くなるまで、自由が丘にある美容室の跡取り娘と交際していた。松下《まつした》ちとせという名で、死んだテロリストよりも三歳若い。

二十分弱で、電車は自由が丘駅に着いた。

別所は改札を出ると、五分ほど歩いた。

目的の美容室に着く。客は誰もいなかった。

ちとせとは面識があった。別所の顔を見ると、彼女は戸惑った様子を見せた。だが、追い払われなかった。

別所は、ちとせに自分に悪感情を懐《いだ》いている者がいるかどうか単刀直入に問いかけた。

「そういう人はいないと思います。政明さんは身勝手な性格で、周《まわ》りの人たちとは折り合いが悪かったんです」

ちとせが即坐に答えた。

「そう。あなたと曽我部の仲はどうだったのかな？」

「事件直後の事情聴取のときは警察の人たちには黙ってたんですけど、政明さんが犯行に及ぶ前日、別れ話が持ち上がってたんですよ」

「そうだったのか」

「心が離れてたの。それに彼が経営してた中古ゲームソフト販売店は赤字つづきで、家賃をずっと滞納してたんですよ。もしかしたら、政明さんは派手な事件を起こして、SPの方に射殺されることを望んでたのかもしれません。彼は負けず嫌いな性格なんで、自分で人生に終止符《ピリオド》を打つ形は取りたくなかったんだと思います。でも、もう生きる気力を失ってたんじゃないのかしら？　ええ、きっとそうだわ」

「そうだったんだろうか」

　別所は短い返事をしただけだった。

　ちとせが話した通りだったとしたら、嫌われ者だった曽我部がSPに射殺されても周囲の人間が仕返しをする気にはならないだろう。自分を犯罪者に仕立てようとした者は、曽我部の縁者や知人ではなさそうだ。

「政明さんは万事に短絡的なとこがありましたから、ああいう形で人生を棄《す》てたんだと思います。冷たい言い方になりますけど、誰も彼を救えなかったでしょうね。仮にわたしがよりを戻したいと言ったとしても、政明さんは米軍関係者から手に入れたマシン・ピストルをぶっ放したと思うわ」

「そう」

「ごめんなさい。そろそろ予約のお客さんがいらっしゃる時間なんですよ」

ちとせが壁の掛け時計を見上げて、すまなそうに言った。

別所は謝意を表し、美容室を出た。あたりを見回す。本庁警務部人事一課監察の矢代に尾行されている気配はうかがえない。

別所はひと安心して、自由が丘駅に向かって歩きだした。駅前のロータリーが見えてきたとき、懐《ふところ》で刑事用携帯電話《ポリスモード》が振動した。

別所は立ち止まって、ポリスモードを摑《つか》み出した。発信者は上野署刑事課 強行《きょうこう》犯係の日下陽平《くさかようへい》警部補だった。職場で最も波長の合う刑事だ。

日下は三十五歳で、優秀な捜査員である。しかし、それを鼻にかけることはなかった。熱血漢だが、性格はくだけている。酒好きでもあった。

「別所さん、今夜あたり一杯どうですか？」

「それどころじゃないんだ。誰かがおれを陥れようとしたんだよ」

別所は、経緯をかいつまんで話した。

「いったい誰が別所さんを犯罪者に仕立てようとしたのかな。曽我部と関わりのある者はシロと考えてもいいいんですね？」

「ああ。ちょっと気になる奴がいることはいるんだ」

「そいつは誰なんです？」

「保安係《うち》の土屋隆直だよ。あいつ、急に金回りがよくなったんだ」

「あっ、そうですね。土屋君がフランク・ミュラーの腕時計を嵌めてたんで、びっくりしましたよ。一番安い時計でも、六、七十万はするでしょ？」

「だろうな」

「それから最近は彼、ブランド物のスーツをよく着てます。ネクタイやシャツも安物じゃなさそうだな。土屋君は、実家がいいんですか？」

「いや、父親は中小企業のサラリーマンのはずだよ。親族に資産家がいるって話も聞いたことないな」

「そうですか。そういうことなら、土屋君が管内の窃盗団か故買屋から〝お目こぼし料〟をせびってた可能性もありそうだな」

「そうなんだろうか」

「別所さん、そうなのかもしれませんよ。土屋君は故買屋から現金《ゲンナマ》を受け取ってただけじゃなく、盗品も吐き出させたんじゃないのかな。なかなか検挙《アゲ》られない故買屋はいます？」

「内海という大物の故買屋がいるよ」

「そいつが、土屋君のたかりを突っ撥《ぱ》ねたとしたら？」

「土屋は故買屋との関係を暴《あば》かれることを恐れた。で、おれのロッカーに宝飾腕時計や金の延べ棒をこっそり入れた？」

　別所は先回りして言った。

「それ、考えられますよ。土屋君は別所さんの下で働いてるわけですから、主任のデスクの最上段の引き出しにロッカーの鍵が入ってたことは知ってたはずです」

「ああ、それはな」

「別所さんが席を外してるときにロッカーのキーをこっそり持ち出して、合鍵を造ってもらうことはできますでしょ？　その合鍵を使って、土屋君は別所さんのロッカーにピアジェの腕時計と金地金《きんじがね》を入れといた。その両方に偽装指紋シールを使用して、別所さんの指紋や掌紋をべたべたとくっつけたんじゃないのかな」

「そうしておけば、故買屋が土屋のたかりを暴《あば》いても、シラを切り通せる。土屋は、そう考えたんだろうってことだね？」

「ええ、そうです。ただ、ちょっと腑《ふ》に落ちないこともあるな」

　日下が呟《つぶや》くように言った。

「どんなことが腑に落ちないんだい？」

「宝飾腕時計と金のインゴットには、別所さんの指掌紋しか付着してなかったって話でしたよね？」

「ああ、鑑識の白井係員はそう言ってた」

「仮に土屋君の仕業《しわざ》だとしても、故買屋や窃盗犯の指紋や掌紋まで完全に拭《ぬぐ》っちゃうのは不自然だし、意味がないでしょ？」

「意味がない？」

別所は問い返した。

「ええ、そうです。別所さんを陥れようとした奴は、あなたと故買屋が不適切な関係にあることをアピールしたかったわけでしょ？」

「そうなんだろうな」

「だったら、せめて故買屋の指紋か掌紋を残しておくはずでしょう？」

「そっちの言う通りだね。さすが有能な刑事だ」

「別所さん、からかわないでくださいよ。それはそうと、なぜ別所さんを犯罪者に仕立てようとした人物はあなたの指掌紋しかピアジェや金の延べ棒にくっつけなかったんですかね。故買屋の指紋なんかを付着させたままでは、早晩、自分が怪しまれると思ったんだろうか」

「そうなのかもしれないな。こっちが盗品と思われる宝飾腕時計やインゴットを個人用ロッカーに隠してるという事実があればいいと判断したんじゃないのか？」

「なるほどね。そういうことなら、別段、おかしくはないな」

「日下ちゃん、おれたちは土屋が故買屋の内海敏文の犯罪に目をつぶって甘い汁を吸ってると半《なか》ば決めつけてるが、まだ確証を得たわけじゃない」

「ええ、そうでした。まず裏付けを取る必要がありますね。もしかしたら、土屋君は別の方法で汚れた金を手に入れてるのかもしれませんから」

「そうだな」

「別所さん、土屋君が退署したら、尾行してみたら？」

「土屋は非番で、きょうは出署してないんだ」

「そうなんですか。彼は単身者寮暮らしだったんじゃなかったかな」

「ああ、文京区内の待機寮に入ってる。この時刻なら、どうせどこかに遊びに行ってるだろう。夕方にでも、寮に行ってみるよ」

「そうですか。それじゃ、自分は土屋君と警察学校で同期だった奴らに電話をかけて、交友関係を洗ってみます」

「日下ちゃん、そこまでしてくれなくてもいいよ。自分の職務で忙しいだろうからさ」

「いまは大きな事件《ヤマ》を抱えてないんです、強行犯係《うち》は。たいした時間がかかるわけじゃありませんから、協力させてください。別所さんが窮地に立たされてるんだから、傍観《ぼうかん》なんかしてられません」

「ありがたいことを言ってくれるな。嬉しいよ。でもな、あまり無理をしないでくれ」

「はい、はい。何かわかったら、すぐ連絡します」

日下が通話を切り上げた。

別所は刑事用携帯電話を二つに折り畳み、上着の内ポケットに仕舞《しま》った。

自由が丘駅に急ぐ。急行で中目黒駅まで行き、同じホームで地下鉄日比谷線の電車を待った。別所はいったん上野署に戻ってから、土屋の住む単身者寮に行くつもりだった。

地下鉄電車がホームに入線したとき、日下刑事から電話がかかってきた。

「早速、面白い情報を摑みましたよ。土屋君と同期の奴が丸の内署の生活安全課にいるんですが、その彼と湯島《ゆしま》三丁目にある『栄鮨《さかえずし》』で飲み喰《く》いしたらしいんですよ。それで土屋君は帰るとき、二人分の飲食代を『内海さんの付けにしといて』と店の大将に言ったそうなんです」

「土屋がそう言ったんだったら、故買屋と癒着《ゆちゃく》してることは間違いなさそうだな」

「自分も、そう思いました。土屋君は、おそらく内海敏文から遊興費《ゆうきょうひ》をせしめてたんでしょう。金だけじゃなく、ほかに盗品も貰《もら》ってたんだろうな」

「その鮨屋に行ってみるよ。ありがとう」

別所は電話を切り、中目黒駅発の地下鉄電車に乗り込んだ。

空《あ》いている席に腰かけ、目を閉じる。保安係は故買屋の内海をマークし、内偵を重ねてきた。しかし、なぜか内海は一度も尻尾を出していない。東上野一丁目にある事務所には、盗品とおぼしき物品は一つも見当たらなかった。

部下の土屋刑事が捜査情報を事前に内海に教えていたのではないか。日下からの情報を聞き、別所は改めて土屋に疑惑の目を向けはじめた。

地下鉄電車が仲御徒町《なかおかちまち》駅に滑り込んだのは、三時半過ぎだった。

別所は下車し、地上に出た。春日《かすが》通りに沿ってＪＲ御徒町駅方向に進み、松坂屋の前を抜ける。さらに道なりに進んだ。

目的の『栄鮨』は、湯島天神下《てんじんした》交差点の近くにあった。

別所は店内に入った。高級鮨店らしい造りだった。中途半端な時刻のせいか、客はいなかった。四人の鮨職人が付け台の向こうで、仕込みに取りかかっている。

「大将にお目にかかりたいんだが……」

別所は鮨職人のひとりに声をかけ、素姓《すじょう》を明かした。相手が店の奥に消えた。

待つほどもなく店主が現われた。五十年配で、青柳《あおやぎ》という姓だった。

別所は隅のテーブル席で青柳と向かい合った。若い鮨職人が二人分の緑茶を運んできて、じきに下がった。

「何か事件の聞き込みですか？」

店主の青柳が好奇心を露《あらわ》にした。

「いいえ、そうじゃないんですよ。わたしの部下のことでちょっと確認しておきたいことがあるだけです」

「上野署の方で、この店に来てくれてるのは土屋さんだけだな。あなたは土屋さんの上司の方でしょ？」

「ええ。保安係の主任をやってる別所です。わたしがここに来たことは、土屋には黙っててほしいんですよ」

「ようござんす。で、土屋さんの何をお知りになりたいんです？」

「土屋は、貿易関係の仕事をしてる内海敏文という男とよく店に来てるんでしょ？」

「月に、二、三度でしょうか」

「勘定は、いつも内海が払ってるのかな？」

「ええ、そうです。内海さんの話だと、土屋さんは恩人の息子だとかで、支払いは必ずご自分が……」

「店で二人はどんな話をしてました？」

「雑談を交わしてるだけで、お互いの仕事に関することはまったく話題にしないな」

「付け台の下で、内海が土屋に何かを手渡したりしてませんでしたか？」

別所は畳みかけた。

「お二人をじっと見てたわけじゃありませんが、そういうことはなかったと思います」

「そうですか。土屋は別の連れと店に来たこともあるようですね？」

「ええ、二、三度。連れの方は警察学校で同期だったという話だったな」

「連れは、いつも同じ人間だったんだろうか」

「いいえ。毎回、別の方でしたね」

「そういうとき、土屋は勘定を内海に付け回してたんでしょ？」

「さあ、どうだったかな。わたしね、ずっと付け台に立ってるわけじゃないんですよ。こっちがずっと立ってると、職人たちが緊張して接客サービスがおろそかになっちまうんです。だから、わたしはちょくちょく店の奥に引っ込むようにしてるんですよ」

「大将、正直に話してくれませんか。土屋が同期の奴と連れ立って店に来ても、自分たちの勘定を払ったことはないんでしょ？」

「そうだったかもしれないな。土屋さん、何かまずいことをやらかしたんですか？」

青柳が声をひそめた。

「詳しいことは言えないんですよ。土屋のことより、内海敏文のことを教えてください。いつごろから、この店に通うようになったんです？」

「四、五年前ですね。最初はおひとりでふらりと見えられて、その後は連れがいたりいなかったりです」

「そうですか。連れは、どんな連中が多かったのかな」

「中高年の男性ばかりでしたね。どなたも物静かで、あまり印象は強くなかったな。内海さんは並行輸入の仕事をなさってるらしいから、商品の納入先の担当の方なんではありませんか？」

「そうなんだろうか。三十代の連れは土屋だけなんですね？」

「ええ、そうです。刑事さん、察しがつきましたよ」

「え？」

「故意かどうか知りませんけど、内海さんは有名ブランドの偽商品を納入先に回してたんでしょ？　そのことに土屋さんが気づいて、ちょいと揺さぶりをかけた。で、内海さんは土屋さんに鼻薬をきかせた。図星でしょ？」

「どうしてそう思ったんです？」

「警察官の俸給は、それほど高くないですよね？」

「中小企業のサラリーマンよりも少し多く貰ってる程度です」

「ですよね。それなのに、土屋さんは有名ブランドの背広を着込んで、スイス製の超高級腕時計をしてる。何か別収入がなければ、どっちも買えないでしょ？」

「ま、そうだろうな」

「だから、土屋さんが何か危《ヤバ》いことをやってるかもしれないと推測したわけでさあ」

「そういうことですか」

「土屋さんが懲戒免職《ちょうかいめんしょく》になったとしても、わたしの店の客だったということはマスコミには伏せといてくださいよね。内海さんが何かで捕まっても、絶対に店名は新聞社やテレビ局の人たちには教えないでほしいな。デフレ不況で、ただでさえ客足が遠のいてるんですから」

「余計なことは喋《しゃべ》りません。それよりも、土屋にはくれぐれも内分《ないぶん》に願います」

「わかってますよ」

「ご協力に感謝します」

別所は立ち上がり、大股で辞去した。

4

応答はなかった。

居留守を使っているのか。

別所はドアに耳を押し当てた。物音は伝わってこない。

故買屋の事務所だ。プレートには、もっともらしく『オリエンタル・エンタープライズ』と記《しる》されている。雑居ビルの四階だった。

別所はノブに手を掛けた。

施錠《せじょう》されている。どうやら内海は外出しているようだ。別所は、土屋の寮に行ってみることにした。

エレベーターで一階に降りる。雑居ビルを出ようとしたとき、別所は緊張感に包まれた。斜め前の舗道に本庁警務部人事一課監察の矢代警部補が立っていたからだ。

上野署を後《あと》にしてから、ずっと尾行されていたのか。そうだったとしたら、曽我部の実家に行き、死んだテロリストの元恋人に会って、湯島の『栄鮨』に回ったことを知られてしまったことになる。

そのことで、矢代は別所が自ら疑惑を晴らそうとしていると感じてくれただろうか。ならば、逃げ隠れする必要はない。

しかし、そう受け取ってくれたかどうか。別所の行動を曲解《きょっかい》されたかもしれない。別所はエレベーターホールに引き返した。たたずんでいると、函《ケージ》から四人の男が出てきた。

別所は男たちの陰に隠れて、中腰で雑居ビルを出た。

矢代には気づかれなかったようだ。別所は矢代の立つ場所とは逆方向に進み、脇道に入った。急ぎ足で歩き、後方を振り返る。矢代は追ってこなかった。

別所は路《みち》を折れ、昭和《しょうわ》通りでタクシーに飛び乗った。

土屋の住む単身者寮は、文京区の外れにある。十数分で、警察の寮に着いた。低層マンションに似た造りだが、門柱には表札は掲《かか》げられていない。

別所は単身者寮の表玄関に入り、来客用のブザーを鳴らした。

ややあって、奥から五十年配の男が姿を見せた。寮長だった。別所は名乗って、土屋の上司であることも告げた。

「土屋君は昼過ぎにどこかに出かけてしまって、あいにく部屋にいないんですよ。夜の十時までには寮に戻ってくると思いますけどね」

「そうですか。近くまで来たもんですから、ちょっと寄ってみたんです」

「残念ですね。彼、休みのときはほとんど寮にはいないんですよ」

「彼女ができたのかな、あいつ」

「そのあたりのことはわかりませんが、最近、なんか土屋君の生活が派手になった感じですよね。イタリア製のスーツなんか着て、高そうな外国製の腕時計なんか嵌めてますでしょ？」

「そういえば、そうだな」

「やっかみからなんでしょうが、寮生たちが妙な噂をしてるんですよ」

寮長が左右に目を配ってから、小声で言った。

「どんな噂が立ってるんです？」

「土屋君が何か不正な手段で稼いで、六本木やキャバクラで豪遊してるとか、どこかにこっそりワンルームマンションを借りてるとかね。その部屋をラブホテル代わりに使ってるなんて噂も流れたことがあるな」

「根も葉もないデマでしょ？」

「そうなのかもしれませんが、火のない所に煙は立たないとも言いますからね」

「そうですが……」

「土屋君の勤務ぶりはどうなんです？　あなたの部下を悪人扱いしたくはないんですが、なんか生活が乱れてる感じなんで、彼のことが気がかりなんですよ」

「職場では真面目に働いてますね。特に気になる点はないな」

別所はポーカーフェイスを崩さなかった。土屋に関する情報をできるだけ多く集めたかったが、性急《せいきゅう》になったら、寮長に訝《いぶか》しく思われてしまうだろう。

「仕事はきちんとやってるんですか。それなら、土屋君は少し羽目を外したくなっただけなのかもしれないな。それで貯金を取り崩して、ブランド物の背広や高級腕時計を買ったんでしょう。ストレスの多い職業だから、夜遊びをしたくなったんじゃないのかな。寮長としては、そう思いたいですね」

「上司のわたしも同じ気持ちです」

「土屋君が戻ったら、あなたが訪ねてきたことを伝えましょう」

「その必要はありません。別に用があったわけではないですし、おかしな噂が広まってるというなら、誤解を招くかもしれませんから」

「そうですね。それなら、あなたが見えたことは黙ってましょう」

寮長が口を閉じた。

別所は単身者寮を辞した。寮を一巡してから、門前に戻る。

数十分待つと、寮生たちが外出先から帰ってきた。二人だった。どちらも二十代の半ばで、職階は巡査だ。

二人は別所が警部であることがわかると、相前後して姿勢を正した。

警察社会は軍隊と同じで、職階が物を言う。相手が年下でも、階級が上なら、決して横柄な口は利けない。まして別所は、ひと回りも年上だ。

二人とも敬語で受け答えをした。別所は彼らをリラックスさせてから、土屋に関する情報を探り出した。

収穫は得られた。土屋は噂通り、上野にあるワンルームマンションを借りているそうだ。さらに彼は六本木交差点近くにあるキャバクラ『ジェシカ』に週に二度は通っているらしい。

入れ揚げているキャバクラ嬢がいるという話だった。その彼女の源氏名《げんじな》までは知らないという。

「土屋さんが寮長には内緒でワンルームマンションを借りていることは間違いありま

せん。自分、一度、その部屋に招かれたことがありますので」

寮生のひとりが言った。溝口《みぞぐち》という姓だった。駒込署の地域課に勤務しているらしい。

「マンションの名は？」

「『上野スカイコーポ』です。土屋さんが借りているのは五〇二号室です。ひと通り生活できる家具は揃《そろ》っていました。しかし、ベッドはシングルでしたから、女性を部屋に連れ込んでいるという噂は事実ではないと思います」

「なんで土屋は、きみだけを秘密のワンルームマンションに連れてってくれたのかな？」

「自分、土屋さんと同じく埼玉の深谷《ふかや》育ちなんですよ。高校の後輩でもあります」

「それだから、きみには気を許してるわけか」

「ええ、そうなんでしょうね」

「土屋から高価な貴金属の類《たぐい》をプレゼントされたことはある？」

「いいえ、そういうことはありません。ただ、小遣《こづか》いが足りなくなったら、十万や二十万は回してやると言われたことはあります」

「ぼくも同じようなことを言われました」

連れの笠間《かさま》という寮生が口を開いた。別所は笠間巡査に顔を向けた。

「そのほか何か言われなかったかい？」

「どこまで本気かわかりませんけど、そのうち六本木やキャバクラに連れていってやるとも言われました」

「そう。土屋は急に金遣いが荒《あら》くなったようだが、そのあたりのことで何か思い当たらないかな？」

「人間はいつ死ぬかわからないんだから、愉《たの》しめるときに人生をエンジョイしないと損だという意味合いのことを寮で酒盛りしたときに洩《も》らしていました」

「それは、自分も聞いた記憶があります。土屋さんは押収品をこっそり持ち出して、換金してたんですか？」

　溝口が別所に問いかけてきた。

「なんでそういう質問をしたのかな」

「上司の方が土屋さんのことを調べ回っているようなんで……」

「別に土屋は職場で悪さなんかしてないと思うよ。個人的に上司として、急に羽振りがよくなったことが少し気になったもんで、寮の仲間から話を聞いてみる気になっただけなんだ」

「そうなんですか」

「多分、土屋は気分転換したくなったんだろうな。で、派手に散財してるんじゃないのかな」

「そうなんでしょうか」

「ああ、多分ね。呼び止めて済まなかった」

別所は二人の寮生に礼を言って、足早に歩きだした。

表通りでタクシーの空車を拾う。いつの間にか、陽《ひ》は沈みかけていた。

ひとっ走りで、『上野スカイコーポ』に到着した。別所はタクシーを降り、ワンルームマンションのアプローチを進んだ。

出入口はオートロック・システムではなかった。常駐の管理人もいない。所在地は台東区台東四丁目だ。上野署の管内だった。

別所はエレベーターで五階に上がった。

五〇二号室のネームプレートは空白だった。ドアフォンを鳴らす。

スピーカーは沈黙したままだ。部屋は無人なのか。

別所は拳《こぶし》でクリーム色のスチールドアを連打した。しかし、なんの応答もない。

土屋は室内にいないのだろう。そう思ったが、念のためにドア・ノブを手操《たぐ》った。

すると、ドアはなんの抵抗もなく開いた。

「土屋、わたしだ。ちょっと入らせてもらうぞ。トイレに入ってるんだな?」

別所は声をかけながら、五〇二号室に入った。

左側に据えられたベッドの脇に人間が倒れ込んでいる。俯《うつぶ》せだった。顔は見えなかったが、体つきで男とわかる。土屋かもしれない。

別所は靴を脱いで、居室《きょしつ》に上がり込んだ。

室内には便臭が漂《ただよ》っていた。小便の臭《にお》いもする。

別所は屈《かが》み込んで、倒れている男の顔を確かめた。

やはり、土屋隆直だった。首には、黒い革紐《かわひも》が二重に巻きついている。土屋は何者かに絞殺されていた。

別所は、土屋の右手の甲にそっと触れてみた。

かすかな温《ぬく》もりが残っていた。殺害されてから長い時間は経過していないにちがいない。故買屋の内海が土屋を葬《ほうむ》ったのか。それとも、別人の犯行なのだろうか。

別所は懐から刑事用携帯電話《ポリスモード》を取り出しかけて、途中で動きを止めた。

事件通報をしたら、自分が土屋殺しの犯人と疑われるかもしれない。これまでの経過を考えると、怪しまれそうだ。

別所は死体から離れて、急いで靴を履《は》いた。

ハンカチを抓み出し、内側のドア・ノブを神経質に拭《ふ》く。別所はドアを細く開け、歩廊《ほろう》を覗いた。誰もいない。

別所は五〇二号室を出て、手早くドアを閉めた。

外側のノブをハンカチで拭っていると、五〇五号室から若い女が出てきた。厚化粧で、服装がけばけばしい。二十一、二歳だろう。

「おたく、見かけない顔ね。何してるの？」

「五〇二号室を知り合いが借りてるんだが、留守なんだ。誰かがノブにガムをくっつけたんで、剝《は》がしてやってたんだよ」

別所は、とっさに言い繕《つくろ》った。派手な印象を与える若い女は別所の背後を抜け、エレベーターホールで立ち止まった。別所はガムを引き剝がす振りをしつづけた。

ワンルームマンションの入居者にまともに顔を見られたことで、別所は冷静ではいられなくなった。ドア・ノブの指紋を拭い消したことで、五〇二号室の室内には入っていないと言い張ることはできるだろう。

しかし、五〇五号室から現われた若い女に顔をまともに見られてしまった。殺害事件が発覚すれば、別所が五〇二号室を訪れたことは目撃証言で明らかになる。

一一〇番して、事情を本庁機動捜査隊の捜査員や上野署刑事課強行犯係のメンバーに打ち明けるべきか。しかし、すでに密告電話によって、自分は本庁警務部人事一課監察の矢代に悪徳刑事という印象を与えてしまっている。

現に矢代は不正の証拠を押さえる目的で、マークしはじめている。五〇二号室を訪れたときにはすでに土屋は絞殺されていたという供述をすんなりと信じてもらえるとは思えない。速《すみ》やかに殺人現場から離れたほうが賢明だろう。

別所はハンカチを上着のポケットに突っ込み、エレベーター乗り場に足を向けた。さきほどの若い女はいなかった。

別所は一階に降りると、ワンルームマンションを出た。

二百メートルほど歩き、竹町《たけまち》公園に入る。公園の隣には公立小学校があるが、通学路に学童たちの姿は見当たらなかった。

別所は園内の樹木の陰に入り、日下刑事に電話をかけた。経緯《いきさつ》をつぶさに話す。

「五〇五号室から出てきたケバい女に顔を見られたのは、まずかったですね」

「ああ。おれが事件通報したら、部下殺しの犯人扱いされそうなんで、ワンルームマンションから遠ざかったんだ」

「そうするほかなかったと思います。凶器の革紐から別所さんの偽の指紋《モン》が検出されたら、もっと立場が悪くなりますからね」

「まさかそこまで細工を弄《ろう》するとは思わないが……」

「わかりませんよ。別所さんのロッカーに、誰かが入れたピアジェの宝飾時計と金の延べ棒には偽の指紋や掌紋が付着してたわけですから」

「そうか、そうだな。偽装指紋シールを使って、おれを犯罪者に仕立てようとしたのは土屋かもしれないと疑ってたんだ。その土屋が何者かに殺《や》られたわけだから、同じ手口は使われないと思ってたが、そうは言い切れないんだな」

「ええ。土屋君を殺した奴が、彼に偽装指紋シールで別所さんを陥《おとしい》れろと知恵を授《さず》けたのかもしれませんから。そうだとしたら、そいつは土屋君殺しの犯人は別所さんだと見せかける可能性もあります。だから、凶器の革紐から別所さんの偽の指掌紋が検出されるってことも充分に考えられるわけですよ」

日下が言った。

「そうだな。これまでの調べだと、土屋を亡《な》き者にしたのは故買屋の内海臭いな」

「湯島の『栄鮨』で内海が土屋君をちょくちょく接待してたという話を聞くと、その疑いは濃いですね。土屋君は内海の弱みにつけ込んで、たびたび金品をせびってたんでしょう」

「そうなんだろう。しかし、内海はもう我慢できなくなった。それで、土屋の要求を突っ撥《ば》ねたんだろうな」

「ええ、多分ね。土屋君は内海にたかってたことを生安課の小杉課長や今中係長に知られたくなくて、たかりを繰り返してるのは別所主任だと思わせたかったんでしょう。そう筋を読むと、やっぱり故買屋の内海が怪しいですね」

「そうだな。おれは、これから内海の事務所にまた行ってみるよ。いずれ土屋の死体は発見されるだろうから、日下ちゃん、おれに捜査の動きを教えてくれないか」

「それはかまいませんが、単独で非公式捜査をするのは危険ですよ。別所さんは盗品の横奪《ど》りの濡衣を着せられただけじゃなく、土屋君殺しの犯人に仕立てられた可能性も出てきたんだから」

「だから、なおさら見えない敵を闇の奥から引きずり出したいんだよ。なぜ、そこまでおれを陥れようとするのか。その理由を直《じか》に聞きたいんだ」

「一年数カ月前に射殺した曽我部の関係者は、別所さんに強い憎しみを感じていないようだという話でしたよね」

「ああ」

「ほかに誰かに恨まれてもないんでしょ？」

「と思うよ」

「故買屋の内海のことは内偵してただけで、個人的な利害の対立はないんでしたね？」

「そうなんだ。だから、内海が故買ビジネスで逮捕《パク》られたくないという理由だけで、このおれを罪人にしたがってるとも思えないんだが……」

「事件の裏に何か大きなからくりがあるんじゃないでしょうか」

「そうなのかもしれない。取りあえず、内海を揺さぶってみるよ」

　別所は通話を切り上げ、足早に公園を出た。

第二章　殺人容疑

1

矢代警部補の姿は見当たらない。

別所は、故買屋の事務所のある雑居ビルに入った。エレベーターで四階に上がる。

『オリエンタル・エンタープライズ』の前には、三十三、四歳の男が所在なげに立っていた。口髭《くちひげ》をたくわえている。小太りだ。カジュアルな服装だった。

「内海さんを訪ねてきたのかな？」

別所は、口髭の男に声をかけた。

「はい《スイン》。ええ、そうです」

「最初に答えたのは、ポルトガル語だね？　日系ブラジル人なのかな？」

「そう。わたし、日系ブラジル人の三世ね。ホマーリオ宮城《みやぎ》といいます。わたしの祖父母、沖縄からブラジルに移民した」

「そうなのか。内海の旦那とは、どういう知り合いなんだい？」

「内海さんは恩人ね」

「かっぱらった品物《ブツ》を旦那に買い取ってもらってるんだな？」

「えっ⁉」

　ホマーリオ宮城と名乗った男が、警戒する顔つきになった。

「安心しろよ。こっちも盗品を旦那に引き取ってもらってるんだからさ」

「それなら、話しても大丈夫ね。わたし、盗んだ商品券、航空券、新幹線の乗車券なんかを内海さんに買い取ってもらってる。日本で悪いことなんかしたくなかったよ。でも、去年の秋に愛知県の自動車部品工場をクビになって、生活苦しくなった」

「それで上京して、仕事を探してみたんだ？」

「ええ、そうね。わたし、あまり日本語うまくない。難しい漢字も読めないね。だから、どこも雇ってくれなかった」

「独身なのかな？」

「結婚してる。奥さんと三歳の娘、愛知にいる。日系ブラジル人の家に泊めてもらってます。わたし、自分の家族に惨《みじ》めな思いさせたくないよ。だから、仕方なく夜中に金券ショップに忍び込んでる。恥ずかしいことね。でも、生きていくにはお金が必要。盗むこと、わたし、やめられないよ」

「まだ不況から脱却できていないから、いろんな会社がリストラをしてる。外国人労働者ばかりじゃなく、日本人の派遣《はけん》従業員や正社員まで解雇されてるんだ。理不尽だろうが、人員削減はやむを得ないんだろうな」

別所は言った。

「そうね。日系ブラジル人の何割かは白人、アジア人、黒人、インディオの血が混《ま》じってるけど、わたしの祖父母や両親は純粋の日本人です。それなのに、解雇されてしまった。がっかりね。わたし、サンパウロに戻って出直したいよ。だけど、航空チケットを買うお金が足りないね。だから、もう少し日本で泥棒しないといけない」

「こういう時代だから、生き抜くだけでも大変だよな」

「内海さん、器用に生きられない人たちの救世主ね。盗品を買うのはいいことじゃないかもしれないけど、オーバステイの中国人、パキスタン人、イラン人、ナイジェリア人たちが飢え死にしないようにしてくれてる。住む所と仕事があれば、どの国の人間だって盗みなんかしない」

「そうだろうな」

「それぞれの国のマフィアのメンバーになれば、麻薬や銃器の密売で楽に食べていける。でも、掟《おきて》が厳しいね。家族がいたら、とても仲間になれないよ。だから、わたしは自分だけで盗みを働いてる」

ホマーリオが上着のポケットからプラスチックの札付きの鍵を取り出し、掌《てのひら》の上で弾《はず》ませはじめた。

「駅のロッカーの鍵だね？」

「そう、上野駅構内のロッカーよ。いつものように商品券や航空券の詰まった手提《さ》げ袋をロッカーの中に入れて、わたし、東京文化会館の前で約束の時間に待ってた。だけど、内海さん、ロッカーの鍵を受け取りに来なかったね。スマートフォンの電源も切られてたよ。だから、わたし、事務所に来てみたね。前回分の代金を貰えることになってたのに……」

「こっちも同じなんだ」

別所は話を合わせた。

「内海さんは必ず約束を守る男ね。嘘はつかない。だから、何か事情があったんだと思う」

「そうなんだろうな。何か思い当たるかい？」

「この前、内海さんは警察にマークされてると言ってた。だから、品物の受け渡し方法を変えるかもしれないと言ってたね。あなたにも、そう言ったんじゃない？」

「いや、おれは何も言われてないよ」

「そう。内海さん、警察に捕《つか》まったのかな」

「逮捕《パク》られてはいないと思うよ。もし捕まってたんだとしたら、刑事は内海の旦那のスマホの電源を切ったりしないさ」

「なぜ？」

「盗品の売り手から内海の旦那に連絡があるかもしれないと刑事は考えるだろうからな」

「そうか、そうね」

「それに旦那は上野署の生活安全課の刑事に鼻薬をきかせてるにちがいない」

「それ、抱き込むって意味？」

「ああ、そうだ。そういう気配はうかがえなかった？」

「わたし、よくわからないね。内海さんはビジネス以外のことは、ほとんど話題にしなかったから。ただ、国家権力には嫌悪感も覚えてるみたいだね。マイナーな人間やアウトローには優しいけど、権力者たちには冷ややかなとこがある」

「そんな感じだな。それじゃ、警官に袖《そで》の下を使ってたとは考えにくいか。ところで、あんた、旦那の自宅は知ってるの？」

「知らないんだ。内海さんはホテルを転々と泊まり歩いてると言ってたから、ちゃんとした自宅はないんだと思うね」

ホマーリオが答え、ロッカーの鍵をポケットに戻した。

内偵を重ねても、内海の塒《ねぐら》は突きとめられなかった。都内のホテルを偽名で泊まり歩いているようだった。しかし、どこかに自宅と盗品を保管している倉庫があるにちがいない。

「もう少し待っても内海さんから連絡がなかったら、『浜千鳥《はまちどり》』って小料理屋に行ってみるよ」

「そこは、旦那の馴染《なじ》みの店なの？」

「だと思うね。内海さんはライターが嫌いみたいで、いつもマッチで煙草に火を点けてた。たいてい『浜千鳥』の箱《はこ》マッチを使ってたから、行きつけの飲み屋なんでしょ？」

「そうなんだろうな。しかし、旦那は今夜はその店には行かないだろう」

「どうして？」

「旦那は何か不都合なことがあって、あんたやおれとの約束をすっぽかしたにちがいない。そんなときに馴染みの小料理屋でのんびりと飲む気にはなれないだろうが」

「あっ、そうね」

「おれは、ちょっと予定があるんだ。旦那には後日、盗《ギ》った品物《ブツ》を引き取ってもらうことにするよ。お互いにしぶとく生きようや」

「そうね」

日系ブラジル人が笑顔で片手を振った。

別所に笑い返し、エレベーター乗り場に足を向けた。下降ボタンを押す。じきに函《ケージ》が上昇してきた。

雑居ビルを出ると、外は暗くなっていた。別所は『浜千鳥』に行ってみる気になった。故買屋の行きつけの酒場は、さほど遠くない場所にあるのではないか。

別所は春日通りを背にして、キムチ横丁に向かって歩きだした。ほどなく韓国料理店や韓国物産店が連《つら》なる通りに出た。タカラホテルの前を抜け、昭和《しょうわ》通りを渡る。

そのすぐ後、上着の内ポケットで刑事用携帯電話《ポリスモード》が震えた。

別所はポリスモードを摑《つか》み出し、ディスプレイに目を落とした。電話をかけてきたのは、保安係長の今中警部補だった。

「土屋が何者かに殺されました」

「えっ⁉」

別所は驚いた振りをした。

「土屋は、ワンルームマンションを借りてたんですよ。『上野スカイコーポ』の五〇二号室で絞殺されたんです。凶器は黒い革紐でした」

「事件通報者は誰だったんです？」

「現場のマンションの五〇五号室に住む二十一歳の風俗嬢です。その彼女は外出時に五〇二号室のドア・ノブをハンカチで拭《ぬぐ》ってる三十八、九の男を見てるんですよ」

今中が言った。

　別所は努めて平静に短く応じたが、内心は穏《おだ》やかではなかった。

「通報者の風俗嬢はいったんワンルームマンションの外に出たらしいんですが、五〇二号室の様子が気になって、五階に戻ったんだそうです」

「で、五〇二号室のドアフォンを鳴らしたんですね？」

「ええ、その通りです。まったく応答がないんで、五〇二号室のドアを開けてみたら、ベッドの脇に絞殺体が転がってたんで、すぐさま一一〇番したようですね。通報者は、五〇二号室のドア・ノブにくっついてるガムを剝《は》がしてると言った三十八、九の男が土屋を殺害したのではないかと疑ってるようです」

「予断は禁物ですよ」

「おっしゃる通りですが……」

「本庁機捜《きそう》と上野《うえの》署《ち》の刑事課の連中は、もう臨場したんですね？」

「はい」

　今中係長が即座に答えた。

　都内で殺人事件が発生すると、まず地域課員と鑑識係が臨場する。次いで、本庁機動捜査隊の捜査員と所轄署刑事課強行犯係刑事が事件現場に駆けつける。検視官は、およそ三百六十人しかいない。

　原則として、検視官が殺された被害者を検《しら》べることになっている。検視官が立ち会えない場合は、二十年以上の経験を積んだベテラン捜査官が検視を代行する。

だが、法医学の知識があるわけではない。他殺を事故死や自殺と判断ミスすることもある。そのため，司法解剖が義務づけられているわけだ。

二十三区内で殺人事件が起きたとき、かつては東大か慶大の法医学教室で司法解剖されていた。いまは東京都監察医務院が担《にな》っている。ただし、三多摩地区の殺人事件の被害者は、慈恵《じけい》会医大か杏林《きょうりん》大学の法医学教室でメスを入れられる。いずれも裁判所の許可が必要だ。

本庁機動捜査隊と地元署の強行犯係刑事は一両日、初動捜査に励む。事件現場周辺で不審者の目撃情報を集め、被害者の交友関係を洗う。それだけで、容疑者を絞り込むことは難しい。

そこで、所轄署は殺人捜査のエキスパート揃いの警視庁捜査一課に協力を要請する。捜査一課は殺人犯捜査第一係から第十二係のいずれかの班を所轄署に設けられた捜査本部に出張《でば》らせる。

事件の規模によって、十人から数十人を出向かせている。本庁の捜査員は地元署の刑事とコンビを組み、聞き込みを重ねて事件を解決しているわけだ。

「土屋は単身寮に住んでたのに、なんでワンルームマンションを借りてたんだろうか」

別所は呟《つぶや》いた。誘い水だった。

「そのことなんですが、借りてた部屋は倉庫代わりに使ってたんじゃないでしょうか？」

「倉庫代わり？」

「ええ。わたしの個人的な推測ですが、別所警部のロッカーにピアジェの宝飾腕時計と金地金《きんじがね》をこっそり入れたのは、土屋ではないかと疑ってるんです」

「小杉課長から話を聞いたんですね？」

「はい。本庁警務部人事一課監察にあなたを陥れるような密告電話をしたのも、おそらく殺された土屋だったんでしょう」

「係長、何か根拠があるんですか？」

「少し前から土屋は金回りがよくなりましたよね？」

「ええ」

「彼は同僚や後輩たちには宵越《よいご》しの金は持たないみたいなことを言ってましたが、案外、金銭にはシビアだったんですよ。ですから、自分の貯《たくわ》えを派手に遣《つか》うなんてことはどうしても考えられないんです」

「なるほど。で、係長は土屋が危ない橋を渡ってたんではないかと思ったわけですね？」

「そうです。土屋は故買屋か窃盗グループから盗品を横奪《ど》りして、それを『上野スカイコーポ』の五〇二号室に保管してたんではないのかな。それで時々、金に換えて、贅沢《ぜいたく》してたんでしょう」

今中が言った。

別所は五〇二号室の様子を思い起こした。目のつく場所に盗品らしい物は置かれていなかった。物入れの中に貴金属類が隠されていたのか。

「例の内海は、なかなか尻尾を摑ませませんよね。わたしは、土屋が大物故買屋と通じてたんではないかと思いはじめてるんですが、別所警部のご意見を聞かせてください」

「土屋と内海がどこかで密かに接触してたという情報が入ってれば、係長の筋読み通りなのかもしれないな」

別所は湯島の『栄鮨』の店主の顔を思い起こしながら、澄ました顔で言った。土屋が内海のもてなしを受けていたことを明かさなかったのは、自分の手で濡衣を着せようとした人物を割り出し、その背後にある不正を暴《あば》きたかったからだ。

「そうした情報は、まだ入手してないんですよ。ですが、土屋が何か汚ないことをやってたのは間違いないと思います」

「そうなんだろうか」

「さっき星や鳥越には刑事課強行犯係に全面的に協力するようにと言ったんですが、別所警部もよろしくお願いしますね」

「もちろん、そのつもりでいます」

「もうじき署に戻られるんでしょ?」

「実は内海の動きを探ってみようと思ったんですが、居所がわからないんですよ」

「えっ、そうなんですか。ひょっとしたら、内海が土屋を殺害したのかもしれませんね。二人が癒着《ゆちゃく》してた疑いがないわけじゃないからな。別所警部、そうだとしたら、深追いは危険です。刑事課の連中に任せましょう」

「もう少し独歩行《どっぽこう》をさせてもらいます」

「しかし……」

今中係長が言葉を探しはじめた。別所は一方的に通話を打ち切った。ほとんど同時に、着信ランプが灯《とも》った。

今度の発信者は小杉課長だった。

「きみの部下の土屋が殺害されたぞ」

「少し前に今中係長から電話があって、そのことを聞きました」

「そうなのか。土屋が内緒でワンルームマンションを借りてたって話を刑事課長から聞いて、びっくりしたよ。それほど高い俸給を貰ってるわけじゃないから、彼は何かダーティー・ビジネスで裏収入を得てたにちがいない。窃盗グループか故買屋から上前をはねたんじゃないかね、目をつぶってやるからと言ってさ」

「そうだったとしたら、わたしのロッカーに超高級腕時計や金の延べ棒《インゴット》をこっそり入れたのは土屋だった可能性も出てきますね」

「ああ、そうなんだろう。土屋は、とんでもない悪党だったんだな。自分の罪を上司のきみになすりつけようとしたようだから」

「そうなんでしょうか。土屋は意外に小心者なんですよ。そんな大胆なことはやれないと思うんだが……」

「人間、保身のためにはどんな汚い手も使うものなんじゃないのかね。わたしは、そう思うな。それはそうと、土屋が何か裏で悪いことをしてた事実をマスコミの連中に嗅《か》ぎつけられたら、まずいことになる」

「身内の中に悪徳警官がいたからって、隠蔽《いんぺい》工作をすることはないでしょ？　現に毎年五、六十人の警察官が問題を起こして、懲戒《ちょうかい》処分になってます。どんな職場にも、不心得者はいますよ。二十九万七千人近い巨大組織なんですから、腐ったリンゴも混じってるでしょ？」

「そうなんだが、これ以上、警察のイメージが悪くなるのは避けたい。威信《いしん》を保《たも》てなくなるからね。きみに濡衣を着せようと細工を弄《ろう》したのは、土屋なんだろう」

「まだ断定はできません。土屋の仕業《しわざ》と見せかけて、別の者がわたしを犯罪者に仕立てようとしたのかもしれませんからね」

「誰か思い当たる者がいるの？」

「いいえ、特にいません」

　別所は答えた。

「だったら、事を大きくするのはやめよう。本庁警務部人事一課監察の矢代警部補には何もかも打ち明けて、きみの内偵を中止してもらうよ。そうすれば、きみもすっきりするじゃないか」

「矢代警部補に張りつかれるのは、正直に言って、うっとうしいですね。しかし、こっちを陥れようとしたのが土屋なのかどうか、自分で確かめたいんです。土屋の死の向こう側に何か陰謀が隠されてるのかもしれませんので」

「考えすぎだよ」

「そうでしょうか？」

「ま、いいさ。気の済むようにすればいい。ただし、報道関係者に余計なことは言わないでくれよ。それだけは頼んだぞ」

　小杉課長が電話を切った。

　別所はポリスモードを二つに畳み、ふたたび歩きだした。アメヤ横丁まで進んだとき、刑事課強行犯係の日下刑事から電話がかかってきた。

「いま署の外にいるんですね？」

「ああ、何か慌《あわ》ててる様子だな」

「いま土屋君が借りてたワンルームマンションの裏手にいるんですが、状況が悪くなりました。土屋君の首に深く喰《く》い込んでた革紐に別所さんの指掌紋《ししょうもん》が付着してたんですよ」

「なんだって⁉」

「もちろん、犯人が偽装指紋シールを使って別所さんを殺人犯に仕立てようと画策したんでしょう」

「おれは土屋を殺《や》ってない、殺《や》ってないぞ」

別所は思わず叫んでしまった。

「わかってますよ。しかし、機捜《きそう》と強行《う》犯係《ち》の係長は別所さんのことを疑いはじめてます」

「犯人扱いされたんじゃ堪《たま》らない。これから『上野スカイコーポ』に行って、機捜の隊長と日下ちゃんの上司に罠に嵌められたことを説明する。そうすれば、疑いは晴れるだろう。そうだ、革紐に犯人の手の皮脂が付着してるかもしれないから、DNA鑑定もしてもらおう。それで、おれが無実だって判明するだろう」

「そう考えるのは少し楽観的でしょう。真犯人が素手で凶器の革紐を握ったとは思えません。それに別所さんのロッカーには盗品と思われる装飾腕時計と金の延べ棒が入れられ、どちらにもあなたの指掌紋が付着してたんです。偽造指紋シールが使われたことをすぐには証明できないわけでしょ？」

「そうだな」

「土屋君の事件の凶器からも、別所さんの指紋と掌紋が出た。むろん、本物なんかじゃない。しかし、指掌紋の形状はあなたのものと寸分も違《たが》わない。偽造指紋シールが使われたことが明らかになるまでは、捜査当局は別所さんを重要参考人と見るはずです」

「そうだろうな。くそっ、なんてことなんだ。こうなったら、捜査員たちを振り切って、おれを罠に嵌めた奴を追い詰めてやる」

「そうするほかないと思います。重参《じゅうさん》（重要参考人）として警察の監視下に置かれたら、動くに動けなくなりますから」

日下が言った。

「ああ、真相に迫れなくなるな。癪《しゃく》な話だが、逃げるほかないか。追っ手から逃《のが》れながら、真犯人を取っ捕まえてやる」

「手がかりはゼロじゃありません。五〇二号室内には犯人《ホシ》の遺留品《リュウ》と思われる物はありませんでしたが、部屋の斜め前の歩廊に空《から》の箱《ブック》マッチが落ちてたんですよ。小さく捩《ねじ》折られてましたが、ラベルは読み取れました。『浜千鳥』という小料理屋のマッチでした」

「日下ちゃん、その店は内海の行きつけの酒場だよ」

別所は、日系ブラジル人から聞いた話を伝えた。

「それなら、大物故買屋が土屋君を絞殺して逃亡したのかもしれません」

「怪しいことは怪しいな。しかし、なんで内海がおれを土屋殺しの犯人に仕立てなきゃならないんだ？　内海の尻尾を掴みたくて内偵を重ねてたことは確かだが、それだけの理由でおれを殺人犯に仕立てようとするだろうか」

「別所さんの言う通りですね。内海は別のことで、あなたを恨《うら》んでたんでしょうか。ううん、そうじゃないな。別所さんと内海には深い関わりがあるわけじゃありませんからね」

「そうなんだ。おれは、過去に内海が大事にしてた誰かを傷つけてしまったんだろうか」

「思い当たることがあります？」

「ないよ。とにかく、『浜千鳥』に行ってみる」

「そうすれば、内海の居所がわかるかもしれませんね。別所さん、これからはわたし以外の電話には出ないほうがいいと思います。捜査当局の動きは、こちらから教えます」

「ああ、よろしくな」

「事件を解明するまで、なんとか逃げ切ってくださいね」

日下が力強く励まし、通話を切り上げた。

別所は刑事用携帯電話を懐に突っ込み、勢いよく足を踏みだした。

2

小料理屋を探し当てた。

『浜千鳥』は、ABAB《アブアブ》上野店の斜め裏にあった。アメヤ横丁と並行している通りに面していた。それほど間口《まぐち》は広くない。軒灯《けんとう》も小さかった。

別所は店内に入った。

左側にカウンター席があり、通路の右手は小上《こあ》がりになっていた。七、八人の先客がいたが、内海の姿は見当たらない。

別所は出入口に近いカウンターに向かい、焼酎の緑茶割りと数種の酒肴《しゅこう》を注文した。

カウンターの向こうには、四十代後半の男女がいた。

女は和服姿だ。美人とは言えないが、愛嬌《あいきょう》があった。作務衣《さむえ》をまとった男は、いかつい顔をしている。いかにも頑固そうだ。店主夫婦だろう。

「お客さんは初めてですよね？」

着物姿の女がにこやかに言って、突き出しの小鉢《こばち》を別所の前に置いた。青柳のぬただった。

「そう。いい店だね。常連さんが多いんだろうな?」

「ええ。でも、どなたでも大歓迎です。どうかごひいきに!」

「ちょくちょく寄らせてもらいます」

「お近くにお勤めですか?」

「ええ、まあ」

別所は割り箸《ばし》を手に取った。そのとき、作務衣を着た男が女を窘《たしな》めた。

「千加《ちか》、初めてのお客さんにあれこれ詮索《せんさく》するもんじゃねえ」

「はい、はい」

女が肩を竦《すく》めて、舌の先を覗かせた。

「ご主人?」

「そうなの。うちの亭主、焼き餅《もち》焼きなのよ。ちょっといい男に話しかけただけで、たちまち不機嫌になるの」

「それだけ惚《ほ》れられてるんでしょ?」

「どうなのかしらね」

「まだ内海さんは来てないようだな」

別所は店内を見渡した。

「あら、内海さんのお知り合いだったの？」

「うん、まあ。といっても、それほど親しいわけじゃないんだけどね。でも、いろいろ噂は聞いてるよ」

「ちょっと待ってて。飲み物が上がったみたいだから」

千加と呼ばれた女将《おかみ》が横に動き、旦那からグラスを受け取った。すぐに彼女は戻ってきて、焼酎の緑茶割りを別所の前に置いた。

「どんな噂をお聞きになったの？」

「内海さんは並行輸入業者なんだが、欲なしで社会的弱者たちを何かとサポートしてるんだってね？」

「そうなんですよ。生き方の下手な人間にとっても優しいの。だけど、スタンドプレイめいたことはしないんですよ。さりげなく弱者に思い遣《や》りを示すの」

「カッコいいね。そういう侠気《おとこぎ》のある男が少なくなってるからな」

「ええ、そうね。内海さんは優しいだけじゃなく、かなりのインテリなの。博学だけど、決して知ったかぶりはしないんですよ。真の知識人なんだと思うわ」

「そうなんだろうな」

「多分、内海さんは何か重い過去を背負ってるんでしょう。だから、人間の弱さや愚かさを理解できるんだろうし、誰に対しても情《じょう》が深いんだと思うわ」

「家族はいないようだね、ホテルを転々と泊まり歩いているようだから」

別所はグラスを傾《かたむ》けた。だが、ひと口飲んだだけだった。本腰を入れて飲みはじめたら、きりがなくなる。

いまは酔うわけにはいかない。別所は、ぬたを食べはじめた。

「家族はいないんですよ。でも、毎日、ホテルに泊まってるわけじゃないの。内海さんには面倒を見てる女性がいるから」

「内縁の妻がいたのか」

「そうじゃないの。内海さんは三十九歳の女性と同居してるんだけど、その彼女とはいわゆる男女の仲じゃないんですよ。女性のほうは内海さんにぞっこんなんだけどね」

「内海さんは相手を恋愛対象と考えてないんだ？」

「そうみたい」

「女嫌いなのかな、内海さんは？」

「ゲイなんかじゃないと思うわ。相手の女性は元ストリッパーでね、ヒモに覚醒剤《シャブ》漬《づ》けにされてたの。それで内海さんが見かねて、ヒモを追っ払ってやったみたいよ。さらに彼女を民間の薬物中毒者更生施設に預けてから、引き取って面倒を見てやってるらしいの」

「偉いな。他人にそこまでやれる人間なんかめったにいるもんじゃない」

「そうよね」

　千加が相槌《あいづち》を打った。そのすぐ後、彼女は連れ合いに大声で呼ばれた。別所の酒の肴《さかな》が用意できたようだ。

　紫煙をくゆらせはじめたとき、刺身の三種盛りと鰈《かれい》の唐揚げが運ばれてきた。

「旦那に叱言《こごと》を言われなかった？」

「何も文句は言われなかったけど、足を軽く踏まれちゃった。うふふ」

「だったら、別の客の相手をしたほうがいいな」

「カウンターで飲んでるのは常連さんばかりだから、放っといてもいいの。亭主がうるさいことを言ったら、別れてやるわ。この店は、わたしで保《も》ってるんだから、食べるのには困らないわ。それに、亭主はわたしなしじゃ生きられない男なの。わたしも、亭主は嫌いじゃないのよ」

「のろけられたのかな？」

「あら、そうなっちゃうのか。どうしよう？」

　千加が両手で頰を挟んだ。女っぽい仕種《しぐさ》だった。

「内海さんの自宅はどこにあるの？」

「浅草三丁目のマンションが自宅になってるようだけど、正確な所番地は知らないのよ」

「そう」

「お客さん、飲まないのね」

「実は車なんだよ」

別所は、とっさに思いついた嘘を口にした。

「あら、そうだったの」

「おれの代わりに、あなたが飲んでよ」

「それじゃ、ビールをいただいちゃおうかしら?」

千加がいったん離れ、ビアグラスと小壜《びん》を手にして戻ってきた。別所は千加にビールを注《つ》いでやり、刺身を摘《つま》みはじめた。

「明美《あけみ》ちゃんは切ないだろうな」

千加がビールをひと口含《ふく》んでから、呟くように言った。

「明美ちゃんって?」

「あっ、ごめんなさい。内海さんと一緒に生活してる元ストリッパーの名前なの。小《こ》比類巻《ひるいまき》って珍しい苗字なんだけど、東北地方に多い姓なんだって」

「そういえば、内海さんも岩手育ちだって話だったたな」

別所は言った。

署の捜査資料によると、内海の本籍地は岩手県久慈《くじ》市になっていた。高校卒業まで県内で過ごし、現役で東京の名門私大に入学している。卒業後は大手商社に入社し、四年後に依願退職してしまった。その後の職歴は不明だ。

転職を繰り返した末、故買屋に身をやつしたようだ。内海は十年あまり前から大物の古買屋として上野署にマークされながらも、なぜか一度も検挙されていない。したがって、まったく犯歴はなかった。

そのことが不可解だった。内海は政界の実力者に知り合いがいて、警察官僚《キャリア》に圧力をかけてもらったのだろうか。

残念なことだが、法の番人である警察も権力者の圧力に屈《くっ》する場合もある。そのことは、半《なか》ば公然たる秘密と言ってもいい。

大物政財界人の関係者の交通違反や傷害などは揉《も》み消されている。しかし、殺人や誘拐といった凶悪犯罪では決して捜査に手心は加えられない。

故買は、凶悪な犯罪ではない。外部の圧力によって、これまで内海は逮捕を免れてきたのだろう。

だが、謎めいた故買屋が土屋刑事を殺害したのであれば、絶対に見逃すわけにはいかない。内海が自分を殺人犯に仕立てようと画策したなら、断じて赦《ゆる》せないことだ。

「内海さん、最近は故郷をしきりに懐かしがってたわ。六十近くなると、どうしてもノスタルジックな思いが湧くんでしょうね」

「昔のことが懐かしく思えるんだろうな」

「話を元に戻すけど、明美ちゃんは本当に切ないと思うわ。好きな男と共に暮らしていても、内海さんに想《おも》いを受け入れてもらえないなわけだから」

「そうだね。内海さんが元ストリッパーの秘めた想いに気づかないわけない。ある意味では残酷なことをしてるな」

「そうだけど、内海さんはやっぱり明美ちゃんのことが心配なんでしょう。明美ちゃんはもう覚醒剤に手を出したりしないと思うけど、寂しがり屋だから、男にちょっと優しくされると弱いとこがあるのよ」

「内海さんは、その彼女がまた悪い男に引っかかるんじゃないかと思って、遠ざかれないんだろうな」

「ええ、そうなんでしょうね。内海さんの隣人愛は尊敬に価《あたい》するけど、明美ちゃんの身になったら、切なすぎると思わない？」

千加が言って、手酌《てじゃく》でビールを呷《あお》った。

「ああ、思うよ。内海さんがどうしても明美って同居人を異性として慈《いつく》しめないんだったら、遠のくべきだろうな」

「内海さんは、人間として優しすぎるのよ。なぜ、あそこまで他人を思い遣《や》れるのかしら？」

「内海さんは昔、人の道を外したことがあるのかもしれないな。だから、行きずりの他人にできるだけのことをして、自分の心を軽くしたいんじゃないのかな」

「かつて傷つけた相手に直《じか》に償《つぐな》えない事情があるんで、明美ちゃんに代わりに……」

「その種の贖罪《しょくざい》行為だったのかもしれないね」

「だとしたら、適当なところで明美ちゃんの前から姿を消してやらないと、かえって惨《むご》いわ」

「そのうち内海さんは、そうするつもりでいるんじゃないのかな」

別所はちびりちびりと飲みながら、千加にはビールの小壜を四本空けさせた。旦那は呆《あき》れ顔を千加に向けながらも、何も注意は与えなかった。女房に惚れているのだろう。

店に酔った女が入ってきたのは、九時過ぎだった。

派手な身なりで、メイクも濃い。四十歳前後だろう。スタイルは悪くなかった。

「明美ちゃん、そんなに酔ってどうしたの？」

千加が驚きの声をあげた。

「飲まずにはいられなかったの、辛くてね」

「何があったの？」

「彼が、内海さんが消えちゃったのよ。あたしが買物に出かけてる隙《すき》に置き手紙と現金五百万円を残してね」

明美が別所の右隣の椅子に腰かけた。へたり込むような坐《すわ》り方だった。

「置き手紙には、なんて書いてあったの？」

「この五百万円で、しっかりと生きてくれって。それから、東京にいられなくなったんで、自分は別の場所に移るとも書かれてたわ」

「それだけ？」

「うん、そう。あたし、内海さんに嫌われちゃったのよ。こっちは死ぬほど愛してたのに。ママ、悲しいわ。ショックだよ」

「明美ちゃん、そうじゃないって。内海さんは明美ちゃんから逃げたんじゃないわよ。もうひとりでもしっかり生きていけると判断したから、あなたを自立させるべきだと考えたんじゃない？」

「ううん、内海さんはあたしの愛が重くなったのよ。だから、逃げたんだわ。そうに決まってる」

「そうじゃないって。内海さんは遠くで明美ちゃんを見守る気になったんだと思う。それに本当に東京にいられなくなったんじゃないのかな？」

千加が言った。

「なんで東京にいられなくなったわけ？」

「ビジネス絡《がら》みのことで、やくざとトラブルを起こしたんじゃない？」

「そんな様子はなかったわ。彼は、あたしがうざったくなったのよ。だから、見捨てたんだわ。そう、そうなのよ」

明美が酔眼《すいがん》を酒棚《さかだな》に向けた。

内海は土屋を殺したから、逃亡しなければならなくなったのか。あるいは、単に元ストリッパーの同居人を自立させる気になっただけなのだろうか。後者だとしたら、ホマーリオ宮城との約束を破るとは思えない。やはり、内海は土屋との腐れ縁を断《た》ちたくて、凶行に走ってしまったのか。

別所は思考を巡《めぐ》らせた。だが、結論は得られなかった。

「ママ、麦焼酎をロックでちょうだい」

「もう充分に飲んできたんでしょ？」

「あたし、まだ酔ってないよ」

「酔っ払ってる。千鳥足だったし、呂律《ろれつ》も少し怪しくなってるわ。いま、氷水をあげる」

「あたしは、もっと飲みたいの！　ママなんか嫌いよ。ね、大将、焼酎のボトルとグラスをちょうだい。面倒臭いから、ストレートで飲んじゃう」

明美が千加の夫に声をかけた。

「今夜は、もうやめときなよ。明美ちゃん、へべれけじゃないか」

「大将までそんなことを言うの。いいわよ。あたし、別の店で飲む！」

「明美ちゃん、わたしと一緒に小上がりに移ろう。じっくり話を聞いてあげる」

千加がなだめにかかった。明美は千加を黙殺し、椅子から立ち上がった。そのまま、ふらふらと店を出ていった。

千加が慌《あわ》てて明美を追う。

別所は急いで勘定を払い、『浜千鳥』を出た。すると、千加が路上に倒れ込んでいた。

「どうしたんです？」

別所は千加に駆け寄って、引き起こした。

「明美ちゃんを店に連れ戻そうとしたら、突き倒されちゃったの。お客さん、明美ちゃんを浅草のマンションまで送り届けてやって」

「わかりました。で、彼女は？」

「その先の角を左に曲がっていったわ」

「追います」

別所は言うなり、勢いよく走りはじめた。

四つ角を左に折れると、明美はショットバーの前に立っていた。その店の隣には、ボーイズバーがある。どちらの店に入るか思案中なのだろう。

「小比類巻さんですね？」

　別所は明美に語りかけた。

「あれっ、おたく、『浜千鳥』のカウンターにいたわよね。でも、初対面のはずよ。どうして、あたしの名前を知ってるわけ？」

「あなたのことは、内海さんから聞いてたんですよ。わたし、内海さんにはいろいろ世話になったんです」

「おたくも並行輸入の仕事をしてるの？」

　明美が訊いた。

「いいえ、わたしは探偵社をやってます。といっても、調査員を雇ってるわけじゃないんですがね」

「私立探偵なんだ？」

「カッコよく言うと、そういうことになりますね。片倉《かたくら》、片倉恭太郎《きょうたろう》といいます。さっき『浜千鳥』で内海さんが置き手紙を残して姿をくらましたとか言ってましたが、本当なんですか？」

「そうなのよ。わたし、彼にフラれちゃったの」

「そうなんだろうか。もしかしたら、内海さんは何かトラブルに巻き込まれて、裏社会の連中に命を狙われてるのかもしれないな」

「えっ、そうなの？」

「多分、そうなんでしょう。内海さんはあなたを巻き添えにしたくなくて、行方をくらます気になったんだろうな」

「そうなら、嬉しいわ！　あたしね、彼のことが好きで好きでたまらないの。ね、内海さんを捜して！」

「いいですよ。内海さんには恩義がありますから、なんとか見つけ出して、あなたの力になってあげたいな」

「ぜひお願いします」

「浅草のマンションに何か手がかりがあるかもしれないな。これから、ちょっとお邪魔させてもらえませんか」

「ええ、いいわ。タクシーなら、十数分でマンションに着くの」

「それじゃ、行きましょう」

別所は明美を大通りまで導《みちび》き、タクシーの空車を拾った。

十数分で、目的のマンションに到着した。明美の案内で、八〇一号室に入る。

間取りは2LDKだったが、各室が広かった。八階から眺める夜景は、どこか幻想的だった。

「彼の部屋は、こっちなの」

明美が居間の左手にある和室の電灯のスイッチを入れた。八畳間だった。壁際に洋服簞笥、書棚、ミニコンポが並んでいるが、ベッドは見当たらない。

「内海さんは蒲団で寝んでたようだね？」

「そうなの。あたしはリビングの向こうの洋室のダブルベッドを使ってるのよ。彼に何度も一緒のベッドで寝ようと誘ったんだけど、一回も抱いてくれなかったの」

「年齢差が大きいんで、内海さんはあなたの熱い想いを受け入れてもいいのかどうか迷いつづけてたんでしょう」

「そうなのかな。でも、あたしたちは一緒に暮らしてたのよ。月に半分ぐらいだったけどね。女のあたしが迫ったんだから、抱いてくれてもよかったんじゃない？」

「それだけ内海さんは、あなたのことを大切に思ってたんだろうな」

「そうなのかしら？ もしかしたら、あたしは幸薄いんで、内海さんに憐れまれてただけなのかもね」

「そんなことはないでしょう。それより、この部屋を検べさせてもらってもいいかな？」

別所は許可を求めた。

明美が快諾し、和室から出ていった。

別所は家具や調度品の中を検《あらた》め、押入れの奥まで覗き込んだ。しかし、内海と土屋を結びつけるような物は何も見つからなかった。

また、盗品と思われる物も目に留《と》まらなかった。倉庫は別の場所にあるようだ。

別所は和室から居間に移動した。明美がリビングソファに腰かけ、ぼんやりとしていた。

「何か手がかりは摑めた?」

「まだ何も……」

「そう」

「内海さんの会社の倉庫は、どこにあるのかな?」

「江東区のどこかに倉庫があるとか言ってたけど、あたし、詳しいことは知らないのよ」

「そうですか。内海さんの私物があなたの寝室にもあるのかな」

「ないはずだけど、一応、確かめてみて」

「いいのかな?」

別所は、さすがにためらいを覚えた。

明美が腰を上げ、先に寝室に入った。別所はベッドルームに足を踏み入れた。照明が灯っていた。出窓寄りにダブルベッドが置かれ、その脇にはドレッサーが見える。

ベッドの反対側は、ウォークイン・クローゼットになっていた。別所は明美に断って、ウォークイン・クローゼットの中に入った。

明美の洋服や帽子が整然と並んでいる。内海が使っていた物品は、何も見当たらなかった。

「あたしは、やっぱりフラれたのよ。内海さんは何かトラブルに巻き込まれて、柄の悪い奴らに追われてるんじゃないわ」

「いや、きっと……」

「ううん、あたしにはわかる。もう彼を捜してくれなくてもいいわ。その代わり、おたくに頼みがあるの」

「頼み？」

別所は問い返した。明美が黙ってうなずき、衣服を脱ぎはじめた。

「何をしてるんだ⁉」

「あたしを抱いてほしいの」

「悪い冗談はよしてくれないか」

「本気なの。あたし、未練を断《た》ち切りたいのよ。彼に顔向けできないようなことをすれば、諦《あきら》めがつくでしょ？」

「ずいぶん身勝手な発想だな」

別所は言い返した。

「ええ、そうね。でも、このままじゃ、あたし、先に進めないわ」

「だからって……」

「人助けだと思って、あたしを抱いて！」

明美がランジェリーを取り除《のぞ》き、全裸になった。

裸身は若々しかった。豊満な乳房はまだ張りを失っていない。色白だった。

飾り毛は淡かった。むっちりとした白い腿《もも》がなまめかしい。別所は半年近く女の柔肌に触れていなかった。欲情が息吹《いぶ》きそうになった。急いで目を逸《そ》らす。

「女に恥をかかせないで」

明美が歩み寄ってきた。別所は明美に右腕を翳《かざ》し、急いで寝室を出た。

一拍置いて、背後から明美の嗚咽《おえつ》が洩れてきた。別所は八〇一号室を飛び出し、マンションを後《あと》にした。

百メートルほど歩いてから、刑事用携帯電話《ポリスモード》の着信履歴を見た。

小杉課長から四回電話があり、コールバックしてほしいという伝言が残されていた。

本庁の機動捜査隊と上野署刑事課は、自分を土屋殺しの被疑者とする見方を強めたのだろう。

別所は通りかかったタクシーに乗り、中野の自宅マンションに戻った。料金を払う前に、彼はマンションの前に部下の星と鳥越が張り込んでいることに気づいた。

「悪いんだが、新宿に行ってくれませんか。それで、どこかホテルの前で停めてほしいんだ」

別所は、初老のタクシー運転手に告げた。

「急にどうされたんです？」

「エントランスロビーに苦手な義兄の姿が見えたんですよ。女房の兄貴が東京に出張に来て、ひと晩泊まることになったんでしょう。義兄と顔を合わせたくないんで、今夜はビジネスホテルで寝ますよ」

「所帯を持つと、親類つき合いが煩《わずら》わしいよね」

運転手が同情を含んだ声で言い、車を発進させた。

別所はできるだけ姿勢を低くした。

3

自分が別人に見える。

ハンチングを被って黒縁《くろぶち》の伊達眼鏡《だてめがね》をかけただけで、すっかり印象が変わった。

驚きだった。ほくそ笑《え》みたくなる。

別所は、ビジネスホテルの洗面台の鏡の前に立っていた。部下の土屋刑事が殺された翌日の午後二時過ぎだ。

ホテルは新宿東口にあった。一階はパチンコ屋で、二階から八階までがビジネスホテルになっていた。出入口は目立たない。

別所は、二泊分の保証金をフロントに預けてあった。

部屋は七階の一室だった。シングルルームだ。

別所は午前中にホテルを出て、変装用の衣服、帽子、眼鏡、トランクス、靴下、リュックサックなどを買った。それから彼は二枚のキャッシュカードを使って、二つの銀行から計百五十万円を引き出した。

個人的な捜査資金に充《あ》てるつもりでいる。逃亡資金と言ったほうが正確だろうか。

別所は小用を足してから、洗面台のあるバスルームを出た。

もう間もなく日下陽平が部屋を訪れるはずだ。別所はベッドに腰かけ、煙草に火を点けた。

一服し終えたとき、ドアがノックされた。別所は立ち上がって、ドアを開けた。

「あっ、失礼！　部屋を間違えたようです」

日下が早口で言って、頭を下げた。

「おれだよ」

「なあんだ、別所さんじゃないですか」

「別人に見えたようだな」

「一瞬、わかりませんでしたよ」

「そうか。ハンチングとファッショングラスを買ったことが無駄にならなかったな。入ってくれ」

別所は日下刑事を部屋に請《しょう》じ入れ、ライティング・ビューローの前の椅子に坐らせた。自分はベッドの端に腰を落とす。

「午前中に東京都監察医務院から、土屋君の解剖所見が届きました。死因は頸部《けいぶ》圧迫による窒息死でした」

「死亡推定時刻は？」

「きのうの午後二時半から同四時半の間とされました。それから凶器のほかに、ワンルームマンションの室内から別所さんの指紋が出ました。ベッドのヘッドボードに付着してたんですよ。犯人《ホシ》が例によって、偽の指紋シールを押しつけたんでしょうね」

「殺人犯は何がなんでもおれの犯行と見せかけたかったんだろう」

「ええ、そうなんだと思います」

「『浜千鳥』の箱マッチから、内海敏文の指紋《モン》は採《と》れたのか？」

「いいえ。付着してたのは、別所さんの指紋だけでした」

日下が言いにくそうに報告した。

「なんてことだ。刑事課は、おれを真犯人《ホンボシ》と睨《にら》みはじめてるんだろうな？」

「ええ、残念ながらね。上野署《うえのしょ》《うち》に今夕、捜査本部《チョウバ》が立つことになって、本庁捜一の強行犯捜査第三係が出張《でば》ってくることになりました」

「強行犯捜査第三係の連中が本事案《ほんじあん》を担当することになったのか」

別所は皮肉なめぐり合わせを感じた。

強行犯捜査第三係の根岸諭《ねぎしさとし》係長とは多少の因縁《いんねん》があった。四十歳の根岸警部は二十代のころ、別所の妻の有賀里と同じテニスコートに通い、女子大生だった彼女に交際を申し込んでいる。しかし、有賀里に受け入れられなかった。

そんなこともあって、根岸は有賀里と結婚した別所を快《こころよ》く思っていない節《ふし》があった。いまも独身なのは、有賀里への想いが完全には萎《しぼ》んでいないからかもしれない。

根岸は実父が通り魔殺人の被害者になったことで、犯罪者を病的なほど憎んでいる。悪徳警官にも容赦《ようしゃ》がない。

「本庁の根岸警部は、上野署《うち》の署長にすぐにでも別所さんを全国指名手配すべきだと言ってきたそうです。しかし、桜田門の捜一の理事官や管理官たちが身内の不始末を晒《さら》すようなことはしたくないと主張したんで、根岸班のリーダーは自分の意見を引っ込めたらしいんですよ」

「そうか」

「しかし、立件《りっけん》できる物証が揃ったら、別所さんは指名手配犯に指定されちゃうでしょうね。それまでになんとか真犯人を突きとめてください。もちろん、側面支援はさせてもらいますんで」

「日下ちゃんまで巻き込むつもりはなかったんだが、捜査情報を流してくれそうな人間はほかにいないんだ。運が悪かったと諦めてくれないか」

「別所さんはシロなんですから、警察官として黙って傍観《ぼうかん》してられませんよ。刑事課《うち》の伏見《ふしみ》課長には、別所さんは誰かに濡衣を着せられたのではないかと言ってあるんですが、それ以上のことは……」

「それだけで充分だよ。状況証拠でおれが疑われても仕方ないさ。日下ちゃん、むきになって、おれの肩を持つと、同僚や本庁の奴らに怪しまれるぞ」

「そのへんはうまくやりますよ。自分がみんなに疑われたら、別所さんに捜査本部の動きを教えられなくなっちゃいますからね」

「日下ちゃん、無理のない範囲で協力してくれればいいんだ」

「ええ、わかってます。今朝《けさ》の電話で昨夜《ゆうべ》のことはうかがいましたが、内海が急に姿をくらましたのは、やっぱり、土屋君を殺《や》ってしまったからなんですかね？」

日下が言った。

「そうではないような気がするんだが、内海はシロとも言い切れないんだ」

「元ストリッパーによると、江東区に『オリエンタル・エンタープライズ』の倉庫があるって話でしたが、ちょっと調べてみたら、区内に該当する倉庫はありませんでした」

「そうか。なら、倉庫は別の所にあるんだろう」

「内海が会社の倉庫に身を潜《ひそ》めてる可能性はどうでしょう?」

「倉庫には隠れてないだろうな。何か理由があって潜伏する必要があったんだったら、生まれ故郷の岩手周辺に逃げると思う。故郷を懐かしがってたらしいからな」

「そうかもしれませんね」

「岩手に行く前に土屋が通ってたという六本木のキャバクラに行ってみようと思ってる。店に行けば、土屋のお気に入りのキャバ嬢がわかるはずだからな」

「ええ、そうですね。その娘《こ》なら、土屋君が羽振りがよくなった理由に察しがつくかもしれません」

「そうだな。うまくしたら、土屋が誰を金蔓《かねづる》にしてたのか、そのキャバ嬢から聞き出せるだろう。金品を毟《むし》られてたのが例の故買屋なら、土屋殺しの犯人《ホシ》なんだと思うよ」

「そうなんでしょうね。別所さん、いま使ってるポリスモードは電源を切っちゃったほうがいいでしょう」

「そうするつもりだったよ。で、後《あと》で誰かにプリペイド式の携帯電話を代わりに買ってもらおうと思ってたんだ」

「そうですか。それから、吉祥寺の実家に戻られてる奥さんには別所さんが罠に嵌《は》まってしまったことを打ち明けといたほうがいいと思うな。別所さんの居所がわからなければ、当然、捜査本部の人間が奥さんの実家に行くことになりますからね」

「女房には濡衣を着せられたことを正直に話すよ。驚くだろうが、妻はおれの言葉を信じてくれるだろう。義理の父母もな。しかし、娘の真央はまだ小四だから……」

「黙ってたほうがいいでしょう」

「そうするよ。わざわざ来てもらって悪かったな。そっちの顔を見たら、なんだか不《ふ》屈《くつ》の闘志と勇気が湧いてきたよ。ありがとう！」

　別所は立ち上がって、日下の肩を軽く叩いた。日下が腰を上げ、部屋から出ていった。

　別所は数十分経《た》ってから、ビジネスホテルを出た。

　老舗デパートの脇を抜け、新宿通りを渡る。昼間だというのに、人波であふれていた。好都合だ。

　別所は靖国《やすくに》通りの少し手前にある牛丼屋に立ち寄り、遅い昼食を摂《と》った。七、八分で丼《どんぶり》を空にした。

店を出ると、歌舞伎町まで歩いた。さくら通りを進む。すぐにネットカフェが見つかった。路上で四、五分遣《や》り過ごすと、ネットカフェから二十歳前後の若い男が出てきた。

大きなリュックサックを背負い、Tシャツの上に垢《あか》じみたチェックの長袖シャツを重ね着している。ジーンズもスニーカーも薄汚れていた。何日かネットカフェやカプセルホテルに泊まっているのではないか。

「きみに頼みがあるんだ」

別所は、若い男に話しかけた。

相手は立ち止まったが、口を開かない。明らかに、おどおどとしている。

「怪しい者じゃないんだ。女房に浮気がバレちゃったんで、いつも使ってるスマホで不倫相手に連絡できなくなっちゃったんだよ。それでさ、きみにプリペイド式の携帯をこっちの代わりに買ってもらいたいんだ」

「奥さんが怖いんだったら、不倫なんかやめたほうがいいんじゃないっすか？」

「その通りだな。だけどさ、浮気相手にまだ未練があるんだよ。もちろん、謝礼は払う。運転免許証は持ってるよな？」

「持ってるっすけど」

「謝礼五万でどうだい？」

別所は打診《だしん》した。

「マジっすか⁉　冗談でしょ？」

「なんなら、前払いでもかまわない」

「後払いでもいいっすよ。本当に五万もくれるんだったら、話に乗っちゃいます」

相手が、にっと笑った。

「よし、商談は成立だ」

「不況だっていうのに、リッチなんすね。なんか悪さしたんすか？」

「こういう時代だから、悪党《ワル》にならなきゃ、生き抜けないだろうが？」

「そうっすよね。でも、ぼく、そこまで開き直れないんだよな。気が弱いっすからね」

「もっと逞《たくま》しくなれよ。さ、携帯ショップを探そう」

「東亜《とうあ》会館の近くにあるっすよ」

「それじゃ、案内してくれ」

別所は若者を促《うなが》した。

二人は歩きだした。裏通りをたどって、歌舞伎町一番街に出る。目的の店は西武新宿駅寄りにあった。

別所は店の前で金を渡し、使い切りの携帯電話と一万円分のプリペイドカードを二枚、若い男に買ってもらった。約束の謝礼を渡すと、相手は何度も礼を言った。

「とりあえず好きな物をたらふく喰《く》えよ。そうすれば、少しは元気が出るだろうからさ。強《したた》かに生きてくれ」

別所は若者と別れ、ＪＲ新宿駅に向かった。

中央線に乗り、吉祥寺駅で下車する。妻の実家は吉祥寺本町二丁目にある。別所は駅前の『パルコ』の前を通り、公園通りを渡った。

左手に折れれば、井の頭公園に達する。結婚する前に別所は有賀里とよく公園に出かけ、ボートに乗ったものだ。そのころの想い出に浸《ひた》りつつ、道なりに進む。

やがて、右側に『グリル折戸軒《おりとけん》』が見えてきた。

別居してから妻の実家を訪れるのは二度目だった。有賀里が娘を連れて親許に戻って十日後に別所は、妻子を呼び戻しに行った。素面《しらふ》ではばつが悪くて、義理の両親と顔を合わせることはできなかった。

別所は駅前のラーメン屋でビールを一本飲んでから、妻の実家を訪れた。酒気《しゅき》を帯びている夫に有賀里は激怒した。岳父《がくふ》と岳母は困惑顔だった。

別所は引き下がらざるを得なかった。その後、妻には電話で謝罪した。有賀里の両親にも詫《わ》び状を認《したた》めた。それで一応、気まずさはなくなった。

だが、別所は酒を断つことはできなかった。妻とは一日置きに電話で喋《しゃべ》っていたが、娘と一緒に中野の自宅マンションに戻ってほしいとは切り出せなかった。

別所は少し緊張しながら、『グリル折戸軒』に入った。

妻はレジスターの近くで、若いウェイターに何か指示を与えていた。店内には三組の客がいた。厨房《ちゅうぼう》は壁の向こう側にある。

「ようやくアルコールと縁を切ってくれたみたいね」

有賀里がさりげなく歩み寄ってきて、明るい顔で言った。

「そうならいいんだが、実は少し困ったことになったんだよ。真央は、まだ学校から戻ってないのか？」

「きょうはバレエ教室に寄ってくる日だから、帰りは遅くなるわ」

「そうか。きみの親父《おやじ》さんとおふくろさんに挨拶しないとな」

「そんなことよりも、いったい何があったの？」

「ここでは話しづらいことなんだ」

「そうなの。それじゃ、並びの喫茶店で少し待ってて」

「『エデン』だね？」

別所は確認してから、すぐ外に出た。五、六軒先に古めかしい喫茶店がある。鰻《うなぎ》の寝床《ねどこ》のように細長く、かなり奥行きがあった。

別所は『エデン』のドアを押した。

客は誰もいなかった。奥のカウンターで、七十歳過ぎのマスターが腕組みをしていた。

　顔見知りだった。

　別所は出入口のそばのテーブル席に坐り、コーヒーをオーダーした。待つほどもなく、マスターがコーヒーを運んできた。

「久しぶりだね。夫婦はいろいろあるんだろうけどさ、有賀里ちゃんと離婚なんかしちゃ駄目だよ。いい嫁さんじゃないか。それに、真央ちゃんも素直で賢い子だ」

「有賀里と別れる気なんかありませんよ。もちろん、真央を手放すつもりもね」

「うまくやりなって」

「はい」

　別所はコーヒーカップに手を伸ばした。マスターが下がった。

　有賀里がやってきたのは、十数分後だった。妻は別所の前に坐ると、アイスコーヒーを注文した。

「いつになく深刻そうな顔をしてるけど、お酒で醜態《しゅうたい》を演じちゃった？」

「そうじゃないんだ。飲み物が届いてから話すよ」

　別所は煙草に火を点けた。

「同じことを何度も言うけど、あなたの発砲は正当防衛だったのよ。テロリストの曽我部を撃ち殺したことで、いつまでも自分を責めることはないわ。ええ、そうよ」

「わかってる。わかってるんだが、射撃シーンが頭にこびりついてて……」

「いまの職務と妻子のことだけを考えるようにして、気持ちを逸《そ》らす努力を重ねてちょうだい。わたしも真央も、一日も早く中野のマンションに帰りたいと思ってるんだから。でも、あなたがお酒で苦しさを紛らせようとしてる姿は痛々しくて、とても見ていられないのよ」

「もう少し待ってくれ。必ず昔のおれに戻ってみせるから」

「ええ、待つわ」

妻が口を閉じた。そのとき、マスターがアイスコーヒーを運んできた。

「何か大事な話があるみたいだから、わたしは奥に引っ込んでよう。帰るときは、ちょっと声をかけてよ」

「おじさん、気を遣《つか》わせて悪いわね」

「いいんだ、いいんだ。有賀里ちゃんのことは生まれたころから知ってるんだから、身内みたいなもんじゃないか」

「すみません」

有賀里が軽く頭《こうべ》を垂《た》れた。マスターが手を横に振りながら、カウンターの奥のドアの向こうに消えた。

別所は喫《す》いさしの煙草の火を揉み消し、自分が濡衣を着せられたことを順序だてて詳しく語った。

「誰がそんな悪意に充《み》ちたことをしたのかしら？　あなたの部下の土屋さんがきのう絞殺されたことはニュースで知ったけど、まさか夫が犯人扱いされてるなんて夢にも思ってなかったわ」

「おれは無実だよ。自分の手で、罠《わな》を仕掛けた卑劣《ひれつ》な奴を必ず取っ捕まえてやる」

「でも、捜査当局はあなたを重要参考人と見てるでしょ？　じきに任意同行を求められるんじゃない？」

「おれは捜査網を掻《か》い潜《くぐ》って、真犯人を闇の奥から引きずり出す。それしか手立てがないんだ。任意同行に応じたら、おれは身柄を地検に送られることになるだろう。そんなことになったら、手遅れなんだよ」

「でも……」

「捜査本部には、本庁の根岸警部が部下を引き連れて乗り込んでくるそうだ。彼は昔のことでおれにジェラシーめいたものを感じてるようだから、身内を庇《かば》う気にはならないだろう」

「わたし、根岸さんに会って、あなたは潔白だって訴えてみるわ」

妻が言った。

「そんなことはやめてくれ。むしろ、逆効果になるだろう」

「どうすればいいの？」

「捜査員たちが聞き込みに来るだろうが、きみは何も知らなかったことにしてくれないか。それで充分だよ。後《あと》はおれが片をつける」

「なんだってこんなことになってしまったんでしょう？」

「嘆《なげ》いてみても仕方がない。おれは追っ手を殴り倒してでも、真相に命懸《が》けで迫る。おれを信じてるんだったら、黙って見守ってくれないか」

「わかったわ」

「事件が解決したら、必ずきみと真央を迎えにくる」

別所は卓上に一万円札を置くと、急いで立ち上がった。有賀里は、いまにも泣きだしそうだった。

別所は『エデン』を走り出て、吉祥寺駅に向かった。中央線で新宿に引き返し、いったん宿泊先に舞い戻る。

部屋に入ると、別所はベッドに仰向《あおむ》けになった。ひと休みしたら、今度は六本木のキャバクラに出かける予定だった。

意味もなく天井のスプリンクラーを眺めていると、妻と愛娘の顔が交互に脳裏で明滅した。

「おれは家族に恥じるようなことは絶対にしてないから」

別所は声に出して呟き、瞼《まぶた》を閉じた。

4

あちこちからホステスの嬌正《きょうせい》が響いてくる。

別所は黒服の若い男に導かれて、店の奥に進んだ。六本木の『ジェシカ』だ。飲食店は六本木交差点から七、八十メートル離れた飲食店ビルの三階にあった。飲食店ビルは外苑《がいえん》東《ひがし》通りに面している。青山通り方向に少し歩けば、東京ミッドタウンに達する。

別所は深々とソファに腰かけた。

ほぼ満席だ。客は二十代の男が圧倒的に多い。三、四十代の客は数えるほどしかいなかった。

キャバクラ嬢も揃《そろ》って若い。二十五歳過ぎのホステスはひとりもいないのではないか。別所は場違いな店に紛《まぎ》れ込んでしまったようで、なんとも居心地が悪かった。しかし、手がかりを得なければならない。

「飲み物はいかがいたしましょう?」

黒服の男がカーペットに片方の膝を落とした。優男《やさおとこ》で、肌が生白い。

「スコッチの水割りにしよう。オールドパーがいいな」

「かしこまりました。ご指名は？」

「常連客の土屋は知ってるよな？」

「はい、存じ上げてます。でも、土屋さんは亡《な》くなられましたよね？」

「ああ、殺されてしまった。おれは土屋と親しかったんだ。で、奴の供養《くよう》のつもりで一杯飲みにきたんだよ」

「そうでしたか」

「土屋がぞっこんだった娘《こ》はなんて名だったかな？」

「由奈《ゆな》さんです」

「ああ、そうだった。その由奈さんを呼んでくれないか」

「由奈さんは指名が何本も入っていますので、少しお待ちいただくことになりますが、それでもよろしいでしょうか？」

「待つよ。それまで誰か適当に席につけてくれないか」

別所は煙草に火を点けた。

黒服が遠のく。少し待つと、フロアボーイがスコッチ・ウイスキーの水割りとオードブルを運んできた。その後《あと》、黒服の男が二人のホステスを伴《ともな》って別所のテーブルに近づいてきた。

片方は沙霧《さぎり》という源氏名《げんじな》で、キュートなホステスだった。二十歳《はたち》そこそこだろう。もうひとりの麻耶《まや》は彫《ほ》りの深い顔立ちで、背が高かった。二十一、二歳だろうか。

二人は別所を挟《はさ》む形で坐った。別所は、沙霧と麻耶にそれぞれ好きなカクテルを振る舞った。フルーツの盛り合わせもオーダーした。

乾杯をすると、沙霧が嬉しそうな表情になった。

「おれにひと目惚《ぼ》れしたようだな」

別所は冗談で、緊張を和《やわ》らげた。

「言いますね。でも、久しぶりに大人のお客さんの席につけて、ラッキーだわ。二十代の男性はなんかガキっぽくて、退屈しちゃうの」

「そうなのか」

「サラリーマンも起業家も自分を大物に見せようとして懸命に背伸びしてるんだけど、まだ中身が未熟だから、すぐに馬脚を現わしちゃうのよね。なんか痛々しい感じ」

「それに、ナルシストが多い感じじゃない？」

麻耶が沙霧に相槌を求めた。

「うん、そう！　ちょっとけなしたりすると、傷ついたとか言って、店に来なくなっちゃうの。若い男たちは頼りなくて、つまんないですよ。器《うつわ》も小さいしね」

「ひ弱な若者が増えてる感じだな。草食系男子が増えてるんだって？」

別所は沙霧に訊いた。

「そうなんですよ。五回も六回もアフターに誘っといて、わたしを口説《くど》こうとする若い男性がいないの」

「好きでもない男にホテルに誘われたら、うっとうしいんじゃないのか？」

「そうなんだけど、相手が少しはエッチな気分になってくれないと、女としては傷ついちゃうでしょ？」

「そうよね。わたしも、ほとんどアフターのときにホテルに誘われたことはないわ」

麻耶が会話に割り込んだ。

「最近の調査で、二十代男性の精子が明らかに少なくなってることがわかったらしいよ。ストレスの多い世の中だから、いまの若い奴らは心身ともに疲れ果てちゃってるんだろうな」

「男が軟弱になったり、中性化したら、まずいでしょ？」

沙霧が言った。

「そうだな。男は雄《おす》なわけだから、それなりに子孫を残さないとね」

「ほんと、ほんと」

「シングルマザーになりたかったら、おれに連絡してくれ。三十八歳のおれは、肉食系だからさ。いつでも妊娠させてやるよ。なんなら、今夜、３Ｐでもやっちゃう？」

「あんましがつがつされても、引いちゃいますけどね。それはそうと、お客さんはこの店、初めてでしょ?」

「そう。『ジェシカ』のことは土屋君から聞いたんだよ。彼のこと、知ってるよな?」

別所は沙霧と麻耶を交互に見た。二人は相前後して、大きくうなずいた。

「土屋君は、由奈《ゆな》って娘《こ》にだいぶ貢《みつ》いでたんだろう?」

「詳しいことはわからないけど、そうみたいね。土屋さん、由奈ちゃんにシャネルの服やバッグをプレゼントしてたみたいだから。由奈ちゃんにせがまれたわけでもないのに、土屋さん、ドンペリのピンクを三本も抜かせたことがあるんですよ」

麻耶が小声で言った。

「土屋君は、この席でどんな仕事をしてると言ってたんだい?」

「カー用品の店を何軒も経営してるって話だったけど、そうじゃなかったんですか?」

「それは間違ってないよ」

別所は、あえて否定はしなかった。

警察官の多くは、私生活では民間人に身分を明かさない。たいてい地方公務員とか国家公務員という曖昧な言い方をする。警察に反感を持っている市民が少なくないからだ。身分を知られると、飲食店で寛《くつろ》げなくなる。

別所自身も職務以外では、めったに刑事であることを明かさない。サラリーマンの振りをすることが多かった。

「土屋さん、本気で由奈ちゃんを想ってたんでしょうね。そうじゃなきゃ、あれだけお金は注《つ》ぎ込めないと思うわ。でも、彼、殺されちゃったのよね。案外、ビジネスはうまくいってなくて、土屋さん、何か危《ヤバ》い裏仕事をしてたんじゃないかしら。だから、若くして命を落としちゃったんじゃない？　お客さん、どうなんです？」

麻耶が問いかけてきた。

「商売では、それほど儲かってなかったのかもしれないな。きみが言うように、土屋君は非合法ビジネスに手を染めてた可能性もあるな。彼が筋者《すじもの》っぽい男と店に来たことはあるかい？」

「ないですね。土屋さん、いつもひとりで来てましたよ」

「それはそうだろうな。由奈って娘《こ》に会いたくて、『ジェシカ』に通ってたわけだから」

別所は二人のホステスにカクテルのお代わりをさせ、話題を変えた。

話は嚙《か》み合わなかったが、雑談を交わしつづけた。黒服の男が由奈と一緒にやってきたのは、一時間数十分後だった。午後十時近かった。

沙霧と麻耶が別のテーブルに移り、由奈が別所のかたわらに坐った。ナンバーワンらしく、華《はな》やかなオーラを放っている。

女優といっても通りそうな美貌だった。プロポーションも素晴らしい。二十二、三歳だろうが、色気もあった。

カクテルが届けられてから、別所はテーブルの下で警察手帳を見せた。

「お客さんは刑事さんなの⁉」

由奈が声を裏返らせた。

「土屋は、おれの下で働いてたんだよ。きみにはカー用品販売店を幾《いく》つも経営してると言ってたようだがね」

「ええ、そう言ってました。でも、その話は嘘かもしれないと思ってましたけど」

「なんで嘘かもしれないと感じたのかな？」

「彼はブランド物の高いスーツを着て、いい腕時計をしてたけど、なんとなく貧乏臭い感じだったんですよ。だから、贅沢《ぜいたく》な暮らしを長くしてきたわけじゃなさそうだと……」

「なかなか鋭いね」

「わたし、秋田の高校を中退して上京したんですけど、いろいろ辛《つら》い思いをしてきましたんで、のし上がるために人間観察力を培《つちか》ってきたんです。十七で夜の仕事に就《つ》いて、人間の裏表《うらおもて》を見てるうちに自然にお客さんの実像が透《す》けてくるようになったんですよ」

「たいしたもんだ」

「それだから、お客さんの自尊心をくすぐることも上手になって、指名料をたくさんいただけるようになったの。男性が女性に求めてるものもわかったから、わたし、外見も大幅に改造しちゃったんですよ」

「美容整形をしたんだね？」

「はい。目、鼻、顎《あご》を美しく整えてもらって、歯もセラミックを被《かぶ》せてもらいました。それから豊胸手術を受けて、ウエストの脂肪も除去してもらったんです。元のわたしとは、まるで別人になりました。こんな秘密まで打ち明けたのは、土屋さんとわたしはどこか似てるなと感じてたからです」

「どっちも捨て身になって、富を摑もうとしてたといったら、気分を害するかな？」

「実際、その通りなんです。少なくとも、わたしはそうですね」

由奈が乾いた声で言い、小さくほほえんだ。ぞくりとするほど色っぽかった。だが、同時に冷たさも感じさせた。

「土屋が自分の貯金を切り崩して豪遊してたとは思えないんだ。おれの部下は、誰かを強請《ゆす》ってたんじゃないのかな。何か思い当たらない？」

「そうなんでしょうね。土屋さんは有名ブランドの服やバッグを次々にプレゼントしてくれたんですが、いつも包装紙はメーカーの物とは別だったんですよ。化粧箱そのものはブランドの物で、中身も本物だったんだけど」

「きみが受け取った品は、盗品の疑いがあるってことだね？」

別所は確かめた。

「おそらく、そうだったんだと思います。土屋さんが自分で盗んだんじゃなくて、窃盗グループか故買屋から脅し取ったんじゃないのかしら？　どっちにしても、正規店で買った品物じゃないんでしょうね」

「土屋は、いつも大金を持ち歩いていたの？」

「ええ、百万円以上は常に札入れに入ってたと思います。膨《ふく》らんだ札入れを二つも上着に忍ばせてたこともありましたから、お金も脅し取ってたのかもしれませんね。あっ、そういえば……」

「何か思い当たったんだね？」

「はい。先月ね、わたし、土屋さんに頼まれて、彼にスマホを貸してあげたことがあるんですよ」

「土屋は、なぜ自分のスマホで電話をかけなかったんだろうか」

「取引先の業者が支払いを引き延ばしたまま、なかなか入金してくれないとか言ってましたね。自分のスマホでコールしても、先方が電話に出ないとかって話でしたよ」

「土屋はきみのスマホを使って、取引相手に電話をかけたんだね？」

「ええ、わたしのそばで。土屋さんは電話が繫《つな》がると、『三日以内に入金がなかったら、神《じん》、おまえは破滅だぞ』って凄《すご》んだんです。相手の名前が神《じん》という珍しい名前だったんで、わたし、はっきりと憶《おぼ》えてるんですよ」

由奈が言った。

神《じん》は苗字なのか。そうだとしたら、上野一帯を縄張りにしている関東竜神会《りゅうじんかい》船塚《ふなつか》組の幹部の神将宗《まさむね》なのかもしれない。神は四十七歳で、船塚組の麻薬密売を仕切っている男だ。前科六犯で、体に総身彫りの刺青《いれずみ》を入れている。

神は麻薬の密売だけではなく、女たちを喰《く》いものにしていた。口説《くど》き落としたホステス、風俗嬢、ＯＬ、主婦などに麻薬の味を覚えさせて、覚醒剤、コカイン、大麻樹脂などを売りつけている。代金を払えない女には、売春や詐欺を強《し》いている悪党だ。

「誰か思い当たりますか？」

「ひとりいるね。土屋は、電話をかけた相手のナンバーをすぐに消去しちゃったのかな？」

「ええ」

「そう。土屋から内海敏文という名を聞いたことはない？」

「一度もありません。土屋さんは何か悪いことをしてたんで、殺されることになったんでしょうね。焦《あせ》りすぎると、ろくなことにはならないのに」

「土屋が死んでも、それほどショックは受けてないんだね。あいつは、単なる〝お客さん〟のひとりだったんだ?」

別所は訊いた。

「わたしたちキャバ嬢がお客さんに本気で惚れたら、ナンバーワンは張れませんよ。土屋さんにはよくしてもらったけど、こちらは恋愛感情なんか持ってませんでした」

「土屋のひとり相撲だったってわけか」

「そういうことになりますね。けど、彼もナンバーワンの彼氏気分を味わえたんだから、散財した見返りはあったんだと思いますよ」

「整形で飛び切りの美女になった代わりに、きみの心はブスになっちまったな。いい恋愛はできないだろう」

「あなたにわたしの何がわかるって言うんですかっ。偉そうなことを言わないでちょうだい!」

「四十年近く生きてきたんだから、女は器量よりも気立てが肝心だってぐらいは学んだよ。屈辱的な青春時代を送ったからって、心根《こころね》が捩《ねじ》曲《ま》がってたんじゃ、ハッピーにはなれないぞ」

「余計なお世話です」

由奈が硬い声で言い、右手を高く掲《かか》げた。

黒服の男が急ぎ足で近寄ってきた。別所は勘定を払い、店を出た。由奈は別所を見送ることもなく、化粧室に駆け込んだ。ナンバーワン・ホステスの誇りを踏みにじられ、悔し涙を流すのだろう。

別所は飲食店ビルを出ると、すぐにタクシーを停めた。

神《じん》将宗の自宅マンションはわかっていた。台東区松《まつ》が谷《や》三丁目のほぼ中央にある。

神《じん》は三十代の前半に離婚して以来、独身を通していた。しかし、半年ごとに同棲相手を変えながら、麻薬の密売と女漁《あさ》りに明け暮れている。

目的のマンションに着いたのは、およそ四十分後だった。

神《じん》の部屋は五〇七号室だ。電灯は点いている。

別所はエレベーターで五階に上がった。

五〇七号室のインターフォンを鳴らしつづけていると、ようやく男の声で応答があった。

「こんな時間に誰でえ！」

「上野署の者だ。神《じん》だな？」

「そうだが、なんだってんだっ。いま、取り込み中なんだよ」

「また女を引きずり込んでるんだな。ちょっと確かめたいことがあるんだ。手間は取らせない。ドアを開けてくれ」

「生安課の別所か」

「ドア・スコープを覗いたんだったら、ついでにドアを開けてくれよ」

「野暮なこと言うねえ。情婦《いろ》がベッドで待ってるんだ。明日、出直してくれや」

「神、待てよ」

別所は言った。

だが、足音は遠ざかっていった。別所はインターフォンのボタンを押しつづけた。数分が流れたころ、スチールドアが荒々しく押し開けられた。別所は抜け目なく三和土《たたき》に躍《おど》り込んだ。

神《じん》はトランクスだけしか身につけていない。右手に段平《だんびら》を提《さ》げている。鍔《つば》のない日本刀だ。刀身は六十センチほどだった。

「おとなしく引き揚げねえと、叩っ斬《き》るぞ」

「やれるなら、やってみろ」

別所は怯《ひる》まなかった。

神が細い目をナイフのように尖《とが》らせ、日本刀を上段に構えた。目が血走っている。ただの威嚇《いかく》行為ではなさそうだ。

別所は先に神将宗の腹を蹴《け》った。

靴の先が、たるんだ肉の中に埋まった。神が唸《うな》りながら、玄関マットの上に尻餅《しりもち》をついた。

別所は段平を奪い取り、切っ先を神の太い首に押し当てた。

「時間がないんだ。少し手荒なことをさせてもらうぞ」

「なんだってんだよっ」

「そっちは、保安係《うち》の土屋に何か弱みを握られて金品をせびられてたな？」

「おれは船塚組の幹部だぜ。平《ひら》の刑事《デカ》にへいこらするかよ。おれをチンピラ扱いするんじゃねえ」

神《じん》が息巻《いきま》いた。

別所は刃《やいば》を神の右の肩口に当て直し、軽く手前に引いた。神が口の中で呻いた。

右肩が五、六センチ浅く切れ、血の雫《しずく》が胸を伝いはじめた。飾り絵の桜の花びらが鮮血に塗《まみ》れた。

「自慢の彫り物に傷がついちまったな。ついでに刃先で刺青をきれいに切り剥《は》いでやるか」

「刑事《デコスケ》がこんなことをやってもいいのかよっ」

「感心できることじゃないが、おれには時間がないんだ」

「何があったんでえ？」

「いいから、こっちの質問に答えろ！」

別所は、ふたたび刀身を神の頸動脈《けいどうみゃく》に押し当てた。

「そっちがおれを甘く見てると、首から血煙が上がるぞ」

「わ、わかったよ。土屋は、おれが極上《ごくじょう》の覚醒剤《シャブ》を少しずつ抜いて混ぜ物をしてさ、浮かせた粉で小遣いを稼いだことを突き止めやがったんだ。野郎はそのことを関東竜神会の会長と船塚組《うち》の組長《オヤジ》に密告《チク》られたくなかったら、口止め料を出せって脅しをかけてきやがったんだよ。数カ月前から土屋にせびられて、トータルで千六百万円も渡した」

「金は手渡しじゃなく、土屋の銀行口座に入金させられてたんだな？」

「最初の二回は手渡しで三百万と二百万の現金《ゲンナマ》で払ったんだが、残りの一千百万円は二回に分けて野郎の口座に振り込んだんだ」

「土屋に際限《さいげん》なく強請《ゆす》られそうなんで、そっちはあいつを革紐で絞め殺したんじゃないのか？」

「おれは土屋を殺《や》ってねえよ。野郎が死んだ夜は、おれは義理掛けで広島の大親分の通夜《つや》に出てたんだ。故人は広友《こうゆう》会の総大将の大林 仁《おおばやしひとし》親分だよ。調べてもらえりゃ、おれにアリバイがあることははっきりするはずだ」

　神《じん》が別所の顔を正視しながら、言い放った。ほんのわずかでも視線を外すことはなかった。苦し紛《まぎ》れの言い逃れではなさそうだ。

「金のほかに、盗品のブランド物の服やバッグを土屋に渡したことは？」

「物品を要求されたことなんか一度もねえよ」

「土屋は、誰かから高価なブランド品や金の延べ棒なんかを脅し取ったかもしれないんだ。あんた、故買屋の内海敏文のことは知ってるよな？」

「名前と面《つら》は知ってるよ。けど、一度も言葉は交わしたことはねえんだ。インテリみてえで、なんか取っつきづらいからな。あの男も、土屋に小遣いせびられたのかよ？」

「そうなのかもしれないんだ」

「だったら、内海が誰かにたかり刑事《デカ》を始末させたんじゃねえのか？」

「それは、おれが調べてみる。神《じん》、コマした女たちをいつまでも麻薬漬けにしてると、懲役刑を喰らわせるぞ」

　別所は段平を遠くに投げ放ち、五〇七号室を出た。

第三章　決死の追跡行

1

寝起きの気分は最悪だった。

明け方、不快な夢を見たせいだ。別所は椅子に腰かけ、二度目の溜息《ためいき》をついた。

新宿のビジネスホテルの一室だ。

やくざの神《じん》を痛めつけた翌朝である。あと数分で、八時半になる。

別所は、土屋殺しの犯人として刑務所で服役している夢を見た。そればかりではない。妻の有賀里が娘を絞殺し、その直後に歩道橋の上から身を投げるという悲惨な夢も見てしまったのだ。有賀里の両親が吉祥寺の店舗ビルを売却し、どこかに消えるところで、別所は目を覚ました。

不快な夢を見たからか、すぐに内海敏文の郷里に向かう気持ちにはなれなかった。最悪の場合、夢が現実になってしまうかもしれない。

無性《むしょう》に妻と娘が愛《いと》おしくなった。岩手に旅立つ前に、有賀里と真央にどうしても会いたくなった。

　別所は椅子から立ち上がり、リュックサックに服や靴を手早く詰めた。黒縁眼鏡をかけ、ハンチングを被る。

　別所は部屋を出て、チェックアウトをした。ビジネスホテルの前に捜査員らしき人影は見当たらない。別所は新宿駅構内に入り、中央線の快速電車に乗り込んだ。

　吉祥寺駅の改札を抜け、妻の実家に急ぐ。娘の真央は学校の教室にいるだろう。有賀里と会ってから、娘の通う公立小学校に回るつもりだ。

　ほどなく『グリル折戸軒』の袖看板《そでかんばん》が見えてきた。歩度《ほど》を速《はや》めかけ、別所は荒てて物陰に身を潜《ひそ》めた。

　四階建てのビルの数十メートル先の路肩《ろかた》に覆面パトカーが寄せられていたからだ。捜査車輛の近くには、上野署刑事課強行犯係の横森順《よこもりじゅん》巡査長と本庁強行犯捜査第三係の刑事が立っていた。どちらも二十代の後半だ。根岸警部の部下は上條《かみじょう》という名だったのではないか。

　迂闊《うかつ》には、妻の実家には近寄れない。

　別所は脇道に入って、有賀里のスマートフォンを鳴らした。スリーコールで、電話は繋《つな》がった。

「店の外に警察の車が見えるが、気づいてたか？」

「あなた、この近くにいるのね？」

「そうだ」

「こっちには来ないほうがいいわ。きのうの夜から、張り込まれてるの。それから昨夜《ゆうべ》、根岸さんがここに訪ねてきたのよ」

「なんて言ってた？」

「あなたが土屋さんを殺害した疑いが濃くなったから、何か連絡があったら、ただちに教えてほしいって」

「ほかには何か言ってなかったか？」

「親しい友人の名前を訊かれたわ。それから、練馬の実家にはよく立ち寄ってるのかとも質問されたわね」

「どう答えたんだ？」

「正直に話したわ。妙な隠しだてをしたら、かえって怪しまれるでしょ？」

妻が言った。

「そうだな」

「根岸さんは、あなたを殺人犯と極《き》めつけてるような口ぶりだったわ。それでね、冗談めかして、自分と結婚してれば、こんなことにはならなかったのになんて厭味《いやみ》を言ってた」

「本心なんだよ、それは。彼は、いまでも有賀里のことを想ってるんだろう」

「まさか⁉　根岸さんに交際を申し込まれたのは女子大生のころよ。十代の男の子じゃあるまいし、そんなことは考えられないわ」

「男は、死ぬまでガキなんだよ。一度ぐらいデートしてやればよかったな」

「やめてよ。彼みたいなタイプは、わたしの好みじゃないわ。だから、デートの申し込みを断ったんじゃないの。それより、何かわかった？」

「ああ、少しな」

別所は、前夜のことをかいつまんで話した。

「そういうことなら、姿をくらました内海という故買屋が事件の鍵を握ってそうね」

「そうだな。内海の行方を追ってみようと思ってるんだ」

「気をつけてね」

「ああ。有賀里にもう一度会ってから内海の出身地に向かうつもりだったんだが、きみの実家には行かないことにする」

「そのほうがいいと思うわ。電話番号が変わったみたいね」

「そうなんだ。自分のスマホを使うと、何かと不都合なんで、プリペイド式の携帯電話を手に入れたんだよ。何かあったら、このナンバーに電話してくれないか」

「わかったわ。わたしも両親もあなたは潔白だと信じてるから、決して自棄《やけ》にならないでね」

有賀里が先に電話を切った。

別所は吉祥寺駅に引き返した。東京駅行きの電車に乗り、JR中野駅で下車する。自宅マンションも当然、張り込まれているにちがいない。

別所はわざわざ遠回りして、真央の通う区立小学校に向かった。校門のそばに灰色のアリオンが停《と》まっていた。警察の車だ。

運転席にいるのは、上野署の日下刑事だった。助手席に坐《すわ》っている三十七、八歳の男は本庁の根岸班のメンバーだろうが、一面識もなかった。根岸の部下たちは別所の顔写真を渡されているだろうが、いまは変装している。

校庭に接近しても、本庁の刑事には気づかれないのではないか。フェンス越しにでも、どうしても愛娘の姿を垣間《かいま》見たい。

別所は通学路を進んだ。

いくらも歩かないうちに、アリオンから日下が降りて体の筋肉をほぐしはじめた。途中で彼は別所の姿を認め、小さく顔を横に振った。

別所は踵《きびす》を返し、裏通りに足を踏み入れた。

数分後、日下刑事がゆっくりと目の前を通り過ぎていった。目配せをした。後《あと》に従《つ》いてこいという意味だろう。

別所は少し間《ま》を取ってから、通学路に出た。日下は数十メートル先を歩いていた。別所はリュックサックを揺すり上げてから、日下を追った。

日下はコンビニエンスストアの中に入っていった。

別所は二分ほど過ぎてから、同じ店に入った。日下は弁当を選んでいた。別所は自然な足取りで店内をひと回りし、日下と肩を並べた。

「大胆すぎますよ。自分、ひやりとしました」

日下が前を見ながら、低い声で言った。

「娘をひと目見てから、内海の郷里に向かいたかったんだ」

「故買屋がキーパーソンなんですね？」

「ああ。本庁警務部人事一課監察の矢代は手を引いたようだな？」

「ええ。しかし、根岸警部は別所さんの指名手配をしたがってます。署長も本庁の理事官も、そのうち許可を出すと思います」

「だろうな」

「休み時間になったら、娘さんはクラスの子たちと校庭に出てくるでしょう。それまでフェンスには近づかないでください。なんとかチャンスを作りますよ」

「どうやって？」

「休みのチャイムが鳴ったら、コンビを組んでる本庁の大木《おおき》刑事の気を逸《そ》らします。

その隙《すき》に別所さんは……」

「わかった」

別所は日下から離れ、ペットボトルの緑茶を摑み上げた。日下が二つの弁当を手にして、レジに向かう。

別所は日下の姿が見えなくなってから、ペットボトルの飲み物とセブンスターを三箱買った。店を出て、来た道を逆戻りした。脇道の角近くにたたずみ、時間を遣《や》り過ごす。
十四、五分後、小学校からチャイムの音が流れてきた。休み時間になったようだ。
別所は通学路に出た。

うつむき加減で歩く。じきにアリオンに差しかかった。歩《ほ》を運びながら、車内をうかがう。日下は弁当をつつきながら、相棒の大木という捜査員にしきりに話しかけていた。いまがチャンスだ。

別所は歩度を落としながら、金網越しに校庭を見た。

学童の数は多かった。真央はどこにいるのか。

別所は目を凝《こ》らした。

娘は、同級生らしい三人の少女と花壇の前で談笑していた。少女のひとりが何やら手脚《てあし》を動かしている。アイドルグループの振り付けを真似ているらしい。

真央は愉《たの》しげに友達の動きを眺めていた。愛娘の姿を遠目《とおめ》に見ていると、わけもなく胸が熱くなった。

愛《いと》しさが極《きわ》まって、大声で娘の名を叫びたい衝動さえ覚えた。涙ぐみそうにもなった。別所は足を速め、中野駅に向かった。東京駅に出て、東北新幹線の乗車券売り場に急ぐ。『はやて17号』に空席があった。

乗車券と指定券を求め、新幹線に乗り込む。列車は定刻の午前十一時五十六分にホームを離れ、盛岡駅には午後二時二十二分に到着した。

盛岡で山田線に乗り換え、久慈《くじ》駅からはタクシーを使った。

浜街道《はま》を下《くだ》ると、堀内《ほりない》に着いた。内海敏文の生まれ育った町だ。陸中海岸国立公園の北に位置し、リアス式海岸の近くだった。

別所は、内海の生家を造作なく見つけた。自宅と同じ敷地内に水産加工の小さな工場が建っている。

別所は、内海の身内に直《じか》に会ってみた。すると、予想外のことがわかった。内海と名乗っていた故買屋は、なんと別人だったのだ。実在の内海敏文は東京の商社を退職してから、ずっと家業の水産加工会社の二代目社長を務めていた。

別所は内海夫人に隣接している工場に案内され、社長に引き合わせてもらった。刑事であることを明かし、内海社長と応接室で向かい合う。モケット張りのソファは色褪《あ》せていた。

別所は謎の故買屋の行方を追っている理由の一部を喋《しゃべ》った。部下殺しで捜査当局に疑われていることは、むろん伏せた。

「わたしになりすました男は、大学時代の友人だった久住賢人《くすみけんと》だと思います」

内海が苦笑混《ま》じりに言った。

「その方のことを詳しく教えていただけますか」

「わかりました。久住とは大学入学時のオリエンテーションのときに偶然に隣に坐ったことから、親しくなったんですよ。久住は石川県の能登《のと》半島の出身なんですが、どちらも海辺の小さな町で育ったんで、共通の話題が少なくなかったんです」

「それで、親交が深まったわけですね」

「ええ。久住は大学一年の夏休みの間、ずっとわたしの実家に滞在してたんです。明るい太平洋の海に魅《み》せられたようですね。日本海の暗くくすんだ海は見飽《あ》きたとか言って、いっこうに帰省《きせい》したがらなかったんですよ」

「親友と呼べる間柄だったんでしょう?」

「ええ、そうでした。ところが、久住は大学二年のとき、過激派セクト『日本赤色旅団』に入ってしまったんです。もともと彼は左翼思想に興味があったんですが、あのセクトの闘士になったときはびっくりしましたよ」

「そうでしょうね」

別所は相槌を打った。『日本赤色旅団』は軍需産業や複数の交番に爆発物を仕掛けるというアナーキーな爆弾闘争を繰り返し、三十五年前に壊滅《かいめつ》に追い込まれた。

「一部の資本家が労働者たちを苦しめてる社会システムは破壊しなければならないという久住の革命論にはどうしても同調できなくて、わたしは少しずつ彼から離れていったんです。もともとノンポリ学生でしたからね。久住はわたしを臆病《おくびょう》なエゴイストだと軽蔑して、大学も中退してしまいました。アパートも引き払って、セクトのアジトで寝泊まりするようになったようです。そのころから行き来がなくなってましたんで、その後のことはよくわかりません」

「公安の手入れで、『日本赤色旅団』のメンバーは全員、検挙されたんじゃなかったかな？」

「幹部たちには実刑判決が下《くだ》って、それぞれ服役したはずです。下っ端のメンバーも起訴はされたと思います。執行猶予の付いた者もいるでしょうがね」

「久住賢人は服役したんですか？」

「そのあたりのことはわからないんですよ。学生時代から、音信不通になってましたから」

「そうですか。こちらで、久住賢人の犯歴照会をしてみます。ところで、学生時代に

ようですけど」

「わたしが知ってる限りでは、恋人と呼べるような相手はいませんでしたね。彼とよく行ってた喫茶店や軽食屋のウェイトレスたちは、久住に好意以上の感情を持ってたようですけど」

「音信不通だったなら、久住賢人に結婚歴があるのかどうかもわかりませんね？」

「ええ。刑事さんが行方を追ってる男が久住だったら、なんだか憐《あわ》れだな。セクトがなくなってから久住がどんな生き方をしてきたのかわかりませんが、故買屋にまで成り下がってるとしたら、なんだか遣《や》り切れない気持ちです。彼は思想的には偏《かたよ》ってましたが、弱い者や貧しい者には温かな眼差《まなざ》しを注《そそ》いでたんですよ。イデオロギーを貫《つらぬ》けなかったことで気持ちが屈折《くっせつ》してしまったんでしょうが、盗品を売り買いして糊口《ここう》を凌《しの》いでると思うと、なんだか哀《かな》しいな。地味でも、真っ当な生き方をしてほしかったですね」

「彼の実家の住所は憶《おぼ》えてらっしゃいます？」

「ええ。石川県輪島《わじま》市餅田《もちだ》です。久住の実家から数百メートルの場所に皆月《みなづき》湾があるんです。わたし、一度だけ彼の実家に遊びに行ったことがあるんですよ。長閑《のどか》で、いい所でした」

「兄弟は？」

「三つ違いの兄がいたんですが、二十一歳のときにオートバイ事故で死んでしまったそうです。親父さんは役場に勤めてたんですが、ご存命かどうか。おふくろさんは無口でしたが、とっても優しかったな」

「実家の周辺に親戚《しんせき》宅がありました？」

「父方の伯父《おじ》や叔父《おじ》の家があったと思います。久住があなたの部下と癒着《ゆちゃく》してたかもしれないなんて、なんだか信じられません。彼は国家権力に与《くみ》してる人間をすべて軽蔑してたんです。あっ、失礼！　あなたも公務員でしたね。悪気はなかったんです。どうか勘弁してください」

　内海は気の毒なほどすまながった。

「気にしないでください。若いときは革命家気取りでいても、セクトそのものが存在しなくなったら、たった独りで生きなければなりません」

「そうですね。『日本赤色旅団』の元メンバーとなれば、まともな就職もできなかったんでしょう。久住は生きるためにアウトローになるほかなかったんだろうな」

「多分、そうなんでしょう。しかし、芯《しん》まで堕落したわけではないようですよ。あなたになりすましてた故買屋は、周《まわ》りの人間には聖者のように見られてるようでしたからね」

「いまの話をうかがって、いくらか救われた気がします。それにしても、久住はどうしてわたしの名を騙《かた》ってたんだろうか。過激派セクト入りした彼を見捨てたと思われて、ずっと恨《うら》まれてたんでしょうかね」

「いや、そうした悪感情があって、あなたに化けたわけじゃないと思いますよ。革命家に憧《あこが》れてたんなら、本質的にはロマンチストなんでしょう。だから、久住賢人は内海さんとの友情を大切にしてて、あなたになりすます気になったんじゃないのかな」

「でも、彼が警察に捕まったりしたら、わたしに迷惑がかかるわけでしょ？」

「そのときは、潔《いさぎよ》く昔の友人の名を騙ってたと白状する気でいるんでしょう」

「そうなんですかね。久住が逮捕されて罪を償《つぐな》ったら、わたしの工場で一緒に働かないかと言ってたと伝えてもらえますか。吹けば飛ぶような小さな会社ですが、久住には世間並の給料は払えそうですから」

「善人なんだな、あなたも」

「そうじゃないんです。わたし、心を軽くしたいだけなんですよ」

「どういうことなんです？」

「久住が過激派セクトのメンバーになったとき、わたし、厄介《やっかい》なことに巻き込まれたくないなと腰が引けてしまったんです。小心者なんですよね。思想や価値観が異《こと》なっても、友人は友人です。遠ざかったことに、ずっと後ろめたさを感じてたんですよ。だから、久住と昔のようにつき合えたらいいなと思ったわけです」

「頼まれたこと、必ず久住賢人に伝えましょう。ご協力に感謝します。ありがとうございました」

別所はソファから立ち上がり、水産加工会社を出た。

夕闇の向こうから、潮騒《しおさい》がかすかに聞こえる。

別所は海岸道路に出ると、日下刑事に電話をかけた。故買屋が旧友の名を騙っていたことを伝え、久住のA号照会を頼む。犯歴照会のことだ。

いったん通話を切り上げ、煙草をくわえる。潮風に吹かれながら、立て続けにセブンスターを二本喫《す》った。

そのすぐ後、日下から電話がかかってきた。

「久住賢人は二十三歳のときに公務執行妨害罪で一度検挙され、書類送検されるだけでした」

「余罪はないのか？」

「ええ。『日本赤色旅団』のメンバーたちは、たいがい複数の容疑で送検されてるんですがね」

「妙だな。公安部が同セクトを壊滅させたときも、久住は逮捕を免れてるわけか。そして、三十五、六年も潜伏しつづけてる」

「確かに引っかかりますね」

「久住は二十代のころに公安一課に抱き込まれて、S《エス》（内通者）になったのかもしれないぞ。久住の協力があって、公安部は『日本赤色旅団』を壊滅できた。そう考えれば、久住ひとりがいまも地下に潜ってることの説明はつくよな？」

別所は言った。

「ええ、そうなのかもしれませんね。久住は公安当局のスパイとして働いたんで、ずっと泳がせてもらってる。そうだとしたら、いまも久住は公安の手先として、昔のセクト仲間たちの動向を探《さぐ》ってるんじゃないのかな。故買屋をやりながらね」

「日下ちゃん、東西のイデオロギー対立の時代はとうの昔に終わってるんだ。現に過激派セクトは、どこも目立ったテロ事件は起こしてない」

「そうですね。服役して出所した『日本赤色旅団』の幹部たちが密《ひそ》かに連絡を取り合って、セクトを再結成するとは考えにくいな」

「おれも、そう思うよ。久住は、公安部の裏金作りをやらされてるんじゃないのかな。過激派の闘争が鎮静化《ちんせいか》してから、公安部の捜査費は年ごとに削減《さくげん》されてる。さらに予算をカットされたら、Sづくりの工作資金も捻出《ねんしゅつ》できなくなるだろう」

「でしょうね。で、公安部の誰かがセクトの仲間を裏切った久住に故買ビジネスで荒稼ぎさせて、その多くを吸い上げてるんでしょうか？」

「殺された土屋は久住から金品を脅し取ってるうちに、故買屋と公安部の繋がりを知ったんだろうか」

「別所さん、おそらくそうなんでしょう」

「ちょっと待ってくれ。そう筋を読めば、土屋が始末されたことは納得できる。しかし、見えない敵はおれが大物故買屋と不適切な関係にあるよう偽装工作して、さらに土屋殺しの犯人に仕立てようとしたんだ」

「ええ、そうですね。別所さん、何か思い当たりませんか？」

日下が問いかけた。

「土屋の事件《ヤマ》と関連があるのかどうかわからないが、ちょっと気になることがあるな」

「どんなことなんです？」

「府中の警察学校で一緒に警部研修を受けた本庁組織犯罪対策部の三木尚純《みきひさずみ》警部が二カ月前から失踪中《しっそうちゅう》なんだ。おれと同《おな》い年の三木は、偽装養子縁組ビジネスをしてた正体不明の日本人ブローカーを内偵中に忽然《こつぜん》と消息を絶《た》ったんだよ。それで、おれは非番の日を使って、三木の行方を追ってたんだ。拉致《らち》された疑いがあるんだが、それを裏付ける証拠を摑むことはできなかったんだよ」

「その日本人ブローカーは中国人の若い男女を日本人の年配男性の〝養子〟にさせて、合法的に入国させてたんですね？」

「ああ、新手《あらて》の密航ビジネスなんだろう。そうして日本に潜り込んだ二十一人は全員、入国して間もなく〝蒸発〟してるんだよ。その連中は中国で押し込み強盗を働いて、指名手配中だったんだ。他人に化けて、まんまと日本人高齢者の養子になってたことは組対《そたい》一課に確認してもらったんだ。どうやら日本人ブローカーは何か企《たくら》んでて、中国人の盗みのプロを日本に呼び寄せたらしい」

「別所さん、こうは考えられませんか。その日本人ブローカーは久住賢人で、故買ビジネスとは別の非合法ビジネスをやる気でいる。それを本庁組対《そたい》の三木警部が突きとめた。それだから、三木さんはどこかに連れ去られた。別所さんは、失踪した三木警部の行方を追ってた」

「犯人どもはおれが三木警部から何か犯罪の証拠を預かってるかもしれないと思って、こっちを土屋殺しの犯人に仕立てようとした。日下ちゃんは、そう推測したんだな?」

「ええ」

「その推測が正しいとすれば、謎の日本人ブローカーは久住ということも考えられそうだな」

「だと思います。久住賢人は、能登半島のどこかに身を隠してるんじゃないですか。犯罪者が潜伏する場合は、土地鑑のある地域を選ぶことが多いですからね」

「そうだな。今夜中に東京に舞い戻って、明日にでも久住の故郷に向かうよ」

別所は刑事用携帯電話《ポリスモード》を折り畳んだ。ポリスモードを上着のポケットに入れたとき、久慈駅行きのバスが目の前を通過していった。

数十メートル先のバス停留所には、四、五人の男女が待っていた。

別所はバス停をめざして疾駆《しっく》しはじめた。

2

頭の中が真っ白になった。

別所は喫《す》いかけの煙草を危《あや》うく落としかけた。灰が膝に零《こぼ》れる。

別所はテレビの画面を凝視《ぎょうし》し、神経を耳に集めた。テレビには、山林が映し出されている。樹々《きぎ》は若葉をまとっていた。

東京駅八重洲口の近くにあるビジネスホテルの一室だ。岩手県から戻ったのは、きのうの深夜だった。

画面が切り換わって、女性アナウンサーがアップになった。

「繰り返します。今朝《けさ》六時過ぎ、東京都八王子市郊外の上恩方《かみおんがた》の山林で、男性の腐乱死体が発見されました。所持品から身許《みもと》が判明しました。亡くなられていたのは、警視庁組織犯罪対策部に所属していた三木尚純さん、三十八歳です」

アナウンサーがいったん言葉を切り、言い継《つ》いだ。

「三木さんは二カ月ほど前に捜査活動中に失踪し、消息を絶《た》っていました。関係者が三木さんの行方を追っていたのですが、その所在は不明のままでした。何者かに拉致《らち》されて殺害された模様ですが、詳しいことは現場にいる中村《なかむら》記者に伝えてもらいましょう」

ふたたび山林が映し出され、三十代と思われる男性報道記者の上半身をカメラが捉《と》えた。

「現場は八王子の中心部から離れた民家の少ない地区で、ふだんはほとんど人通りもないそうです。散歩中の犬が腐敗臭を嗅《か》ぎ当てて烈《はげ》しく吼《ほ》えたてたことから、飼い主の男性が山林の地面を枯れ枝で掘り起こし、一一〇番通報したわけです。死体の遺棄《いき》現場には自動拳銃の薬莢《やっきょう》が落ちていました。拳銃は見つかっていません。このことから、警察は三木さんが現場で射殺された後《あと》、土の中に埋められたという見方を強めています。そのほか詳しいことはわかっていません」

放送記者が画面から消え、カメラはスタジオに切り換えられた。アナウンサーが交通事故のニュースを報じはじめた。

別所はフィルター近くまで灰になったセブンスターを灰皿の中に捨て、テレビの電源を切った。被害者の三木とのつき合いは、およそ五年だった。頻繁《ひんぱん》に会っていたわけではない。一緒に酒を酌《く》み交わしたのは、年に三、四回だった。それでも心は通じ合っていた。

悲しみは大きかった。別所は自分の無力さを恥じた。呪《のろ》いもした。三木警部はむざむざと殺されてしまった。犯人に対する憤《いきどお》りが募《つの》る。

別所は意味もなく部屋の中を歩き回り、獣《けもの》のように唸《うな》った。喚《わめ》きもした。

三木が追っていた正体不明の日本人ブローカーは、久住賢人なのか。これまでの情報を分析すると、その可能性はなくはなさそうだ。

ソファに坐り込んだとき、日下刑事から電話がかかってきた。ちょうど九時半だった。

「本庁組対《そたい》の三木警部の腐乱死体が八王子の外れの山の中で発見されましたよ。現場は中央自動車道の小仏《こぼとけ》トンネルの横数キロの所です」

「三木のことは少し前のテレビニュースで知った。頭が混乱してるし、悲しみで一杯なんだ」

「そうでしょうね」

「久住が三木さんを拉致して山の中で射殺し、死体を埋めたんでしょうか。偽装養子縁組ビジネスのことを三木さんに知られてしまったんで」

「まだわからないな。久住自身が直《じか》に手を汚したとは思えないんだが……」

「ええ、そうですね。本庁組対の捜査の動きを少しそれとなく探《さぐ》ってみますよ」

「別所さんは、もう東京に戻ってるんでしょう?」

「昨夜《ゆうべ》は東京駅のそばのビジネスホテルに投宿したんだ。チェックアウトしたら、羽田から小松《こまつ》に飛んで、久住の実家のある輪島に向かう予定だったんだが、その前に三木の奥さんに会ってみようと思ってる」

「未亡人に会うのはかまいませんが、別所さん、飛行機や長野新幹線、上越新幹線も使わないでください。レンタカーで能登半島に行くのも危険でしょう」

「おれは指名手配されたんだな?」

「ええ、少し前にね。いまのところ全国指名手配ではなく、本州だけに網を掛けることになったんですが」

「そうか。動きにくくなったな。ヒッチハイクで能登に向かうほかなさそうだな」

別所は呟いた。

「ええ、そうですね。できれば、乗用車ではないほうがいいでしょう。長距離トラックの荷台に隠れながら、移動したほうが安全だと思います」

「しかし、それでは検問所に気づかないな。ヒッチハイクさせてくれた運転手に万札《まんさつ》を握らせて、検問所の手前で脇道に入ってもらうか」

「そうしたほうがいいですね」

「ああ、頼む」

「そうするよ。ところで、消えた故買屋はノーマークなのか？」

「予備班の班長は、別所さんの身柄を押さえろと発破《はっぱ》をかけてるだけです。しかし、捜査班の班長になった本庁の根岸警部は土屋君と内海、いいえ、久住賢人が黒い関係にあることを見抜いたのかもしれません」

「捜査会議で根岸は、そのことに触《ふ》れたのか？」

「何も言ってませんが、なんとなくそんな気がしたんですよ。ただの勘ですけどね」

「根岸は敏腕刑事と言われてるから、日下ちゃんの直感通りなのかもしれないな。彼は部下を『オリエンタル・エンタープライズ』や『浜千鳥』に張りつかせてるのか？」

「そういうことはないと思います」

「すでに根岸は、久住が旧友の内海敏文になりすましてたことを看破《かんぱ》したんだろうか。だとしたら、もう久住が輪島出身だと知ったな」

「ということは、別所さんが久住の故郷に向かうかもしれないと読んでる可能性も……」

「ああ、あるね。もしかしたら、根岸は部下の誰かを密《ひそ》かに能登に行かせてるかもしれない。そして、そいつにおれを確保させる気でいるんじゃないかな？」

「本庁から出張《でば》ってきてる捜査員は全員、今朝《けさ》、本部に顔を出しましたよ」

「それなら、根岸警部自身が先回りする気なのかもしれないな」

「別所さん、それはないでしょ？　根岸班のリーダーなんですよ、あの警部は。班長が都内ならともかく、地方に単独捜査に出かけたなんていう例はありません」

日下が言った。

「そうなんだが、根岸警部はおれに屈辱的な思いをさせたいと強く思ってるようなんだ。目的を果たすためなら、前例のないこともしそうだな」

「昔、別所さんと根岸警部の間に何か確執《かくしつ》があったんですか？　同じセクションにいたことはないはずですよね？」

「ああ、それはな。彼は女子大生だった有賀里と同じテニスコートに通ってて、交際を申し込んだことがあるんだよ」

「根岸さんは、別所さんの奥さんの昔の彼氏だったんですか⁉」

「そうじゃない。別に二人は交際してたわけじゃないんだ。おれの妻が根岸のデートの誘いを断ったんでな」

「それだけのことで、別所さんに敵意を持つなんて狭量《きょうりょう》すぎるな。一種の八つ当たりですもんね」

「ま、そうだな。しかし、プライドの高い人間はすべての面で他人には負けたくないと考えるんじゃないのか？」

「だとしても、器が小さすぎるな」

「有賀里が同じ警察官のおれと結婚したことで、根岸警部は二重に傷ついちゃったんだろう」

「そんなのは自意識過剰ですよ」

「ま、そうなんだがな。根岸のことよりも、きみに頼みがあるんだ」

「何でしょう？」

「時間的な余裕があったら、故買屋の馴染《なじ》みの店だった『浜千鳥』の店主夫妻に探《さぐ》りを入れてほしいんだよ。ひょっとしたら、久住賢人がどっちかに連絡して、居所を仄《ほの》めかしたかもしれないからな。もう若くない独身男が逃亡してるんだったら、ふと人恋しくなることもあるんじゃないのか？」

「ええ、あるでしょうね」

「ついでに、同居してた元ストリッパーにも探りを入れてもらえるとありがたいな」

別所は、小比類巻明美に関する情報を教えた。住まいも教えた。

「久住は人恋しくなったら、『浜千鳥』ではなくて、明美に電話をするような気がしますが……」

「さあ、それはどうかな。故買屋は明美に保護者意識めいたものは持ってたが、惚れてたわけじゃないみたいなんだ。元ストリッパーは久住にぞっこんなんだがね。久住は五百万円と置き手紙を残して、浅草のマンションを出てる。明美に連絡をしたら、彼女の未練を煽《あお》ることになるから、おそらく電話はしないと思うんだが、念のために調べてほしいんだ」

「久住は元ストリッパーのことが気がかりになって、電話をするかもしれませんよ」

「そうだろうか」

「両方の様子をうかがってみます。別所さん、くれぐれも気をつけてくださいね」

日下が電話を切った。

別所は一服してから、黒縁眼鏡をかけてハンチングを被った。着替えや靴の入ったリュックサックを背負い、部屋を出る。九階だった。

別所はチェックアウトして、東京駅に向かった。駅前から目黒駅行きの都バスに乗り込み、三軒茶屋《さんげんぢゃや》行きの別のバスに乗り換える。三木夫婦の住む分譲マンションは、世田谷の上馬《かみうま》交差点の近くにある。

最寄《もよ》りのバス停に着いたのは、午前十一時過ぎだった。

未亡人の綾香《あやか》は自宅マンションにいないかもしれない。留守だったとすれば、八王子署で変わり果てた夫と対面しているのだろう。

別所は、南欧風の造りのマンションに近づいた。マンションの生垣《いけがき》近くに捜査車輛が駐《と》めてあった。黒のスカイラインだった。

八王子署の刑事か、本庁機動捜査隊の捜査員が三木の自宅を訪れたのだろう。三十五歳の未亡人は、どうやら在宅しているようだ。

三木夫妻は子宝に恵まれなかった。それだからか、夫妻は仲睦《むつ》まじかった。綾香は夫の訃報《ふほう》に接し、すぐにも亡骸《なきがら》と対面したいと申し出たのではないか。

しかし、腐敗が進んでいた。それで捜査関係者は未亡人を思い留《とど》まらせ、自宅で待機するよう勧《すす》めたのではないか。

被害者の自宅マンション付近をうろつくわけにはいかない。別所は玉川《たまがわ》通りまで歩き、沿道にある日本蕎麦《そば》屋に入った。

先客は六十絡《がら》みの男だけだった。朝刊を読みながら、カレーうどんを食べている。

別所は先客に背を向けて隅のテーブルにつき、天ざるを注文した。朝起きてから缶コーヒーを飲んだきりで、さすがに腹が空《す》いていた。

煙草を吹かしながら、天ざるを持つ。一服し終えたとき、先客が中年の女性従業員に話しかけた。

「そうそう、今朝《けさ》、八王子の山林の中で男の腐乱死体が発見されたよね？」

「ええ」

「テレビに被害者の顔写真が出たとき、わたし、びっくりしたよ。殺された三木とかいう刑事さん、この店でよく見かけてたんでさ」

「そうでしょうね。三木さんは奥さんとよく来てくれてたんですよ。とっても蕎麦好きで、週に二回は来てくれてたの」

「蕎麦通だったみたいで、ひと口目は汁をつけずに食べてたな」

「ええ、そうでしたね。三木さんは蕎麦掻《が》きもよく注文してくれたんですよ」

「ニュースによると、至近距離から頭部を撃ち抜かれたようだけど、暴力団関係者に殺《や》られたのかね？」

「それはわかりませんけど、まだ四十前なのに殉職《じゅんしょく》してしまって……」

「景気が悪いから、これからは凶悪な犯罪が増えそうだな」

「ええ、そうでしょう。お子さんがいないから、奥さんはひとりで悲しみをしょい込まなきゃならないのね。奥さんと道で行き合っても、わたし、どう慰《なぐさ》めていいのかわからないわ」

女性従業員が長く息を吐いて、別所のテーブルに天ざるを運んできた。

別所は割り箸《ばし》を手に取った。揚げたての天ぷらを食べながら、二八《にはち》蕎麦を啜《すす》る。ほどよいこしがあり、風味もあった。うまい。

先客が店を出ていった。

別所は一服してから、女性従業員に三木と交友のあった現職警官であることを明かした。しかし、相手に失礼だと思いつつも名乗らなかった。油断は禁物だ
「そうだったんですか。三木さんを殺した犯人を早く捕まえてくださいよ。気さくで

優しい方だったのにね」

「わたしは殺人事件の捜査にはタッチしてないんですよ。ですが、三木警部を一日も早く成仏《じょうぶつ》させてやりたいと思ってるんです。実は彼、二カ月ほど前に内偵捜査中に失踪してしまったんですよ」

「そうなんですか。悪い奴らに三木さんは連れ去られて、八王子郊外の山林の中で射殺されてしまったのかしら？」

「ええ、おそらくね。彼の失踪前後に何か変わったことはありませんでした？」

「そういえば、二カ月ほど前の夜、三木さんの奥さんが中国語を話してる二人組の男に尾《つ》けられてるようだと言って、この店に逃げ込んできたことがありました」

「そいつらは中国人だったんだろうか」

「ええ、多分ね。わたしが店の外に飛び出すと、二人の男は中国語らしい言葉で何か言い交わして、走って逃げていきましたから」

　女性従業員が言った。

「三木の奥さんは、その二人組に思い当たると言ってました？」

「まったく知らない男たちだと言ってましたね。奥さんは美人だから、あの二人組はおかしな気持ちになったんじゃないですか。男なら、美しい女性を抱いてみたくなるでしょうからね」

ままだった。

「体を狙われた？」

「そんなとこじゃないのかしら？　男って、動物的ですからね」

「そんな奴ばかりじゃありませんよ」

別所は苦く笑って、天ざるの代金を払った。女性従業員は気まずそうに目を伏せた

別所は店を出て、上馬交差点まで引き返した。バス通りに目をやると、南欧風マンションの生垣のそばに覆面パトカーは駐《と》められたままだった。

別所は交差点を渡り、渋谷方面に五、六十メートル歩いた。すると、ティールームがあった。カフェ風の店構えだった。

別所は店に入った。窓際の席に落ち着き、コーヒーを頼んだ。往来をぼんやりと眺めながら、時間を潰《つぶ》す。

腰を上げたのは、ちょうど午後一時だった。

別所は上馬交差点まで戻った。路上から黒いスカイラインは消えていた。別所は急ぎ足で、三木の自宅マンションに向かった。

未亡人の綾香とは七、八回、会ったことがある。自宅に招かれたこともあった。

別所は石畳のアプローチをたどり、マンションの集合インターフォンの前に立った。

三木夫妻の部屋は四〇八号室だった。

テンキーを押すと、スピーカーから未亡人のか細い声が流れてきた。

「どなたでしょうか？」

「別所です。ご主人の訃報を知り、お悔《く》やみにうかがったんですが」

「こんなことになってしまって、わたし……」

「お辛いでしょうが、奥さん、気をしっかりと保《も》ってください」

「は、はい」

「まだ三木さんの亡骸とは対面してないんですね？」

「ええ。警察の方や身内に対面しないほうがいいと強く反対されましたんで、杏林《きょうりん》大《だい》での司法解剖が済んでから、夫と会うことにしたんです」

「そのほうがいいと思います。悲しみに沈んでるときに強引なお願いですが、五分か十分、時間をもらえないでしょうか。殺人捜査は専門外ですが、いま捜査中の事案と三木さんの死は一本の線で繋がってるかもしれないんです」

「えっ、そうなんですか⁉」

「ご自宅には親族の方たちがいらっしゃるでしょうから、一階のエントランスロビーまで降りて来ていただければ、そこで話は済ませます。どうでしょう？」

「わかりました。すぐにオートロックを解除しますんで、一階ロビーのソファでお待ちになってください」

「無理を言って、すみません」

　別所は少し待って、マンションのエントランスロビーに入った。左側に一組のソアセットが置かれている。人の姿はなかった。

別所はソファに腰を沈めた。

待つほどもなく綾香が四階から降りてきた。黒っぽいワンピースをまとっていた。泣き腫《は》らした目が痛々しい。別所は立ち上がって、改めて悔やみの言葉を述べた。

綾香は立っているのが辛そうだった。別所は先に綾香をソファに坐らせ、彼女の正面に腰かけた。すぐに彼はこれまでの経過を語った。

「その故買屋の久住という男が、偽装養子縁組ビジネスの日本人ブローカーかもしれないんですね？」

「ええ。ご主人は、偽装養子縁組で不法に入国した二十一人の中国人男女が犯罪のプロたちと見破り、連中が日本人ブローカーの許《もと》で何か非合法ビジネスをしてるという証拠を押さえてたんじゃありませんか？」

「わかりません。夫は、家では仕事のことはまったく話してくれなかったんです。でも、失踪する前に何日かしたら、少し職務が楽になりそうだと言ってました」

「奥さん、その話は先日うかがいましたよ。わたしが非番の日にご主人の行方を追ってみると申し上げたときに」

「ああ、そうでしたね。わたし、思考力が鈍《にぶ》ってしまって……」

「無理もありませんよ。三木さんが発見されたばかりなんですから。話を戻しますが、ご主人は不正入国した中国人グループの犯罪の立件材料をどこかにまとめて保管してたのかもしれません」

「そうなんでしょうか。なぜ、夫はそうした証拠を職場のデスクの中に入れておかなかったんでしょう？」

「三木さんが手柄を独り占めにしようとはしないでしょうから、職場に置いておくのは危険だと判断したんでしょう」

「ということは、警察内部に犯罪グループと通じている者がいる可能性があるって意味なんですね？」

「ええ。これはわたしの推測なんですが、三木さんは大事な証拠を自宅のどこかに隠してあったんじゃないのかな。留守中に誰かがお宅に忍び込んで、室内を物色した痕跡はありませんでしたか？」

「そういうことはありませんでした」

綾香が言って、急にうつむいた。すぐに全身が小刻みに震えだした。未亡人は何か怖い思いをしたようだ。

「奥さんは二カ月ほど前のある晩、二人の中国人男性に付け回されて、表通りの蕎麦屋に逃げ込みましたね？」

「えっ⁉」

「正直に答えてください。とても大事なことなんですよ。どうなんです？」

「そ、その通りです」

「二人組は三木さんの失踪直後に四〇八号室に押し入ったんじゃありませんか、刃物かピストルを持って」

「やめて、やめてください」

「やっぱり、そうでしたか。そいつらは、三木さんが使ってた書斎から何か持ち去ったんでしょ？」

別所は早口で訊いた。

綾香が両手で耳を塞《ふさ》ぎ、幼女のよう泣きはじめた。押し入った二人組は未亡人が警察に通報できなくするため、代わる代わるに辱《はずか》しめたのかもしれない。

すぐにも確かめたかったが、別所はさすがにためらいを覚えた。綾香が泣きじゃくりながら、切れ切れに告げた。

「わたし、押し入った二人に……ナイフで脅されて……素っ裸にさせられたんです」

「男たちに体を穢《けが》されたんですね？」

「いいえ、レイプはされませんでした。でも、恥ずかしい行為を強要されて、スマホで動画撮影されたんです。具体的なことは言えませんけど」

「もう何も言わなくてもいいんですよ。そいつらは何を持ち去ったんです？」

「夫の一眼レフのデジタルカメラとボイス・レコーダーを奪って逃げていきました」

「その二人組は何か言ってませんでした？」

「福建省の出身だけど、れっきとした日本人なんだとたどたどしい日本語で言いました。それから、世話になってる日本人のブローカーは『警察と友達ね』とにやにや笑ってました」

「そいつらは、日本人高齢者の偽の養子になった中国人の犯罪者なんでしょう。正体不明の日本人ブローカーは連中に何か悪さをさせて、荒稼ぎしてると思われます」

「そのブローカーが久住という故買屋で、別所さんを部下殺しの犯人に仕立てようとしたんですか？」

「久住が黒幕かどうなのか、まだわかりません。しかし、事件を解く鍵を握ってることは間違いないでしょう。これから、久住の隠れ家《が》を突きとめに行きます。しかし、わたしがここに来たことは警察関係者には絶対に言わないでほしいんですよ」

「わかりました。わたし、何も言いません」

「辛い思いをさせて、すみませんでした。後日、改めて弔問《ちょうもん》させてもらいます。部屋の前まで送りましょう」

「いいえ、大丈夫です」

「そうですか。では、これで失礼します」

別所は腰を上げ、出入口に足を向けた。

3

県境が近い。

数キロ先は岐阜《ぎふ》県だ。別所は長距離トラックの助手席に坐っていた。四トン車だった。別所はヒッチハイクを重ね、中央自動車道と並行している国道や県道を抜けて、ようやく愛知県一宮《いちのみや》市まで達した。

時刻は午後六時を回っていた。五台目のトラックだった。ハイウェイを利用していれば、とうに岐阜県は通過していただろう。

しかし、高速道路の各IC《インターチェンジ》付近には検問所が設けられているはずだ。そう判断し、一般道路をあえて選んだのである。

長いこと同じ姿勢で坐っていたせいで、さすがに腰が痛い。両脚の筋肉も強張《こわば》っている。

小牧JCT《こまきジャンクション》の近くで別所をトラックに同乗させてくれた運転手は五十五、六歳で、いかにも善良そうな男だった。

瀬戸市で荷積みされた瀬戸物を福井県の鯖江《さばえ》市の卸し問屋まで運ぶことになっているらしい。谷合睦夫《たにあいむつお》という名だった。

「面白いヒッチハイク体験ルポ、書けそう？」

「ええ、いい記事が書けそうです」

別所は、もっともらしく答えた。フリーライターと偽《いつわ》っていた。

「トラックドライバーは気がいい奴が多いんだ。ヒッチを断る奴なんかいなかったろ？」

「そうですね。どなたも快く同乗させてくれました。おかげで、ここまで来れました。本当にありがとうございました」

「いいって、いいって。おたくが二百キロの巨体なら、少しは燃料の減り方が早くなるんだろうけどさ、別に問題ないよ。長距離走ってると、どうしても退屈するからね。こっちもありがたいよ。寂しくないし、居眠り運転の防止になるからさ」

「そう言っていただけると、気持ちが楽になります」

「腹空《す》いてないかい？　菓子パンを多めに買い込んだから、二個喰《く》ってもいいよ」

「いいえ、まだ腹は空いてません」

「そう。片倉さんだったよな？」

「は、はい」

「ずっと東京で暮らしてるの？」

「ええ。練馬の石神井《しゃくじい》で生まれ育ったんですよ」

「東京っ子か。いいな。おれも十代のころは東京に死ぬほど憧れててね、演歌歌手になりたかったんだよ」

「そうですか」

「でもさ、親や兄弟に猛反対されて、ずっと田舎暮らしをしてきたんだ。仕事で名古屋周辺にはちょくちょく行ってるけどさ、やっぱり地方都市だよね。東京と較《くら》べると、垢抜《あかぬ》けないよ」

「東京にはよく……」

「初めて上京したのは、新婚旅行のときだね。女房は九州に行きたがってたんだけどさ、こっちが強引に東京にしちゃったわけ。無理して、帝国ホテルに泊まっちゃったんだ。あのときは最高だったね。銀座の『マキシム・ド・パリ』にも行ったっけな。憧れの都《みやこ》は素晴らしかったよ。女房は緊張するだけで、ちっとも面白くないとか言ってたけどさ」

「それからは、ちょくちょく東京に遊びに出かけてるんですか？」

「稼ぎがよくないんで、五、六年に一遍《いっぺん》程度だね」

「そうですか。お子さんは？」

「娘が二人いるんだが、もうどっちも嫁に行った。孫が三人いるんだ」

「かわいいでしょ？」

「娘たちより、ずっとかわいいね」

「よくそう言われますね。実際、その通りなんだろうな」

「おたくも所帯持ちなんだろう？」

「ええ、小四の娘がひとりいます」

「そう」

会話が途切《とぎ》れた。

四トン車が岐阜県に入った。検問所は見当たらなかった。胸を撫で下ろす。

トラックは国道一五七号線をひた走りに走り、横山《よこやま》ダムの手前で国道三〇三号線に乗り入れた。滋賀県の北部を抜け、北国《ほっこく》街道に入った。国道三六五号線だ。道なりに進めば、鯖江市に達する。

トラックが栃《とち》ノ木《き》峠を越えると、谷合がCDをプレイヤーにセットした。

「ジェロって黒人の演歌歌手、知ってる」

「名前は聞いたことがあります」

「おれ、ジェロの歌が好きなんだ。母方の祖母が日本人だって言うから、まったくの黒人じゃないいんだよ。それだからか、日本人よりも演歌を上手に歌うんだ」

「そうなんですか」

別所は口を閉じた。運転室にジェロの歌声が流れはじめた。

情感たっぷりに節《ふし》を回している。歌は下手ではなかった。しかし、別所は演歌が苦手だった。ロックとジャズ以外は生理的に受けつけない。

「いいね。痺《しび》れちゃうよ」

谷合が音量を高め、ジェロと唱和しはじめた。

別所は逃げ出したくなった。しかし、そうするわけにはいかない。堪《こら》えつづけた。

トラックは南条《なんじょう》町の外れで、右折した。国道八号線を直進すると、右手に鯖江駅が見えてきた。駅舎の前には、二台のパトカーが停まっている。

別所は警戒心を強めたが、努めて平静に谷合に声をかけた。

「このあたりで結構です」

「次の車が見つかるまで、つき合ってやるよ」

「だいぶ前から小便を我慢してたんです」

「それなら、そのへんで立ち小便しなよ。女じゃないんだからさ」

「そうします。でも、もう車は降りることにします」

「遠慮しなくてもいいんだがな」

谷合が四トン車をガードレールに寄せた。

別所は謝意を表し、二枚の一万円札を差し出した。

「これで、ビールでも飲んでください」

「金なんか受け取れないよ」

「感謝の気持ちです」

「だけどさ……」

谷合が迷いを見せた。

別所は二枚の紙幣をシートに置き、運転台から素早く降りた。リュックサックを右肩に引っ掻け、裏通りに駆け込む。

数百メートル歩いたとき、日下刑事から電話がかかってきた。八時二十分過ぎだった。

「三木さん殺しの凶器は、ワルサーP5と判明しました。遺体の埋まってた場所の近くから薬莢のほかに弾頭も発見されたんですよ。犯人が放った銃弾は、被害者の頭部を貫通してたそうです。死亡推定日時は、失踪当日か翌日だろうとのことでした」

「犯人の遺留品《リュウ》は？」

「ラークの吸殻《すいがら》が一本落ちてたらしいんですが、指紋《モン》は出なかったそうです。唇紋《しんもん》は採《と》れたようなんですが、それで加害者の割り出しはできなかったということです」

「足跡《ゲソ》は？」

「ジャングルブーツの跡が犯行現場にくっきりと残ってたという話でした。別の足跡はなかったということですから、単独による犯行と見ていいんでしょう」

「だろうな」

「故買屋の久住がジャングルブーツを履《は》いて、三木警部を自分で射殺したとは思えないな。実行犯はもっと若い奴で、殺しのプロなのかもしれませんね」

「そうなんだろうな。日下ちゃん、『浜千鳥』に行ってくれた？」

「四十分ほど前に店に行って、探《さぐ》りを入れてみました。しかし、姿をくらましてる久住が店主夫妻に接触した様子はありませんでしたね」

「そう。明美のほうはどうだ？」

「久住の知り合いを装って、浅草のマンションに行ってみたんですよ。元ストリッパーには、久住から電話はかかってきてないようです。別所さん、いまはどこにいるんです？」

「鯖江市だよ、福井県の」

別所は答えた。

「そうですか。本庁の根岸警部が午後から単独で出かけたらしいんですよ。予備班の班長にも行き先を告げずにね。もしかしたら、久住の実家に向かったのかもしれませんよ」

「ああ、考えられるな」

「ヒッチでうまく輪島まで行けそうですか？」

「なんとかなるだろう。土屋の交友関係を洗ってる地鑑《ちかん》班は、その後、新たな手がかりは摑んでないんだね？」

「ええ、残念ながら」

「生安課《ちか》の小杉課長はどうしてる？」


「ちょくちょく捜査本部《チヨウバ》に顔を出してます。別所さんを信じたいけど、土屋君殺しに関わってるのかもしれないと言うようになりました。保安係の今中係長は、別所さんのことはシロだと思ってるようですけどね」

「そうか」

「大変でしょうが、なんとか身の潔白を……」

日下が通話を切り上げた。

別所は市街地を横切って、国道四一七号線に出た。国道を西へ進めば、越前加賀《えちぜんかが》海岸にぶつかる。若狭《わかさ》湾を左に見て、海沿いに北上すると、能登半島に達するはずだ。

別所は国道の端に立ち、同乗させてもらえそうな車を持ちつづけた。十数分経《た》ったころ、石川県のナンバーを付けたコンテナトラックが右手からやってきた。

別所は車道に走り出て、右手を高く挙げた。親指を突き立て、幾度か頭を下げる。

　すると、コンテナトラックが減速した。別所は路肩《ろかた》に走り寄った。

　コンテナトラックが近くに停まり、助手席側の窓から三十歳前後の男が顔を覗かせた。スポーツ刈りで、ブルドッグを連想させるような面相だ。

「ヒッチ？」

「ええ。東京のフリーライターなんですが、ヒッチハイクで石川県の輪島まで行って、その体験ルポを『週刊トピックス』に寄稿することになってるんですよ」

「その週刊誌、おれ、読んだことあるな。東京から何台かの車に乗っけてもらって、鯖江まで来たわけだ？」

「ええ、五台のトラックを乗り継《つ》いでね。どちらまで行かれるんです？」

「三国《みくに》町に寄ってから金沢に戻るんだ」

「それなら、金沢まで乗せてってもらえませんか。ガソリン代程度の謝礼は差し上げますよ」

「おれ、知らない人と喋るのは苦手なんだよな。助手席におたくを乗せると、なんか運転しづらくなる感じだなあ」

「そういうことなら、荷台でも結構です。コンテナの中には、荷がびっしり詰まってるんですか？」

「空《から》なんだ。でも、荷台じゃ、なんか悪いよな」

「ずっと坐りっ放しでしたから、むしろ横になれる荷台のほうがありがたいんですよ」

別所は言った。

「そう?」

「ええ。申し遅れましたが、片倉です」

「ああ、どうも!　おれは根上《ねがみ》って名なんだ。コンテナの中でもいいんだったら、乗っていきなさいよ」

トラックドライバーが運転台から飛び降り、コンテナの扉を開けた。

別所は荷台に這《は》い上がった。衣料品を運搬しているとかで、内部は清潔だった。

「金沢に着くまで横になってれば?」

根上と名乗ったドライバーがコンテナの扉を閉めた。庫内灯《こないとう》が消え、暗くなった。

別所はリュックサックを枕にして、身を横たえた。床《ゆか》は硬かったが、手脚《てあし》を伸ばせる。

コンテナトラックが走りだした。

別所は目をつぶった。エンジン音が全身に伝わってくる。タイヤが路面に接する感触も、もろに感じた。

寝心地は決してよくない。コーナーに差しかかるたびに、転がりそうにもなった。

それでも初対面の運転者と気を遣《つか》いながら言葉を交わすことを考えれば、少しは増しだろう。別所はすでに五人のドライバーと雑談を交わし、幾分《いくぶん》、疲れていた。しばらく煩《わずら》わしさから解放されたかった。

小一時間《こ》が流れたころ、急にトラックの揺れが大きくなった。国道や県道は、きれいに舗装されていた。

どうやら車は、未舗装の道路を走行しはじめたようだ。林道なのか。根上というトラック運転手は抜け道を使って、所要時間を縮める気になったのかもしれない。

トラックが急停止した。

繁《しげ》みから飛び出してきた狸《たぬき》でも轢《ひ》きそうになったのか。別所は暗がりの中で上体を起こした。ちょうどそのとき、運転席のドアが開いた。

根上が降りる気配がした。足音が近づいてきて、コンテナの扉が開いた。

庫内灯が点いた。

別所は立ち上がって、コンテナの外を見た。

山の中だった。闇が濃い。樹木の枝が重なり、まるで影絵のようだ。

「あんた、フリーライターなんかじゃねえよな。東京で何か悪さをして、警察に追われてるんだろ？」

根上がぞんざいに言って、薄く笑った。

「何を言い出すんだ。本当に体験ルポを書くためにヒッチハイクをしてきたんだよ」

「下手な芝居はよせって。あんたは逃亡者なんだよな。何をやったんだい？　気に入らねえ野郎をぶっ殺しちまったのか。それとも、会社の金を持ち逃げしたのかい？」

「勘違いしないでくれ」

「ま、いいや。おれも警察とは相性《あいしょう》がよくねえんだ。だから、取引しようや」

「取引だって？」

「ああ。あんたが有り金をそっくり渡してくれりゃ、警察には黙っててやるよ」

「そんな取引には応じられないな」

別所は取り合わなかった。ゆっくりとリュックサックを背負う。

「おれは、こういう物を持ってるんだぜ」

根上がカーゴパンツのポケットから、フォールディング・ナイフを摑み出した。

折り畳み式のナイフだ。刃が起こされた。

根上がナイフを右手で握り、荷台の縁《ふち》に両手を掛けた。別所は無言で前に踏み出し、根上の顎《あご》を蹴り上げた。

根上がのけ反《ぞ》った。右手のナイフが舞う。

トラックドライバーは後方に引っくり返った。不様《ぶざま》な倒れ方だった。仰向《あおむ》けにされた蛙《かえる》を想わせる。

別所は荷台から飛び降り、根上の脇腹に蹴りを入れた。加減はしなかった。

根上が体を丸めながら、長く唸《うな》った。そうしながら、横に転がった。

次の瞬間、根上が木刀を摑んだ。予《あらかじ》め用意してあったのだろう。

「怪我をしたくなかったら、おとなしくしてろ。そっちのトラックをしばらく貸してくれないか。借り賃は払ってやる。三万円でどうだ？　車は石川県内のどこかに乗り捨てておくよ」

別所は言った。根上が起き上がって、木刀を上段に構えた。

「持ってる金を出せよ、全部な」

「まだ懲《こ》りないのか」

「カッコつけんじゃねえや。言う通りにしないんだったら、気絶するまで木刀でぶっ叩くぞ」

「やめとけって」

「金を出せや」

「相手になってやろう」

別所はステップインして、すぐさま後退した。

誘いだった。案の定《じょう》、根上が反射的に木刀を振り下ろした。

風切り音は高かった。だが、切っ先は地面を叩いただけだった。

土塊《つちくれ》が散った。根上が口の中で呻く。腕に痺《しび》れが走ったのだろう。

別所は前に跳《と》んだ。

根上の後ろ襟《えり》を摑んで、跳《は》ね腰で投げ倒す。相手は腰を強《したた》かに打ちつけ、歯を剝《む》いた。

別所は根上の手から木刀を奪い取るなり、両方の向こう臑《ずね》を打ち据《す》えた。根上が怯《おび》えたアルマジロのように全身を竦《すく》め、痛みを訴えた。

「車の鍵《キー》は抜いてないな？」

「おれのトラックを乗り逃げする気なのかよっ」

「乗り逃げするわけじゃない。三万円で何時間か借りるだけだ」

「貸さねえよ」

「いや、貸してもらう」

別所は木刀を繁みの奥に投げ込むと、三枚の一万円札を根上の胸の上に落とした。

「誰が貸すって言った？」

「そっちが貸してくれるって言ったじゃないか、さっきな」

「言ってねえよ、そんなこと！」

根上が肘《ひじ》を使って、半身を起こそうとした。だが、力が入らないようだ。浮かせかけた体は地べたに密着した。

別所は四トン車の運転台に這《は》い上がった。

リュックサックを肩から外し、助手席に置く。別所はエンジンを始動させ、ヘッドライトを点けた。トラックは林道の横に駐《と》めてあった。

別所は車を発進させた。

林道を進んでいくと、やや広い県道に出た。山の中で、民家は見当たらない。現在、どこを走っているのか。まるで見当がつかなかった。

数キロ行くと、現在地がわかった。

鷲ケ岳《わしがだけ》の麓《ふもと》だった。福井県永平寺町《えいへいじ》の外れだ。近くに九頭竜《くずりゅう》川が横たわっていた。

別所は川に沿って、コンテナトラックを走らせはじめた。それから間もなく、彼は根上のスマートフォンを取り上げなかったことを後悔した。

トラックドライバーは山の中に置き去りにされたわけだから、電話で誰かに救いを求めるにちがいない。

そのついでに、根上が一一〇番通報する可能性もある。通報されたら、地元署はただちに捜査を開始するだろう。

いつまでも強引に拝借したコンテナトラックを乗り回しているわけにはいかない。といって、人気《ひとけ》のない夜道をとぼとぼと歩いていたら、パトカーに呼び止められるだろう。

別所はアクセルを踏み込んだ。

前にも後ろにも、車は見えない。対向車とも擦《す》れ違わなかった。

ほどなく国道三六四号線にぶつかった。右折し、大内峠《おおうち》方面に向かう。峠を過ぎて富士写ヶ岳《ふじしゃだけ》の山裾に差しかかったとき、前後からパトカーのサイレンが響いてきた。

パトカーに挟まれたら、万事休すだ。コンテナトラックなら、パトカーを横転させることはできる。

しかし、そんなことをしたら、幾重《いくえ》にも非常線を張り巡らされるのは目に見えている。福井県警航空隊のヘリコプターも飛来《ひらい》するにちがいない。

検問所を突破するよりも、山の中に逃げ込んだほうが得策だ。富士写ヶ岳は標高千メートル弱だろう。この季節なら、山中で凍死《とうし》することはなさそうだ。

別所はセンターラインを乗り越え、反対車線の際《きわ》の林道に車を乗り入れた。リュックサックを背負って、ハンカチでハンドルを神経質に拭《ぬぐ》う。

ドアの把っ手《とって》の指紋も消し、コンテナトラックから離れた。荷台の指掌紋《ししょうもん》を掻《か》き消す時間はない。

別所は国道を横切って、富士写ヶ岳の山道を駆け上がりはじめた。トラックを放置した場所とは反対側だ。

とっさに思いついたカムフラージュで、どれだけの時間を稼げるものか。なんとも心許なかったが、何も手を打たないよりは少しは気休めになるだろう。

別所は全力で駆けつづけた。

4

息が切れた。

中腹まで一気に駆け登ってきたせいだ。肩も弾んでいる。

別所は立ち止まって、闇を透《す》かして見た。山道から少し逸《そ》れた場所に窪地《くぼち》があった。しかも好都合にも、真上の斜面から伸びた下草が垂れ下がっている。恰好《かっこう》の目隠しだ。

別所は窪地の奥に坐り込み、リュックサックからペットボトルを取り出した。

飲みかけの緑茶は三分の一程度しか残っていない。

一気に飲み干したら、後《あと》で喉《のど》の渇《かわ》きに苦しめられるだろう。別所は茶をしばらく口の中に含んでから、ふた口ほど飲んだ。生き返ったような心地になった。

ペットボトルをリュックサックの中に戻してから、煙草に火を点けた。

先端の火を手で囲みながら、深く喫《す》いつける。次第に気持ちが落ち着いてきた。山道を登りながら、別所は何度も山裾に目をやった。

黒々とした樹木の間から、パトカーの赤い回転灯が幾つも見えた。地元署員による山狩りが間もなく開始されるはずだ。多分、すべてのルートから警察官たちが山頂まで登ってくるだろう。

別所は頂《いただき》を越えて、反対側の麓に下《お》りようと考えていた。しかし、それでは時間がかかる。第一に体力が保《も》つかどうか。

別所は十分ほど体を休めると、山の斜面を横に移動しはじめた。歩きにくい。枝の先端が容赦なく顔面を刺す。

別所は顔半分をタオルで覆《おお》い、ひたすら山肌を横に歩いた。数え切れないほど足を滑らせ、斜面をずり落ちた。それでも横に移動しつづけた。

いつしか全身が汗ばんでいた。

そんなとき、頭上の枝からリスに似た小動物が近くの樹木に飛び移った。むささびか。別所は驚いて、後退した。弾《はず》みで、足許の岩が崩れた。

岩は樹々の根方《ねかた》や幹《みき》にぶつかりながら、斜面の下に落下していった。

数十秒後、下から人の声がかすかに聞こえた。はるか眼下に懐中電灯の光が五つほど見える。山狩りの一行だろう。

別所は横に歩きながら、五つの光輪《こうりん》から目を離さなかった。

揺れる光は少しずつ大きくなってくる。見つかってしまったようだ。下手に動かないほうが賢明だろう。

別所は樫《かし》の大木に取りつき、よじ登りはじめた。幼いころから木登りは得意だった。

苦もなく、横に張り出した太い枝に達した。

地上から優《ゆう》に四メートルはある。別所は樹木にへばりついて、二本の小枝を手折《たお》った。それをリュックサックの口とベルトに差し込む。

幸運にも、星も月も見えない。じっとしていれば、地元署員たちには気づかれないだろう。しかし、その保証があるわけではなかった。賭けだった。

別所は息を詰め、待ちつづけた。待つしか術《すべ》がない。

不安だった。樫から滑り降り、山道まで斜面を這《は》い上がりたい誘惑に幾度も負けそうになった。しかし、辛《かろ》うじて誘惑に打ち克《か》った。

風はそれほど強くなかった。

とはいえ、葉擦《はず》れの音は絶《た》えず耳に届く。耳障《ざわ》りだった。

無風なら、下から登ってくる男たちの遣《や》り取りが聞こえてくるにちがいない。五つの光は確実に近づいてくるが、まだ話し声も足音も聞こえなかった。

別所の脳裏に脈絡もなく射殺された三木警部の生前の笑顔が浮かんだ。透明で、濁りのない笑みだった。

故人は、気を許した者には常に無防備に接していた。おかしいときは豪快に笑った。作り笑いや愛想笑いなど一度も別所には見せたことがない。三木が誠実な人間だったことの証《あかし》だろう。

そうした性格だったから、職務にも熱心だったにちがいない。三木は犯罪の臭《にお》いを嗅ぎ、猟犬のように追いつづけたのだろう。

そして、偽装養子縁組ビジネスを突きとめ、主犯格の日本人ブローカーの正体を知ったにちがいない。さらに不正入国した二十一人の中国人男女が何か大きな犯罪に関与している事実も押さえたと思われる。

しかし、三木は事件を立件する前に殺害されてしまった。撃ち殺されるとき、彼はわが身の不運を呪《のろ》ったのではないか。

不運は妻の綾香にも及んだ。三木夫妻の自宅マンションに押し入った二人組の中国人は証拠になるデジタルカメラやボイス・レコーダーを強奪した上に未亡人を生まれたままの姿にさせ、彼女に恥ずかしい行為を強《し》いたようだ。卑劣極《きわ》まりないではないか。

別所は義憤で胸に火柱《ひばしら》が立った。

思わず叫びそうになったとき、近くで懐中電灯の光が交錯《こうさく》した。

「コンテナトラックを奪った犯人《ホシ》は、このあたりに身を潜《ひそ》めてるんだろう」

男のひとりが部下らしい四人に大声で言った。すると、部下の誰かが口を開いた。

「係長のおっしゃった通りなんだと思います。風が強いわけではありませんから、岩が崩れ落ちてくるはずありません。逃亡者が付近の斜面にいて、岩を踏み落としたんでしょう」

「そう考えてもいいだろうな。コンテナトラックをかっぱらった男が指名手配中の上野署の別所という刑事なら、身柄を確保したら、署長賞ものだ」

「ええ」

「みんな、草の根を分けてでも逃亡者を見つけようじゃないか」

上司が四人の部下に発破《はっぱ》をかけた。五人は散って、山肌の繁みに光を当てはじめた。

別所は緊張しながらも、少し安堵《あんど》した。

コンテナトラックの運転席や荷台から自分の指掌紋は出なかったようだ。あるいは、まだ鑑定の結果が出ていないだけなのか。そうなのかもしれない。

五人の警察官は三十分以上も時間を費《つい》やして、付近一帯をくまなく検《しら》べた。しかし、樹木の枝を振り仰ぐ者はいなかった。

彼らは山道まで登ると、急ぎ足で遠ざかっていった。別所は、ひとまず胸を撫で下ろした。

その直後、上空からヘリコプターのローター音が降ってきた。二機のヘリコプターが富士写ヶ岳の山頂の上を旋回していた。サーチライトが山肌を照らしている。

のんびりと構えてはいられない。

別所は樫の大木から降り、またもや斜面を横に歩きはじめた。山狩りの一行がいない場所から下山し、富士写ヶ岳の反対側の麓から逃げる予定だ。

別所は少しずつ斜面を下《くだ》り、麓の左右を見た。

懐中電灯の光はどこにも見えない。別所は、ほぼ垂直に下降しはじめた。

山裾が近づいてきたとき、一機のヘリコプターが急接近してきた。

別所は繁みの中にうずくまった。

サーチライトの光がすぐ横の灌木《かんぼく》を浮き立たせた。発見されてしまったのか。にわかに動悸《どうき》が速《はや》くなる。

半《なか》ば観念したとき、ヘリコプターが上昇しはじめた。

見つからなかったらしい。ローター音が小さくなってから、別所は斜面を急いで滑り降りた。

やがて、山麓の林道に出た。両手の甲は引っ搔き傷だらけだった。林道をしばらく歩くと、荒れた畑が見えてきた。

畑の向こう側に家屋《かおく》があった。電灯は点いていない。廃屋《はいおく》だろう。ほかに民家は見当たらなかった。

別所は用心しながら、家屋に近づいた。

やはり、誰も住んでいないようだ。別所は、闇の底に沈んでいる建物の玄関戸を開けた。ガラス戸は埃塗《ほこりまみ》れだったが、すんなりと開いた。

別所は三和土《たたき》に入り、ガラス戸を閉めた。広い上がり框《かまち》に立つ。

ライターの炎で足許を照らしながら、広い上がり框に立つ。

平屋だが、広い和室が四室あった。奥まった所に台所、風呂場、便所があるようだ。

別所は二間続きの坐敷に移った。

奥は十二畳間で、手前は十畳間だった。家具は片づけられていたが、畳や襖《ふすま》は取り払われていない。

腐りかけた畳の上には、ポルノ雑誌、カップ麵《めん》の容器、煙草の吸殻、スナック菓子の袋、紙屑《かみくず》などが散乱していた。地元の非行少年たちの溜《た》まり場になっているらしい。

別所は中廊下を横切って、残りの二つの和室を覗いた。どちらも汚れていたが、ごみの量は少なかった。

別所は玄関に近い六畳間に入って、リュックサックを背から下《おろ》した。

奥の柱に凭《もた》れて坐り込む。別所はライターの炎で、腕時計の針を読んだ。あと四分で、午前零時になる。

少しでも早く久住の実家に行きたかった。だが、いまは動きたくても動ける状態ではない。別所はライターを上着のポケットに入れ、軽く瞼を閉じた。

寒くも暑くもない。

少し仮眠をとる気になって、別所はぶよぶよの畳の上に寝転んだ。

うつらうつらしかけたとき、廃屋の前に次々にオートバイが停まった。四台だった。地元の少年グループがアジトにやってきたのかもしれない。

別所は起き上がって、部屋の出入口まで抜き足で歩いた。

立ち止まったとき、玄関のガラス戸が乱暴に開けられた。十七、八歳の少年が次々に三和土に入ってきた。

二人は大型の懐中電灯を握っていた。どちらも高校生だろう。髪をブロンドに染めたリーダー格の男は、十六、七歳の気の弱そうな少年の頭髪を鷲掴《わしづか》みにしてしていた。

「手を放してくれよ」

「逆《さか》らうと、ぶっ殺すぞ！」

金髪の十八、九歳の少年が、懐中電灯を持った二人に目で合図した。二人が相前後して、気弱そうな少年を二間続きの坐敷に引きずり込んだ。

リーダー格の少年が坐敷に上がった。

「おい、学《まなぶ》！　出会い系サイトに女の名前で書き込みをして、引っかかってくるスケべどもを袋叩《フクロ》きにしようと言いだしたのはおめえじゃねえかっ」

「そうなんですけど、ぼくは単にスケべ狩りをするだけだと思ってたんですよ。まさか原《はら》先輩が恐喝《カツアゲ》までするなんて考えてもみなかったんで……」

「相手をぶっ飛ばすだけじゃ、面白くねえだろうが」

「でも、十万も脅し取るのはやりすぎですよ」

「おめえ、いい度胸してんな。おれと一対一《タイマン》の喧嘩張る気になったってわけだ？」

「いいえ、違います。原先輩に逆らう気なんかありませんよ。ただ、受験勉強もしないといけないから、グループを脱《ぬ》けたいと思っただけなんですよ」

「まだ高二になったばかりじゃねえか。おめえ、東大でも狙ってるのかよ？」

「第一志望は私大の文系です」

「だったら、高三になってから勉強すりゃいいじゃねえか。大学なんて、どこだっていいだろうが。おめえは、山中《やまなか》温泉で一番でっけえ旅館の跡取り息子なんだからよ」

「でも……」

「どうしてもおれたちと縁を切りたいってんだったら、それなりの挨拶をしてもらわねえとな」

「原先輩、どんな挨拶をすれば……」

「おめえんとこの妹は中三だけど、ちょっとセクシーだよな。おれたちのセックスペットにしてやるか」

「先輩、妹に変なことはしないでください。お願いですから、妹には手を出さないでくださいよ」

「なら、親父《おやじ》に電話して、すぐに百万持ってこさせろ！　スケベ狩りの言い出しっぺが学とわかりゃ、父親も金を出さざるを得なくなるだろうよ」

「家の者には、そのことを言わないでください」

学が土下坐して、額を畳に擦《こす》りつけた。

「甘ったれるんじゃねえ。金を持って来させたくないんだったら、妹をここに呼び出しな」

「妹を三人で輪姦《マワ》すつもりなんですね？」

「それじゃ、面白味がねえから、兄妹《きょうだい》に近親相姦《そうかん》やってもらおう。おれたちが見てる前でな」

「そ、そんなこと、できません！」

「ほんなら、早く親父に電話して、百万持ってこさせるんだな」

原と呼ばれた金髪少年が言うなり、学のこめかみを蹴りつけた。学が呻いて、横に転がった。

「おめえらも少し痛めつけてやれや」

リーダー格の少年が年下らしい弟分たちをけしかけた。手下の二人が交代に学を蹴った。学が唸《うな》りながら、のたうち回りはじめた。

「それ以上リンチを加えたら、おまえは少年院行きだぞ」

別所は中廊下から坐敷に入った。

原が体ごと振り返る。手下のひとりが懐中電灯の光で別所の顔を照らした。

「誰なんだよ、あんた⁉」

原が後ずさった。別所は警察手帳をちらりと見せた。

「学って子をグループから脱けさせてやらないと、おまえら三人を少年院と鑑別所に送るぞ。それでもいいのか？」

「ちょっとした仲間割れですよ。刑事さん、見逃がしてください。頼みます。おれ、高校を中退してから、電子部品工場で派遣工をしてるんですよ。解雇されたら、なかなか働き口が見つからないだろうから……」

「だったら、こっちの言う通りにしろ。それから、恐喝で小遣い稼ぐことはやめるんだな」

「わかりました。おれ、真面目になりますよ。約束します。失礼します！」

原が言って、廃屋から走り出た。手下の二人も、あたふたと逃げていった。すぐに三台の単車のエンジンがかかった。

別所はライターの火を点け、倒れている少年を摑み起こした。

「大丈夫か？」

「ありがとうございました」

「きみも、もうスケベ狩りとやらはやめるんだな」

「はい」

「温泉旅館の跡取り息子なんだってな？　自宅は、旅館と同じ敷地にあるのか？」

「ええ、そうです」

「ここには、バイクで来たんだろう？」

「そうです」

「原付きじゃないんだな？」

「はい、ヤマハの百二十五ccです」

「それなら、きみの単車とヘルメットを譲《ゆず》ってくれないか？　いくらでもかまわない。事情があって、先を急いでるんだ。しかし、あいにく足がなくてね」

「目的地はどこなんですか？　救《たす》けてもらったお礼に送りますよ、そこまで。男同士の相乗《タンデム》りじゃ、ちょっと冴《さ》えないでしょうけど」

「そこまでしてもらうわけにはいかないよ。バイクを手放したくなかったら、貸してくれるだけでもいいんだ。ヘルメットと一緒に貸してくれないか？　もちろん、借り賃は払う」

「それじゃ、ぼくの家まで相乗りしましょう。その後《あと》は、バイクとヘルメット、自由に使ってください。ヤマハは、どこかに放置してもかまいません」

「できたら、ちゃんと返すよ。しかし、約束はできないんだ」

「もし返してもらえなくても、別に文句は言いません。そろそろバイクも卒業したいと思ってたんで」

「そうか。それじゃ、後で使わせてもらうよ」

「はい」

学がチノクロスパンツの埃をはたき落とした。

別所たちは表に出た。学がフルフェイスのヘルメットを被り、ヤマハの単車に打ち跨《また》がった。別所はリア・シートに腰かけた。

学がバイクを走らせはじめた。
七、八百メートル先に集落があった。その周《まわ》りは畑だった。単車は県道を何度も右《う》左折《させつ》し、数十分後に温泉街に入った。山中温泉だ。
学は温泉街の中心部にある六階建ての旅館の前で、単車を停めた。

「ここが父がやってる旅館です。ぼくの家は裏手にあるんです」

「そう」

別所は黒いヘルメットを借り受け、ヤマハのハンドルバーを握った。燃料は、たっぷり残っていた。金沢までは行けそうだ。

「それじゃ、行くよ。縁があったら、また会おう」

別所はオートバイを発進させた。

温泉街を出て、国道三六四号線を加賀市方面に進む。加賀市の外れで右折し、県道に入る。幹線道路には検問所が設置されていると判断したからだ。

山代《やましろ》温泉の旅館街を走り抜けて、粟津《あわづ》温泉まで一気に走った。数キロ先で国道八号線に乗り入れ、金沢市に入る。拍子抜けするほどスムーズに進めた。

北陸自動車道としばらく並行する形で走り、金沢東ＩＣの先で国道一五九号線に乗り入れた。能登半島の西側に伸びている道路だ。海岸線の近くには、能登道路がある。

押水《おしみず》バイパスの百メートルほど手前に検問所があった。警察車輛が何台も見える。

別所はハンドルバーを右に切って、脇道に入った。挙動不審と見られたらしく、パトカーがすぐに追走してくる。

別所はスロットルを全開した。国道四七一号線を突っ切って、懸命に逃げた。パトカーは停止命令を出し、けたたましくサイレンを轟《とどろ》かせた。

左手に小高い山が見えてきた。標高六、七百メートルだろうか。

別所はバイクごと山道に入った。

道幅は狭い。パトカーでは追って来られない。

別所は登れる所まで走り、バイクを降りた。ヤマハを山林の奥に隠して、奥まで分け入った。

大きな山ではない。周辺を包囲されたら、脱出できなくなる。タイミングを計《はか》って徒歩で下山するべきだろう。

樹幹《じゅかん》に背中を預けて、乱れた呼吸を整える。

胸の波動《はどう》が小さくなったとき、闇の奥で何かが動いた。人間ではない。別所はライターを点けた。

シベリアン・ハスキー犬とジャーマン・シェパードがこちらの様子をうかがっている。どちらも首輪はしていない。流行遅れの犬種だ。仔犬《こいぬ》のころに飼い主に捨てられ、野犬になったのだろう。

ハスキー犬が別所を睨《にら》みながら、低く唸りはじめた。シェパードは高く吼えた。

別所は警察手帳を持っているだけで、特殊警棒、手錠、拳銃は携帯していない。野犬をいたずらに刺激しないほうがよさそうだ。

別所は二頭を目顔《めがお》でなだめながら、ゆっくりと退《さ》がりはじめた。

シェパードが先に跳躍《ちょうやく》し、別所めがけて勢いよく走ってきた。ハスキー犬も猛進してくる。どちらも攻撃的な面構《つらがま》えだった。

別所はバイクに向かって、手探《さぐ》りで歩きだした。襲われる予感は膨《ふく》らむ一方だった。

単車に跨がりかけたとき、左脚の腿《もも》に痛みを覚えた。ハスキー犬に歯を立てられたのだ。別所は左脚を大きく動かし、ハスキー犬を振り落とした。同時に、大声で一喝《いっかつ》した。

ハスキー犬が退《さ》がった。シェパードも少し怯《ひる》んだ様子だった。

別所は足許の枯れ枝を拾い上げた。杉だった。ライターで、枝の先に火を点ける。炎と煙が立ち昇りはじめた。

別所は燃える枯れ枝を振り回しながら、山道に出た。二頭の野犬は身構えつつも、動かなかった。

別所は走りはじめた。

すると、ハスキー犬とシェパードが猛然と追ってきた。別所は、杣道《そまみち》のような小径《こみち》に逃げ込んだ。

二十メートルあまり進むと、その先は崖《がけ》のようになっていた。土砂崩れで、樹木と表層土《ひょうそうど》が落下してしまったようだ。

二頭の大型犬が迫《せま》ってきた。

別所はペットは飼っていなかったが、犬は嫌いではない。学生時代は実家でゴールデン・レトリバーを飼っていた。動物を傷《いた》めつけたくはなかったが、むざむざと嚙み殺されるわけにはいかない。

シェパードが高く跳躍した。

別所は横に跳《と》んで、宙《ちゅう》でシェパードを蹴った。シェパードが短く鳴き、草むらに着地した。そのとき、今度はハスキー犬がしなやかに跳んだ。

ハスキー犬は別所の右の二《に》の腕《うで》に咬《か》みつき、ずり落ちた。すぐに体勢を整えた。別所は右足を飛ばした。ハスキー犬を蹴り上げたかったのだが、足蹴りは空《くう》に流れた。

構え直したとき、二頭の大型犬がほぼ同時に襲いかかってきた。

別所は本能的にバックステップを踏んだ。

次の瞬間、足許の地面が崩れた。そのまま地滑りした斜面に落ちた。

別所は後転しながら、下まで滑落した。リュックサックがクッションの役割りを果たし、ほとんど痛みは感じなかった。

別所は、すでに滑落した樹木と土の中に埋まっていた。大木の幹《みき》に頭をぶつけて、頭の中が白く霞《かす》んだ。脳震盪《のうしんとう》で数十分、意識がなくなった。

我に返ったが、体が動かない。体半分が泥の中にめり込んでいた。胸の十数センチ上には太い倒木が横たわっていた。呼吸の妨《さまた》げにはなっていない。

別所は両腕で巨木を浮かせようと試《こころ》みた。

しかし、徒労《とろう》だった。一センチも持ち上がらない。

このまま地元署員に逮捕されてしまうのか。

別所は絶望的な気持ちになった。開き直るしかないのか。運を天に任せる気になって、別所は目をつぶった。

やがて、眠りに落ちた。

第四章　隠蔽の構図

1

近くで鼻歌が聞こえた。

別所は目を覚ました。東の空は明け初《そ》めている。山狩りの警察官ではなさそうだ。

別所は頭をもたげて、倒木の向こうを見た。

鎌と竹籠《たけかご》を持った六十年配の男が道端に立って、足許を見回している。灰色のジャージの上下姿だ。

ゴムの長靴を履《は》いていた。地元の人間だろう。角刈りで、白髪《しらが》混《ま》じりだ。

「すみませんが、ちょっと手を貸していただけませんか。お願いします。崖っぷちから滑落しちゃったんですよ」

別所は大声で救いを求めた。
六十三、四歳の男が駆け寄ってきた。額から鼻にかけて、刃傷が走っている。ただの勤め人や農民ではなさそうだ。

「下半身が泥の中に埋まって、倒木がのしかかってるんで、自力では抜け出せないんですよ」

「そうみたいだな」

何か重い過去を背負っていそうな男が鎌と竹籠を泥の山に投げ出し、倒木を両腕で抱え込んだ。掛け声を発し、大木をずらす。

「すごい怪力ですね」

別所は体を左右に振って、土の中から抜け出した。礼を言い、泥を払う。

「骨折はしなかったようだな。しかし、脚《あし》と腕に咬傷《こうしょう》があるな。山の番犬たちに嫌われたようだね」

「ええ。野犬化したシベリアン・ハスキーとジャーマン・シェパードに襲われたんです」

「あいつらは、はぐれ者以外は敵と思ってるからな」

「あの二頭とは馴染んでるようですね？」

「まあな。こっちも、はぐれ者だったんで友達《ダチ》扱いしてくれてるんだよ」

「お近くに住んでるんでしょ？」

「ああ。親が遺《のこ》してくれたボロ家で侘《わ》び住まいをしてる」

「そうですか」

「どんな犯罪《ヤマ》を踏んだんだい？　昨夜《ゆうべ》、山の中に逃げ込んだんだろ？」

「え？」

「いや、何も答える必要はない。こっちには関係のないことだ。それより、ひとつ風呂浴びたいだろう？　それに、腹も空いてそうだな。うまい山菜を喰わせてやろう。従《つ》いてきな」

　六十絡みの男は鎌と竹籠を持つと、すたすたと歩きだした。足腰は達者なのだろう。竹籠の中には、楤《たら》の芽《め》、蕨《わらび》、土筆《つくし》、芹《せり》、野蒜《のびる》などが入っている。別所は何か見えない力に背を押され、男の後《あと》に従った。

　十分ほど歩くと、男の自宅に着いた。

　ボロ家どころか、大きな趣《おもむき》のある和風住宅だった。庭も広い。

　表札には、村瀬泰明《むらせやすあき》と記《しる》されていた。別所は茶の間に通され、日本茶を振る舞われた。

「すぐに風呂が沸く。まずは、さっぱりするといい。おたくが風呂に入ってる間に飯の用意をするよ」

「いいえ、そこまでは甘えられません。お風呂に入れていただいたら、暇《いとま》をさせてもらいます」

「遠慮はいらない。こうして知り合ったのも、きっと何かの縁だ」

「村瀬さんとおっしゃるんですね？　わたしは片倉、いえ、別所という者です」

「何も本名まで明かすことはない」

「あなたには恩義がありますから、偽名を使うのはまずいと思ったんです。まったく言葉に訛《なまり》がありませんが、長く東京で暮らしてらっしゃったんですか？」

「ああ、十八のときから五十三歳まで東京にいたんだ。若気の至りで、ずっと親不孝ばかりしてきた」

「失礼ですが、筋《すじ》を噛んでらっしゃったんでは？」

「当たりだ。元は博徒《ばくと》だよ」

村瀬が組の名を明かした。五反田を縄張りにしていた博徒集団だったが、十数年前に解散している。

「お顔の傷は？」

「兄貴分を殺《あや》めたときに短刀《ドス》で斬られたんだ。渡世の義理で、世話になった兄貴を手に掛けてしまった。組長《オヤジ》は組を存続させたくて、管理売春に手を染めようとしたんだ。常盆《じょうぼん》のテラ銭だけじゃ、遣り繰り《シノギ》がきつくなってたんでな。昔気質の兄貴は、女たちのカスリで喰《く》うことには最後まで反対した。違法カジノを増やすべきだと組長《オヤジ》に言いつづけていた。しかし、組長《オヤジ》は兄貴の意見には耳を傾けなかった」

「で、親分は村瀬さんにその方を始末しろと命じたんですね？」

「そうなんだ。おれは代貸《だいがし》にしてもらえるという話に飛びついて、人の道を踏み外しちまった。日本刀《ポントウ》で叩っ斬った兄貴にはさんざん世話になってたんだよ。兄貴を殺《や》ってから、すぐに後悔した。だからさ、自首して、素直に六年の刑に服したんだ。足を洗って、親の家に戻ったときは両親は他界してた。殺《あや》めた兄貴と父母を供養したくて、ここで写経《しゃきょう》に励んでるんだ。それで裏切りや親不孝を帳消しにできるわけじゃないがね」

「そうかもしれませんが、村瀬さん、ご家族は？」

「心底《しんそこ》惚れた女がいたんだが、所帯は持たなかったんだよ。こっちは堅気《かたぎ》じゃなかったんだ。一緒になろうなんて、とても言えなかった」

「村瀬さんは漢《おとこ》なんですね。カッコいいな」

「よそうや、こっちの話は。あんたもサラリーマンじゃないな。もしかしたら、刑事なんじゃねえのかい？」

「わかっちゃうんだな」

「やっぱり、そうだったか」

「殺人の濡衣を着せられたんです」

別所は無意識に口走ってしまった。経緯《いきさつ》を語りかけると、村瀬が遮《さえぎ》った。

「何も言わなくてもいい。あんたが部下を殺《や》ってないことは、目を見りゃわかるさ」

「そう言っていただけると、力が湧いてきます。重要参考人として捜査当局に追われてるんですが、どうしても輪島市に行きたいんですよ。そこに、事件を解く鍵を握ってる人物が潜伏してるかもしれないんでね」

「そうかい。とにかく、風呂に入りなよ」

村瀬が立ち上がった。別所も倣《なら》った。

浴室に案内された。別所は汚れた衣服を脱いで、二カ所の傷口を見た。血糊《ちのり》がこびりついているが、思いのほか傷は浅かった。

別所は洗い場で充分に掛け湯をしてから、湯船に沈んだ。傷に熱い湯が沁《し》みた。だが、身も心もほぐれていく。

ゆったりと浸《ひた》ってから、別所は頭髪と体を丁寧に洗った。脱衣所には、未使用のトランクスとソックスが用意されていた。浴衣《ゆかた》と帯も添えられている。

別所は浴衣を借用し、廊下に出た。村瀬が待ち受けていた。

「一緒に朝飯を喰おう」

「何から何まで申し訳ありません。お言葉に甘えさせてもらいます」

別所は村瀬に導《みちび》かれ、ダイニングキッチンに入った。

食卓には山菜の天ぷらや和《あ》え物が並んでいた。胡麻豆腐《ごまどうふ》や筑前煮《ちくぜんに》も添えてあった。

二人は向き合って、朝食を摂《と》りはじめた。

「あんたが風呂に入ってる間に、ちょいと貸しのある葬儀屋の社長に電話をして、近く廃車にする予定になってる宮型《みやがた》の霊柩車《れいきゅうしゃ》を借りる手配をした。近頃は田舎でも金ピカの宮型は不人気で、洋型霊柩車がもっぱら使われてるんだ」

　村瀬が言った。

「宮型霊柩車を運転して、輪島に行けっていうことなんですね？」

「そうだよ。霊柩車なら、検問所もノーチェックのはずだ。消防署の署長とも親しくしてるんで、救急車を借りることも考えたんだよ。しかし、救急隊員の制服まで貸してもらうのは無理だろうと思ってな」

「霊柩車のほうが怪しまれないと思います。村瀬さん、ありがとうございます。お礼はどのくらい差し上げれば……」

「怒るぜ。友情や他人《ひと》の厚意に値なんかつけるもんじゃねえっ」

「そうなんですが、こちらの気持ちが済みませんので」

「野暮《やぼ》ったい男だ。他人《ひと》の心意気は素直に受けるもんだよ。そうじゃなきゃ、相手がみっともない思いをするじゃねえか。どんな奴だって、どこかで他人に助《ス》けられたり、支えられたりしてるんだ。だからって、金品で返礼したら、善意や厚意が薄汚れちまう」

「ええ、確かにね」

「あんたも誰かが何かで困ってたら、何かできることをさりげなくしてやる。それでいいんだよ」

「わかりました。そうさせてもらいます」

別所は応じて、楤《たら》の芽《め》の天ぷらを口の中に入れた。美味だった。

食事が済むと、別所はリュックサックに入れておいた服と靴を取り出した。どちらも汚れてはいなかった。浴衣を脱いだとき、村瀬が外傷用の消毒液を持ってきた。

別所は二カ所の咬傷を消毒し、身繕《みづくろ》いをした。汚れた服と靴をリュックサックに詰めていると、村瀬宅の前で車のホーンが鳴った。

「霊柩車が来たようだな。あんたは、葬儀屋に顔を見せないほうがいいだろう。ここで待っててくれ」

村瀬が言い置いて、玄関に足を向けた。

別所は左手首の腕時計に視線を落とした。まだ午前八時前だった。
五、六分経《た》つと、村瀬が家の中に戻ってきた。
「葬儀屋の親父は従業員の車に乗って、店に戻っていったよ。もう金ピカの霊柩車に乗り込んでも大丈夫だろう」

「そうですか。村瀬さん、どんな理由をつけて霊柩車を貸してもらったんです？」

「安心してくれ、あんたのことは葬儀屋には話してないから。知り合いのモンゴル人が宮型霊柩車を母国で販売したがってるから、ちょっと見せてやってくれって頼んだんだ」

「モンゴルの方に宮型霊柩車を見せる？　それ、どういうことなんです？」

「最近、テレビの番組で知ったんだが、モンゴルでは金ピカの霊柩車の人気が高まってるらしいんだよ。成功した連中は、宮型霊柩車で親族の遺体を運びたがってるんだってさ」

「そうなんですか。まるで知りませんでした」

「世捨て人同然のおれも、それぐらいのことは知ってる。現職の刑事なら、もっと世間のことを勉強しないといけないんじゃねえか」

「一本取られました。村瀬さんには、すっかりお世話になってしまいましたね。機会があったら、またお目にかかりましょう」

「ああ。あんたを殺人犯に仕立てようとした奴を取っ捕まえられるといいな。葬儀屋の親父は霊柩車が邪魔になるようだったら、岸壁から海中に沈めちゃってもいいって言ってたよ。必要がなくなったら、適当な所で乗り捨てにしてもかまわない」

「わかりました」

別所はリュックサックを肩に掛け、村瀬宅を出た。元博徒に改めて礼を述べて、宮型霊柩車の運転席に入る。

「三つ目の交差点を左折して道なりに走れば、国道一五九号線にぶつかる。そしたら、右折だ。後は直進すれば、輪島市に達するよ。百キロぐらいはあるな。気をつけて！」

村瀬が片手を高く翳《かざ》した。

別所は大きくうなずき、霊柩車を走らせはじめた。

村瀬に教わった通りに走り、かほく市から国道一五九号線に入る。羽咋《はくい》市の先から国道二四九号線と呼ばれているが、ルートは同じだ。

志賀《しか》町、門前《もんぜん》町と抜けたが、検問所は一つも設けられていなかった。高塚山《たかつかやま》という低い山の先で、国道から逸《そ》れて海側に向かう。

濁池《にごりいけ》の分岐点を左に進む。まっすぐ走ると、正面に皆月湾があった。その手前が餅田地区だった。

ようやく目的地にたどり着いた。午前九時四十分過ぎだった。

港の際《きわ》に霊柩車を停め、別所は岸壁まで歩いた。十数隻の漁船が舫《もや》われていたが、人影は見当たらない。たゆたう海面が陽光を吸ってきらめいている。光の乱反射が幻想的だった。

別所は漁港の前の路地に足を踏み入れ、付近を巡《めぐ》った。ほどなく久住賢人の実家は見つかった。だが、人が住んでいる気配はうかがえない。

久住宅の隣家の前で路面を掃《は》いている七十年配の女性が目に留《と》まった。別所は、その老女に声をかけた。

「久住賢人さんの知り合いなんですが、実家には誰も住んでないようですね？」

「賢人ちゃんの両親はとうに亡くなられて、隣には何年も人が住んどらんで」

「久住さんが実家に戻ってるという話を共通の友人に聞いたんで、金沢まで出張で来たついでに寄ってみたんですよ」

「それは気の毒やったな。賢人ちゃんは大学生のころに過激派に入りよったんで、親に勘当されたはずや。それから一遍《いっぺん》も実家には寄りつかんと聞いとったから、賢人ちゃんが餅田に来ることはない思うんけどな」

「そうですか」

「この通りの端に賢人ちゃんの伯父《おじ》さんの家があるから、そこに行ってみたらどうやろう？」

「そのお宅の名前は？」

「同じ久住姓で、権之助《ごんのすけ》という方が世帯主やね。賢人ちゃんのお父さんの兄に当たる方ですよ」

「そのお宅に行ってみます」

「それがええ。ご苦労さまやったね」

老女が深々と頭を下げた。別所は恐縮しながら、相手と別れた。

久住権之助宅までは百数十メートルしか離れていなかった。久住の伯父は自宅にいた。八十代の半《なか》ばに見えたが、矍鑠《かくしゃく》としている。

別所は久住の知人と称して、茶の間に上がり込んだ。久住の義理の伯母に当たる女性も元気だった。別所にさかんに茶と最中《もなか》を勧めた。

「甥《おい》の賢人は気の優しい子やった。正義感も強かったのう。大学生のころに『日本赤色旅団』に入るとは思ってもみなかったけど、純粋やったからな。死んだ弟夫婦は賢人の頭がおかしゅうなった言うて、親子の縁を切りおった。そこまでせんでもええやろと弟に言うたんやがな」

「賢人さんが東京からいなくなったんで、故郷に戻られてると思ったんですが……」

「いや、こっちには戻っとらんはずや。賢人は過激派におったとき、シンパと称する美人の罠《わな》に引っかかって、『日本赤色旅団』の闘争スケジュールを油断して喋《しゃべ》ってしもうたんや。その相手は、本庁公安一課の新人刑事やったという話だったな。賢人よりも一つか二つ年下だったと思うわ」

久住の伯父が言って、緑茶で喉を湿らせた。

「その美人公安刑事の名前を憶《おぼ》えてらっしゃいます？」

「えーと、下の名は確か麻利子《まりこ》だったな。そう、新堀《しんぼり》麻利子や。『日本赤色旅団』のメンバーがあらかた逮捕された日の翌日、賢人が涙声でわしに電話してきよったんじゃ。公安の女刑事の罠に嵌《は》まって、セクトの仲間を裏切ることになってしもうたと歯噛みしておったわ。そんときな、賢人は美人公安刑事を殺して、自分も死ぬ言うとった。けど、賢人は思い直してくれたんやね」

「甥っ子さんは並行輸入業者として、ちゃんとやってますよ」

「それはよかった。賢人は過激派セクトのメンバーやったわけやから、人には言えんような苦労をしたんやろな。甥は田舎育ちの純情青年やったから、女刑事の嘘が見抜けんかったんやろう」

「そうなんでしょうね。賢人さんと親しくしてた幼馴染か旧友をご存じではありませんか？」

「さあ、すぐには思い出せんな」

「そうですか」

別所は久住の子供のころの話を聞いて間もなく、訪問先を辞去した。少し歩いてから、日下刑事のポリスモードを鳴らした。

「いま、どこにいるんです？　ずっと連絡がないんで、心配したんですよ」

「いろいろあって、少し前に久住の実家にたどり着いたんだ。しかし、対象者《マルタイ》は輪島には来てないようだな」

「そうですか」

「しかしな、能登まで来た甲斐《かい》はあったよ」

「何か新たな手がかりを得たんですね？」

日下の声が明るんだ。別所は、久住の伯父から聞いた話をそのまま伝えた。

「その新堀麻利子はもう公安一課にはいないでしょうが、すぐに近況を調べてみます。折り返し、電話をしましょう」

日下が通話を切り上げた。別所はリュックサックを揺すり上げ、漁港に向かって歩きだした。

皆月湾が見えたとき、日下から電話がかかってきた。

「新堀麻利子は『日本赤色旅団』が壊滅して間もなく、帰宅途中無灯火のワゴン車に撥《は》ねられて、数時間後に搬送された救急病院で死亡してました。轢《ひ》き逃げ犯は未《いま》だ逮捕されてません」

「日下ちゃん、美人公安刑事を轢き殺したのは久住賢人とは考えられないか？」

「あっ、そうなのかもしれませんね」

「本庁公安部の幹部の中に久住が轢き逃げ犯と見抜いた者がいたとしたら、大物故買屋は弱みを握られ、裏金づくりに協力させられたとも考えられるな」

「でも、法改正で現在は殺人に時効はなくなりましたが、昔の轢き逃げ事件はすでに時効です。久住が自分を騙《だま》した新堀麻利子を轢殺《れきさつ》したとしても、もうびくつくことはないわけでしょ？」

「ああ、そうだな。しかし、セクトの仲間たちは久住が美しい公安刑事の協力者だったとは気づいてないのかもしれない。だとしたら、公安部の誰かが久住の弱みをいまも握ってることになるよな？」

「あっ、そうか。久住が裏切り者と知ったら、昔の活動家仲間は故買屋の命を狙うかもしれませんね」

「考えられるな、それは。やっぱり、久住は昔の弱みをちらつかされて、公安関係者の手先になってるのかもしれないぞ。故買ビジネスだけじゃなく、中国から呼び寄せた犯罪のプロたちを使って、もっと儲かる非合法ビジネスもやらされている疑いがある」

「そうですね。しかし、肝心の久住の潜伏先がわからないし、不法入国した二十一人の養子たちの大半も〝蒸発〟してしまったからなあ。なかなか裏付《ウラ》けは取れないでしょ？」

「そうだな。おれは検問所を避けながら、なんとか東京に舞い戻る」

別所は電話を切り、霊柩車に向かった。霊柩車で行ける所まで行くことにした。

霊柩車のドアを開けたとき、背後に誰かが迫《せま》った。

振り向く前に別所の首に硬い金属棒が喰《く》い込んだ。感触で、振り出し式の特殊警棒とわかった。

「本庁の根岸警部だな?」

「そうだ。やっと会えたな。もっと早く会いたかったんだがね。土屋刑事殺しで任意同行を求める」

「令状《オフダ》は?」

「まだ取ってないが、きさまがクロであることは間違いないだろう」

「そう確信してるんだったら、なぜ裁判所から逮捕状を取らないんだっ」

「本庁の刑事部長が少し慎重になってるんだよ。しかし、きさまは限りなくクロに近い」

「冗談じゃない」

「少しでも逃げようとしたら、とりあえず公務執行妨害罪で手錠《ワッパ》を打つ!」

根岸が声を張った。

「おれは潔白だ」

「まだそんなことを言ってるのかっ。ゆっくりとひざまずくんだ」

「おれは罠に嵌《は》まっただけだ」

別所は両手で背のリュックを横にずらし、靴の踵《かかと》で根岸の右の向こう臑《ずね》を蹴った。

根岸が呻いて、特殊警棒から片手を離した。

別所は振り向きざまに、肩で根岸を弾《はじ》いた。

根岸が路面に倒れた。別所は走りだし、路地に逃げ込んだ。そのまま全速力で疾走しつづける。

やがて、息が上がった。

別所は振り返った。根岸警部の姿はどこにも見えない。追うことを諦《あきら》めたようだ。

しかし、安心はできない。検問所の数は倍になるだろう。

どんな迂回《うかい》ルートを選びながら、帰京すべきか。

別所は考え考え、大股で歩きだした。

2

頭皮が痒《かゆ》くなってきた。

通気性の悪いウィッグを被《かぶ》っているせいだろう。

別所は、長髪の鬘《かつら》の上から頭頂部を叩いた。『あさま528号』の車中だ。

長野新幹線は午後一時四十七分に長野県を発車し、佐久平《さくだいら》駅に差しかかっていた。

別所は久住の実家の近くでトレーラートラックに同乗させてもらい、金沢駅前で降りた。北陸本線に乗るつもりでいたが、駅周辺には警察官たちが張り込んでいた。

別所は駅前通りで長髪のウィッグ、若者向けの衣類、靴、ギターケースなどを買い込み、ミュージシャンに化けた。

リュックサックの中身は、そっくりギターケースに移した。それから彼はヒッチハイクを重ね、JR長野駅にたどり着いたのである。

長野駅前にも制服警官の姿があった。しかし、別所の変装を看破《かんぱ》した者はいなかった。それでも新幹線に乗り込むまで緊張は緩《ゆる》まなかった。

列車が佐久平駅に到着した。

別所のいる三号車に、二人の中年男性が乗り込んできた。

どちらも眼光が鋭い。刑事かもしれない。

別所は腰を浮かせて、網棚《あみだな》からギターケースを下《お》ろした。かたわらの空席のシートに置き、把《と》っ手《て》に手を添える。

二人の男は乗客を露骨に見ながら、ゆっくりと近づいてくる。

別所は左手で濃いサングラスをかけた。

男たちが別所の横で立ち止まった。別所はギターケースを引き寄せた。二人連れが長野県警の者だったら、ギターケースで薙《な》ぎ倒し、列車の非常コックを引くつもりだ。

「お寛《くつろ》ぎのところ、申し訳ありません。警察の者ですが、ちょっとサングラスを外していただけませんか？」

片方の男が別所に話しかけてきた。

「おれは光が苦手なんだ。コンサートで強い照明を浴びつづけてきたんで、目が弱ってるんだよ」

「シンガーの方なんですね?」

「そう。松本で昨夜《ゆうべ》、おれのコンサートがあったんだ」

「それでは、お疲れでしょうね?」

「ああ、くたくただよ。おれは魂を込めて歌ってるからね。いったい何があったんだい?」

「ある事件の手配犯が北陸、信越、東海地方のどこかに潜伏してるようなんですよ。警視庁から協力要請があったものですから……」

「おれは、そこそこ名の売れてる男だぜ。危《ヤバ》い事件には無関係だよ」

「ええ、わかってます。それじゃ、マネージャーの方にあなたのことを確認させてもらうことにしましょう。マネージャーの方は、どこにお坐《すわ》りなんです?」

「食中《しょくあた》りでトイレに入りっ放しなんだ」

別所は言い繕《つくろ》った。声をかけてきた男が相棒に目をやった。

「そういうことでしたら、ほんの一瞬で結構ですんで、サングラスを外していただけませんかね?」

相棒が穏《おだ》やかに言った。だが、目には警戒の色が宿《やど》っていた。

別所は追い詰められた気持ちになった。いつまでもサングラスを外さないと、かえって怪しまれることになるだろう。大きく片目を眇《すが》めてから、おもむろにサングラスを外す。

二人の男が、ほぼ同時に別府の顔を覗き込んだ。すぐに片方が黙って首を横に振った。相棒が無言でうなずく。

別所はサングラスで目許《めもと》を隠した。

「ご協力、ありがとうございました」

最初に話しかけてきた男が謝意を表した。

「おれが犯罪者じゃないって、やっとわかってもらえたか」

「別段、あなたを怪しんだわけじゃないんですよ。一応、お顔を確認させてもらいたかっただけです」

「おたくたちも大変だな。相手が気難しい奴だったら、怒鳴《どな》りつけられるんじゃないの？」

「そういうこともありました。余計なお世話かもしれませんが、ギターケース、床《ゆか》に置かれたほうがいいと思います。坐席から滑り落ちると危険ですのでね」

「そうだな。下に置くことにするよ」

別所は同意した。男たちが一礼し、四号車に移っていった。別所は安堵し、ギターケースを床《フロア》に下《お》ろした。

シートに腰かけたとき、なんの前ぶれもなく被弾した曽我部が倒れるシーンが頭の隅に浮かんだ。

別所は無性《むしょう》に酒が飲みたくなった。緊張の連続で、さすがに神経がくたびれていた。アルコールで一気にストレスを吹き飛ばしたかった。

しかし、缶ビール一缶だけで切り上げることはできない。いったん飲みはじめたら、いつものように自制が利かなくなることは自分が一番よく知っていた。

別所は残像を振り払うような気持ちで、車窓から連《つら》なる田園風景を眺めた。緑一色で、清々《すがすが》しい。

ぼんやりと流れる景色を目で追っていると、今度は本庁の根岸警部の姿が脳裏に拡《ひろ》がった。

根岸は別所を取り逃がしたことを悔しがっているにちがいない。また彼は先回りして、どこかで張り込んでいるのではないか。そんな強迫《きょうはく》観念が膨らむと、ふたたび別所はアルコールを体に入れたくなった。

ここが我慢のしどころだ。

妻と娘のことを交互に思いながら、必死に耐える。そうこうしているうちに、別所はまどろんでいた。

　ふと目を覚ましたのは、熊谷《くまがや》と大宮《おおみや》の間だった。上野で下車すべきか。それとも、東京駅まで行くべきか。

　別所は少し迷ってから、上野駅で下車した。東京駅よりも警戒が緩《ゆる》いと判断したのだ。列車は定刻の午後三時二十六分にホームに滑り込んだのだが、別所は駅のベンチで七、八分時間を遣《や》り過ごした。

　上野駅を出る。昭和通りまで歩き、地下鉄入谷《いりや》駅裏の大衆食堂に入った。客は疎《まば》らだった。別所は隅のテーブルにつき、煮魚《にざかな》定食を頼んだ。テレビ画面には、永田町の首相官邸が映し出されていた。建物の一部が爆破されている。

　別所は煙草に火を点けながら、画面の実況中継の模様を目で追った。軍事炸薬《さくやく》を搭載《とうさい》した無人小型飛行機《ドローン》が午後二時半過ぎに首相官邸に突っ込み、九人の死者が出たという。重軽傷者の数は五十人近いらしい。

　閣僚のひとりが爆死し、元首相、大物国会議員、財界人、政務官なども亡くなったそうだ。重軽傷者の多くは官邸職員だが、政治家の公設秘書や報道関係者も混じっているという報道だった。大惨事だ。

「さきほどもお伝えしましたが、午後三時に主要マスコミ各社に『牙《きば》の群れ』と言う謎のテロリスト集団が犯行声明文を寄せました。首相官邸の一部を爆破した犯行グループは日本人失業者全員に無条件で生活保護費を支給し、不法滞在のアジア系外国人に特別在留許可証を与えなければ、国会議事堂、警察庁舎、防衛省、国内の原子炉を次々に爆破すると予告しています」

四十歳前後の男性放送記者がマイクを握って、早口でレポートした。首相官邸の上空には、警視庁航空隊のヘリコプターや自衛隊機が舞っている。

「大変な騒ぎになってますね」

煮魚定食を運んできた男性店員が言った。

「そうみたいだな」

「過激派の仕業《しわざ》っぽいですけど、『牙の群れ』なんてセクトがありましたっけ？」

「聞いたことないね。各セクトは十年以上も大きなテロ騒ぎは起こしてない」

「ええ、そうですよね。でも、世の中、おかしくなってます。アナーキーな極左《きょくさ》集団が暴走しはじめたんじゃないんですか？　多くの国民が現在の社会システムをぶっ壊さないと、日本は再生できないと思ってるみたいだから、血気盛んな若い連中が極端な行動を起こしたんでしょう」

「確かに政治家、財界人、官僚の多くは自分たちの利益を優先して、一般市民をないがしろにしてるよね。また野党に国の舵《かじ》取りを任せないと、もっとひどい状況になりそうだ」

「いまの野党はあまり頼りにならないでしょ？　いっそ無政府状態になって、出直してもいいいんじゃないのかな」

「そういう考えは、ちょっと無責任だな。国民がもっと政治意識を高めて、選挙権を有効に活用し、少しでも社会をよくする努力をすべきだよ」

「庶民の大半は生活していくことで精一杯で、世の中を変えなければなんて気持ちになれないいんじゃないですか？　それだけ政治不信が強いんだと思います」

「だからって、政治に無関心のままでは何も変えられない。きょうのテロ事件を引き起こした連中は焦《じ》れたんだろうが、一般市民の共感を得られない方法で社会の改革をめざしても、浮いてしまうだけさ」

別所は言ってから、青臭いことを力説していることが照れ臭くなった。

店員が曖昧《あいまい》に笑って、遠ざかっていった。

別所は煮魚定食をつつきはじめた。ごく庶民的な家庭料理だが、空腹だったからか、割にうまかった。

食後の一服をし終えたとき、プリペイド式の携帯電話が振動した。ディスプレイを見る。発信者は日下刑事だった。

「いま、どこにいるんです？」

「上野だよ」

「まさか出頭して、身の潔白を主張する気になったんじゃないでしょうね？」

「もちろん、そうじゃない。灯台下《もと》暗しじゃないが、上野周辺には網が張られてないかもしれないと思ったんだよ」

「そうなんですか」

「いったん電話を切って、すぐにコールバックするよ。いま、喰《く》い物屋にいるんだ」

別所は通話を切り上げ、急いで勘定を払った。大衆食堂の脇の裏通りに入って、日下に電話をする。

「こっちも署から、さらに遠ざかりました。何を話しても問題ありません」

「そうか」

別所は根岸警部に身柄を確保されそうになったことを話し、帰京したルートにも簡単に触《ふ》れた。

「まだ本庁の根岸さんは捜査本部に戻ってきてません。おそらく警部は、まだ別所さんが能登半島のどこかに身を潜めてると睨《にら》んでるんでしょう」

「そうなのかもしれない。それはそうと、大変なテロ騒ぎが起こったな。首相官邸の一部が爆破されたニュースを大衆食堂のテレビで知ったんだ」

「そうですか。どの過激派もずっと鳴りをひそめてたんで、びっくりしましたよ。なんか唐突《とうとつ》な感じがしました」

「おれも、それは感じたよ。『牙の群れ』なんてセクトは馴染《なじ》みがないし、マスコミ各社に寄せられたという犯行声明の内容もこれまでの過激派のパターンと少し異《こと》なってるよな？」

「ええ、そうですね。これまでの例とは違って、単に国家権力に牙を剝《む》いてるだけではありません」

「そうだな。犯行目的を具体的に明らかにしてるし、わざわざ次の攻撃目標まで表明している。公安刑事じゃないから断言はできないが、これまでの過激派の犯行《ヤマ》ではそうした例はなかったと思うんだ」

「多分、一例もなかったんじゃないのかな」

「日下ちゃん、首相官邸を狙ったテロ犯罪には何か作為《さくい》を感じないか？　ひょっとしたら、仕組まれたテロ騒ぎなのかもしれないな」

「そうだったとしたら、誰がなんの目的で仕組んだんでしょう？」

日下が問いかけてきた。

「そこまでは見えてこないんだが、どうしても過激派セクトの犯罪《ヤマ》とは思えないんだよ。本庁公安部にいる同期生から情報を集めてくれないか」

「わかりました。例の車で轢《ひ》き殺された新堀麻利子の直属の上司だった増尾謙作《ますおけんさく》は、公安部長になってます。五十九歳ですが、ノンキャリアですんで、異例の出世と言えるでしょうね」

「そうだな」

「三十年ほど前に公安一課にいた刑事でいま現在も本庁の公安部に籍を置いてるのは、増尾公安部長ひとりだけです」

「当然、増尾部長は公安一課にいた時分、部下の美人刑事が久住賢人を抱き込んでSにしようと工作してたことは知ってたはずだ」

「もちろん、知ってたでしょう。ルーキーの新堀麻利子が独断で、『日本赤色旅団』の久住に接近したとは考えにくいですからね」

「そうだな。女刑事は上司の増尾の命令で、久住賢人を公安のスパイにしようと画策してたにちがいない」

「ええ、そうだったんでしょう」

「そうだとしたら、増尾は新堀麻利子を車で轢き殺したのは、Sとして美人刑事に利用されてた久住かもしれないと怪しむだろう。しかし、その久住は捜査対象人物にもなっていなかったようだ」

「そうなんでしょうね。久住が容疑者リストに載《の》ってたんなら、同期の奴はそのことを黙ってるわけないからな」

「そうした事実を考えると、公安部長にまで昇進した増尾謙作と久住との間に日本では禁じられてる司法取引めいたものがあったんだろうな」

「公安部長は久住が洩らした情報によって、『日本赤色旅団』を壊滅に追い込むことができた。そういう借りがあるんで、久住が美人刑事に復讐したことには目をつぶってやった？」

「そうなんだろう。それで、双方の貸し借りはなくなる。しかし、久住はセクト仲間を裏切ったことで悩み、彼らが服役後に自分に何か仕返しをするかもしれないという怯《おび》えに取り憑《つ》かれてたんじゃないだろうか」

「増尾謙作は久住の身の安全を保障してやるとでも言って、革命家崩れに故買ビジネスで公安の裏金を調達させたんですかね？」

「そうかもしれないし、前にも言ったように増尾は久住が美人刑事を無灯火の車で轢き殺した事実を切札に使って、非合法ビジネスで荒稼ぎしろと命じたのかもしれないな。増尾に逆《さか》らえなくなった久住は、偽の養子縁組ビジネスを強要されたとも考えられる」

「別所さん、新堀麻利子の二つ下の妹が墨田区吾妻橋《あづまばし》三丁目にある『香月《こうげつ》』という和菓子屋に嫁《とつ》いでるんですよ。結婚して須貝紀代子《すがいきよこ》になってるそうです。年齢は五十六だったかな。死んだ美人刑事の妹に会えば、何か手がかりを摑めるかもしれませんよ。店は清澄《きよすみ》通りに面してるという話でした」

「いまから、その和菓子屋に行ってみるよ」

別所はプリペイド型の携帯電話を折り畳むと、表通りに出た。通りかかったタクシーを拾う。『香月』に着いたのは、二十数分後だった。

別所は店の前を素通りし、裏通りに入った。サングラスを外し、ロングヘアのウィッグを脱ぐ。別所は両手で髪を梳《す》き上げ、ウィッグをギターケースに収めた。サングラスは胸ポケットに突っ込んだ。

ギターケースを提《さ》げながら、清澄通りに戻る。別所は『香月』の隣の商店の端にギターケースを置き、目的の和菓子屋に足を踏み入れた。

客はいなかった。
五十五、六歳の細面《ほそおもて》の女性が店番をしていた。前髪は白いが、目鼻立ちは整っている。
「いらっしゃいませ。何を差し上げましょう」

「わたし、警視庁で未解決事件の継続捜査に携《たずさ》わってる者なんですよ。三十年近く前に亡くなられた新堀麻利子さんの妹の紀代子さんですね？」

別所は警察手帳の表紙だけを見せて、でまかせを澱《よど》みなく喋った。

「はい、旧姓新堀紀代子です。姉の事件は、もうとっくに時効になりましたでしょ？法改正で殺人の時効がなくなりましたが、姉の麻利子が車で轢き殺されたのは三十三

「確かに殺人の時効は過ぎてしまいましたね。犯人を突き止めても、刑罰《けいばつ》を科すことはできなくなりました。しかし、それでは被害者は浮かばれません」

「ええ、それはね」

「ですから、わたしたちの班は時効を迎えた迷宮事件の捜査を続行してるわけです」

「そうなんですか。それはありがたいことです。犯人がわかれば、姉も成仏《じょうぶつ》できると思います」

「これまでの捜査資料だけでは進展がないものですから、こうしてお邪魔した次第なんです」

「そうなんですか。わたしが知っていることは、なんでもお話しします」

紀代子の顔が引き締まった。

「よろしくお願いします。お姉さんは公安一課にいたころ、過激派の『日本赤色旅団』のメンバーにシンパを装って接近し、情報を収集してたらしいんです。それだけじゃなく、その相手をS、つまりスパイとして取り込もうとしてたようなんですよ。その彼は、女優のように美しかった新堀麻利子さんにのぼせ上がってたんでしょうね。そのれで、どうも所属セクトの闘争スケジュールや組織の秘密をあなたのお姉さんに漏《も》らしてしまったようです。で、公安部は『日本赤色旅団』を叩き潰すことができたんですよ」

「そうなんですか。姉は職務のことは、わたしたち家族には何も話してくれませんでしたので、何も知らないんですよ」

「そうでしょうね。公安刑事は、その種の服務規定が特に厳しいからな。仕事のことは何も話せなかったはずです。お姉さんの口から、久住賢人という名前を聞いた記憶はないでしょうね？」

「ええ、一度もありません。その方を姉が抱き込んで、『日本赤色旅団』の秘密を探《さぐ》り出したんですね？」

「そう考えられます。お姉さんは、仕事のことで何か悩まれてる様子は見せませんでした？」

別所は矢継《やつ》ぎ早《ばや》に訊《き》いた。

「事件の数カ月前のある夜、姉は冗談めかして自分は罪深いことをしてる悪女だから、畳の上では死ねない気がするなんて呟いたんです。もしかしたら、不吉な予感を覚えてたんではないのかしら？」

「そうなんでしょうか」

「これは単なる想像なんですけど、姉は抱き込んだ過激派セクトのメンバーに恋愛感情めいたものを懐《いだ》きはじめたのかもしれません。だから、自分のことが〝悪女〟と思えたんではないのかな。抱き込んだ内通者を異性と意識してなかったら、相手に自分がどんな女と見られてるかなんて考えないんじゃありません？」

「ええ、そうでしょうね。亡くなられたお姉さんは、Ｓとして抱き込んだ相手を好きになりかけてたのかもしれないな」

「わたし、そんな気がしてるんですよ」

「その当時、お姉さんに特定の男性はいたんでしょうか？」

「交際してた男性はいなかったはずです。姉は頭がよくて器量も悪くなかったんで、子供のころから男の子たちにはちやほやされてたんですよ。でも、自分に言い寄ってくる相手にはまったく興味を示しませんでした。姉は愛されるよりも、自分で愛したいタイプだったんです。でも、思想的には右寄りだったから、極左の男性には惹《ひ》かれないと思うんですけどね」

「そのあたりが、男と女の不思議なのかもしれませんよ」

「ええ、そうなのかな。でも、相手の方は姉が極左のシンパを装ってても、本質的には右寄りだってことは見抜いてたんじゃないのかしらね。それでも、いったん燃え上がった恋の炎はなかなか消すことができなかったのかな？」

「そうなんでしょう。しかし、Ｓにされた男は新堀麻利子さんが公安一課の刑事と知ってしまった。そのときのショックと憤《いきどお》りは計《はか》り知れないものがあったにちがいありませんよ」

「刑事さんは、久住賢人という方が姉を無灯火の車で撥《は》ねたと推測してらっしゃるようね」

「まだ確証は摑んでませんが、その疑いはあると考えてます」

「その方が姉の命日に毎年こっそりと墓前に好きだった百合《ゆり》を手向《たむ》けてくれてるんだろうか。ええ、そうなのかもしれないわ」

紀代子が自問自答した。

「毎年欠かさずにお姉さんの本命日《ほんめいにち》に墓参りをする人物がいたのか……」

「そうなんですよ。お寺の住職さんには声をかけずに墓地を直《じか》に訪れて、花と線香を供《そな》えてくださってるの。いつも夕方にね」

「その人物を見かけた方はいないんですか？」

「二年前の命日の黄昏《たそがれ》どきに一度だけご住職の奥さんがその方の後ろ姿を見たそうなの。五十八、九の男性だったそうです。奥さんが声をかけたらしいんですけど、その方は振り向くことなく足早に立ち去られたというの」

「そうですか」

別所は短く応じただけだったが、住職夫人が見かけたという男は久住賢人だと確信を深めていた。故買屋に身をやつしている元過激派セクトの闘士は逆上して美人公安刑事を車で轢き殺してしまったが、犯行直後に後悔したのだろう。しかし、自首したら、セクト仲間に自分の背信行為を知られてしまう。命が惜《お》しかったのか。

あるいは、裏切り者の烙印《らくいん》を捺《お》されることをどうしても避《さ》けたかったのだろうか。どちらかの理由で、久住は新堀麻利子殺しの件で頬被りしてしまったのだろう。

「その男性が姉を無灯火の車で轢き殺したとしても、故人に寄せていた想いは本当の愛情だったと思います。充分に罪は償《つぐな》ったんでしょうから、もう赦《ゆる》してあげたい気もします。ただ、妹としてはやはり水に流すことはできないという思いもあって、複雑な気持ちになりますね」

「あなたのお気持ち、よくわかります。ところで、お姉さんの命日はいつでしたっけ。三十三年前のいまごろでしたよね？」

「姉の命日は明日です。身内が揃って向島二丁目の妙心寺《みょうしんじ》に午前中に供養に行くことになってるんですよ。夕方、話に出てる男性が白百合を持って境内《けいだい》に現われるかもしれません」

紀代子が言った。

「ええ、その可能性はありそうですね」

「わたしは、まだ確かめるのが怖くて……」

「あなたの代わりに明日の夕方、わたしが向島のお寺に行ってみますよ。参考になる話をうかがえて、とても有意義でした」

別所は一礼し、『香月』を出た。

3

池の水面《みなも》が美しくきらめいている。

不忍池《しのばずのいけ》だ。別所は、不忍通りに面したホテルの一室の窓から眼下を眺めていた。

六階のツインベッドルームだった。

三十三年前に殺害された美人公安刑事の妹の嫁ぎ先を訪ねた翌日だ。午前十一時五十分を過ぎていた。

宿泊先は一応、観光ホテルに指定されている。しかし、情事を娯《たの》しむカップルに多く利用されているようだ。

前夜、別所は両隣の部屋から洩《も》れてくるベッドの軋《きし》み音や女の愉悦《ゆえつ》の声に悩まされ通しだった。侘《わ》び寝をしている自分だけが疎外《そがい》されているような気持ちで、なんとも遣《や》る瀬《せ》なかった。

部屋のチャイムが鳴った。

来訪者は日下刑事にちがいない。彼は正午に部屋を訪れることになっていた。別所は出入口に歩《ほ》を運び、ドアを開けた。やはり、日下だった。

「捜査本部の聞き込みで忙しいのに、迷惑かけて済まない」

「水臭いことを言わないでくださいよ。それはそれとして、まさに灯台下暗《もと》しですね。まさか別所さんが上野署とは目と鼻の先のホテルに泊まってるなんて、誰も思わないでしょうから」

「ちょっとした盲点を衝《つ》いたんだよ。しかし、油断はできない。無防備に出歩いたりしたら、署の連中と会うだろうからな」

別所は言って、日下をコンパクトなソファに坐らせた。自分も向かい合う位置に腰かけた。

「本庁の根岸警部は、今朝《けさ》九時過ぎに捜査本部《チョウバ》に顔を見せました。きのうの夜に東京に戻ってきたんでしょう」

日下が報告した。

「どんな様子だった？」

「不機嫌そうでしたね。別所さんに逃げられたことを忌々《いまいま》しく思ってるんでしょう」

「根岸は単独で能登半島に出かけたことを上野署《うち》の刑事課に伝えてあったのかい？」

「何も言わずに久住の故郷に出かけたようですよ。うちの課長も本庁捜一の人間には一目《いちもく》置いてますから、根岸警部には何も訊けなかったんだと思います」

「そうなんだろうな」

別所は、前の日に須貝紀代子から得た新情報を日下に伝えた。

「新堀麻利子の命日に向島の妙心寺に出かけてるのは、久住賢人なんでしょう。そうなら、故買屋は本気で麻利子に惚れてたんだろうな」

「そうなんだと思うよ。だから、久住は好きになった女の企《たくら》みに気づいたとき、理性を忘れて憎しみと殺意を増幅させてしまったんだろう」

「久住は革命を夢見ていたぐらいですから、根は純で女性にも初心《うぶ》だったんでしょう。都会育ちなら、すれた女たちを多く見てますから、そう簡単には色仕掛け《ハニートラップ》になんか引っかからなかったはずです」

「都会育ちでも飛び切りの美女に甘えられたら、つい鼻の下を伸ばしちゃうんじゃないのか？」

「そうかもしれませんね」

「きのうの爆破騒ぎで、本庁の警護課や捜一の特殊捜査班のメンバーはピリピリしはじめてるんだろうな？」

「ええ、そうみたいですね。各所轄の強行犯係や暴力犯係まで、きのうの事件《ヤマ》の捜査に協力させせられてるようです」

「そういうことなら、おれの追跡に駆り出されてた捜査員たちの数は必然的に少なくなるな」

「現に少なくなってますよ。別所さんにとっては、悪くない話だと思います」

「そうだな。それはそうと、捜査本部はおれ以外の容疑者を洗い出してないのか？」

「土屋君の交友関係をとことん洗い直してみたんですが、殺人犯と疑える奴は捜査線上に浮かんでこないんですよ」

「そんなことで、相変わらず土屋を殺《や》ったのはおれだと疑われてるわけか」

「ええ、まあ」

日下が目を伏せた。

別所はセブンスターをくわえた。ふた口ほど喫《す》ったとき、日下が上着の内ポケットから一葉《いちよう》のカラー写真を抓《つま》み出した。被写体の男は彫《ほ》りが深く、肌が浅黒い。インド人か、パキスタン人だろう。

「この男に見覚えはありませんか？」

「どれ、どれ」

別所は、日下が差し出したカラー写真を受け取った。印画紙の中の外国人をよく見る。別所は小さく驚きの声をあげた。知っている男だった。

「そいつはきのうの午後二時半ごろ、首相官邸の近くをうろついてたらしいんです。

ひょっとしたら、ドローンを操縦してたのは、その男かもしれません」

「写真の男はパキスタン人で、ナワズ・ザルダリという名だよ。四十二歳だったかな。ザルダリは二、三年前まで足立区で自動車解体業をやってたんだが、あまり儲からなかったらしく、同国人の悪党《ワル》たちと貴金属店荒らしをするようになったんだ」

「そうなんですか」

「ザルダリは盗品を久住のとこに持ち込んでたんだ。保安係《うち》の内偵で、そのことは調べ上げてる」

「ということは、久住が首相官邸爆破事件に関与してる疑いも出てきたわけですね。不審なパキスタン人と久住賢人が繋《つな》がってるんですから」

「そうなんだが、久住がテロ事件に関わってるかどうかはまだわからないな。事件現場付近で、ナワズ・ザルダリは複数の人間に目撃されてるのか？」

「公安一課から引っ張ってきた情報では、そうですね」

「ザルダリは、コントローラーらしき物を持ってたのかな？　そうなら、奴がドローンを無線操縦してたんだろう。つまり、ハンドラーってことになる」

「ザルダリというパキスタン人がコントローラーを隠し持ってたかどうかは不明です」

日下が応じた。

「そうか。しかし、ザルダリが犯行時に首相官邸にいたということに引っかかるな」

「そうですね。ザルダリが軍事炸薬を載《の》せたドローンを首相官邸に突っ込ませたと仮定したら、単なる雇われのハンドラーだったんでしょうか。それとも、『牙の群れ』の一員なんですかね？」

「ザルダリが極左《きょくさ》組織のシンパとは思えないな。内偵で、奴が貴金属窃盗団の実質的なリーダーであることはわかってるんだ。日本にいるのは、荒稼ぎしたいだけなんだろう」

別所は言った。

「しかし、本庁の公安部の話によると、日本に不法滞在してるパキスタン人の中には野党イスラム教徒連盟の活動家崩れも何人かいるみたいですよ。パキスタン政権が陸軍を出動させて、反政府派の要人たちを拘束したとき、大統領を暗殺しかけた奴もいるらしいんです」

「そうなのか」

「それからですね、パキスタンには国際テロ組織『アルカイーダ』の支援グループがあるそうです。それを裏付けるようにアフガニスタンやイラクから逃れた過激派分子を匿《かくま》ってるそうです。それだけではありません。三月の中旬にイエメン東部ハダラマウト県の観光名所シバームで韓国人観光客たち五人が爆弾テロの犠牲になりましたが、その犯行集団の中に数人のパキスタン人が混じってたらしいんですよ」

「そう」

「実行犯グループの『イエメンの兵士旅団』は、『アルカイーダ』の支援組織なんだそうです。パキスタンの過激派集団は、サウジアラビアのテロ組織『アラビア半島のアルカイーダ』とも繋がってるという話でした」

「そこまでは知らなかったな」

「『牙の群れ』は日本の過激派セクトの集合体とは考えられませんかね。それで、ナワズ・ザルダリはきのうの爆破テロの手伝いをしたのかもしれませんよ。もちろん、久住賢人も『牙の群れ』のメンバーなんでしょう。ザルダリは盗《ギ》った貴金属を久住に買い取ってもらってるんで、協力を惜《お》しまなかった。そう考えてもいいんじゃないのかな。別所さんはどう思います？」

「ザルダリがパキスタンの過激派分子や『アルカイーダ』と繋がってるとは考えにくいな。金と女にしか関心を示さない男だからね」

「そう見せかけてるだけで、素顔は筋金入りの過激派分子のひとりなんじゃないのかな？」

「そうは思えないが、ザルダリが経営してた自動車解体工場に行ってみよう。奴は工場に併設されてるプレハブの事務所で寝泊まりしてるはずなんだ」

「そうですか。夕方になったら、向島の妙心寺に行く予定なんですね？」

日下が確かめた。

「ああ、そのつもりだよ」

「久住が妙心寺に現われることを祈りたい気持ちだな」

「そう願いたいね。久住と接触できれば、土屋殺しの手がかりは必ず摑めるだろう」

「ええ、多分。久住が新堀麻利子の墓参に訪れたら、ずっと都内のどこかに潜伏してたんでしょうね」

「そうなんだろう。岩手に行ったり、能登半島に出かけて無駄に時間を費《つい》やしてしまったよ」

「でも、まるっきり無駄だったわけじゃないでしょ？　久住が大学時代の旧友になりすましてたことがわかったわけですし、美人公安刑事との関わりも透《す》けてきたんですから」

「ああ、そうだな。日下ちゃん、昼飯はまだ喰《く》ってないんだろう？」

「ええ」

「それなら、一緒に喰おう」

別所は椅子から立ち上がり、ベッドの横に立てかけてあるギターケースに歩み寄った。ケースから長髪のウィッグを取り出し、手早く被る。

「そのウィッグで変装して、ずっとヒッチハイクを重ねてたんですか？」

「こいつと服は金沢で買ったんだよ。ミュージシャンに化けたつもりなんだが、見えるかい？」

「ミュージシャンというより、なんか昔のヒッピーみたいだな。でも、すぐには別所さんだとはわからなくなりましたよ」

日下がおかしそうに笑いながら、ソファから腰を上げた。

二人は六〇三号室を出て、一階のグリルに入った。客は数える程度しかいなかった。

別所は勝手に二人分のシャリアピン・ステーキを注文した。日下には世話になり通しだったから、少しでも犒《ねぎら》いたかったのだ。

一人前六千八百円だったが、それで恩を返したとは思っていない。いずれ無実を証《あか》せたら、改めて感謝を示したいと考えている。

十分ほど待つと、ステーキとパンがテーブルに届いた。

「遠慮なく喰《く》ってくれ」

「はい、ご馳走《ちそう》になります。こんな豪華な昼飯を食べるのは生まれて初めてだな」

日下が嬉しそうに言って、ナイフとフォークを手に取った。別所もシャリアピン・ステーキを頬張りはじめた。

細かく刻んでバターで炒《いた》めたオニオンは、果実のように甘い。分厚い上等な牛肉も口の中で蕩《とろ》けた。

「なんなら、もう一枚ステーキを喰ってもいいぞ。そっちには、いろいろ無理を言っちゃったからな」

「たいしたお手伝いはしてませんよ。ステーキ一人前で充分です」

日下の目尻は下がりっ放しだった。

食事を終えると、二人はグリルの前で別れた。別所は部屋に戻り、私物のスマートフォンを使って妻に電話をかけた。スリーコールで、電話は繋がった。

「おれだよ。きょうも、店の前に刑事たちが張り込んでるのか？」

「ええ、いるわね。非公式の捜査はどこまで進んでるの？　真犯人は見つかりそう？」

有賀里が一息に喋った。別所はこれまでの経過を伝えた。

「まだ土屋さんを殺した犯人は、久住だとは断定できないのね」

「残念ながら、そうなんだ。しかし、久住賢人が事件を解く鍵を握ってることは、もはや間違いないよ」

「根拠があるわけじゃないんだけど、殺された土屋さんは久住が二十代のころに美人刑事に抱き込まれて以来、ずっと本庁公安部と腐れ縁にあったことを嗅ぎ当てて、そのことを恐喝材料にしてたんじゃない？」

「それだから、久住は殺し屋か誰かに土屋の口を封じさせた？」

「うまいなあ」

「おそらく、そうなんでしょうね。あっ、待って。怪しいのは、久住って男だけじゃないわ。公安部関係者も疑わしいわね」

「話をつづけてくれないか」

「わかったわ。久住は新堀麻利子という美しかった公安刑事にうまく抱き込まれて、『日本赤色旅団』に関する極秘情報を喋っちゃったのよね？」

「ああ、そうだ」

「その当時の美人刑事の上司は、いま、どうしてるの？」

「その上司は増尾謙作という名で、現在、本庁公安部長を務めてる」

「女刑事さんは『日本赤色旅団』が壊滅に追い込まれた後《あと》、無灯火の車で轢き殺されたって話だったわよね？」

「そうなんだ。おれは久住が自分の恋情を踏みにじられたと逆上して、新堀麻利子を車で轢き殺したと睨《にら》んでるんだよ。久住は女刑事の罠に嵌《はま》って、セクトの仲間たちを裏切ることになったわけだからな。愛は殺意に変わったんだろう」

「そうだとしたら、久住賢人は公安関係者とは一切《いっさい》つき合わなくなるはずでしょ？でも、久住はいまも公安部の誰かと繋がってて、故買ビジネスで裏金を調達してやってる気配がうかがえるのよね？」

「確証はないんだが、その疑いは濃いな」

「久住は、女刑事さんを轢き殺してないんじゃないかしら?」

有賀里が言った。

「それじゃ、いったい誰が新堀麻利子を葬《ほうむ》ったんだい?」

「公安一課の当時の上司なのかもしれないわ」

「なぜ上司が有能な女刑事を始末しなければならない?」

「美人刑事はスパイとして取り込んだ久住賢人を本気で好きになってしまったんじゃないのかな。それで彼女は久住を騙《だま》しつづけることが辛《つら》くなって、事実を打ち明ける決心をしたんじゃない?」

「そんなことをされたら、久住によって公安警察のスパイ工作の実態がマスコミに流されるかもしれない。そのことを恐れた上司が女刑事の口を永久に塞《ふさ》いで、久住には『日本赤色旅団』のメンバーが車で彼女を撥ねて死なせたとでも作り話を吹き込んだんではないかってことだな?」

別所は確かめた。

「ええ、そう」

「きみの推測が正しいとしたら、久住はセクトの誰が女刑事を殺したのか、必死に探《さぐ》りはじめようとしたはずだよ。だが、そういう動きがあったという情報はまったく耳に入ってきてない」

「おそらく殺された美人刑事の上司が久住賢人に『きみが公安警察に取り込まれたことは、もうセクトの仲間たちは知ってる。だから、担当刑事殺しの犯人捜しに乗り出すと、命を落とすことになるぞ』とでも脅したんじゃない？」

「久住はセクト仲間たちに殺されたくなかったんで、身の安全の保障と引き換えに公安部の裏金を故買屋ビジネスでせっせと工面《くめん》してたんだろうか」

「わたしは、そう推測したの。あなたの話を聞いてね。多分、久住はいまも新堀という女性公安刑事は昔のセクト仲間の誰かに車で轢き殺されたと思ってるんじゃないのかな」

「実はきのう、女刑事の実の妹に会ってきたんだ。その妹の話によると、毎年、姉さんの命日にこっそりと墓参りをしてる男がいるらしいんだよ。年恰好《としかっこう》から察すると、久住と思われるんだが、まだ確認できてないんだ」

「そうなの」

「きょうが新堀麻利子の命日なんだよ。夕方、墓のある寺に行って、それを確かめてみようと思ってるんだ」

「そう。多分、その人物は墓参すると思うわ」

「そうだろうな。ところで、真央は元気なのか？」

「ええ、いつも通りよ。あなたが殺人の濡衣を着せられてることは一切《いっさい》、話してないわ。だから、堂々としてて」

「ああ、そうするよ」

「わたしも両親も、あなたが潔白だと信じてるからね。たとえ何があっても、わたしたちはあなたの味方よ。だから、絶対に自棄《やけ》にならないでちょうだい」

妻が湿った声で言い、先に電話を切った。

別所は私物のスマートフォンを懐に入れると、そのまま部屋を出た。ギターケースは持たなかった。ホテルには連泊することになっていた。

エレベーターで一階に降り、不忍通りでタクシーを拾う。ザルダリが寝泊まりしているプレハブ事務所は、足立区西綾瀬《にしあやせ》四丁目にあるはずだ。隣接している葛飾区小菅《こすげ》一丁目には、東京拘置所がある。
二十四、五分で、目的地に着いた。
敷地内にはスクラップ工場が建ち、その横に廃車が堆《うずたか》く積み上げられている。出入口のそばにプレハブ造りの事務所があった。

別所は勝手に門を潜《くぐ》り、事務所のドアを開けた。ザルダリは安物の長椅子に寝転がって、青年コミック誌を開いていた。

「おれの顔は憶《おぼ》えてるな？」

別所は長椅子の前で足を止めた。ザルダリが跳《は》ね起き、癖《くせ》のある日本語を操《あやつ》った。

「あなた、知ってるよ。上野署の刑事さんね。わたし、どの宝石店のシャッターも壊してない。指輪もネックレスも盗んでないよ。嘘じゃないね」

「きょうは別件で来たんだ。そっちは、きのうの午後二時半ごろ、首相官邸のあたりをうろついてたなっ。目撃証言者が何人もいるんだ。ばっくれても無駄だぞ」

「わたし、わたし……」

「おまえがドローンを飛ばして、首相官邸の一部を爆破させたんじゃないのか？」

「そんなことしてないよ、わたし。ドローンなんか操縦したことない。本当よ」

「きのうのテロ事件の現場付近にいたことは認めるんだな？」

「それはね。わたし、ちょっとしたアルバイトをしただけ」

「アルバイトだって？」

別所は訊き返した。

「そうね。いいアルバイトだった。一昨日《おととい》の夜、わたし、新宿歌舞伎町の裏通りで中国人の美女に声かけられたね。そして、次の日の午後二時半前後に首相官邸の周《まわ》りをうろうろしてくれって頼まれて、二十万円貰《もら》った」

「もう少しリアリティーのある嘘をつけよ」

「嘘の話じゃない。本当の話よ。わたし、二十万円も貰っちゃったから、ちゃんと言われた通りにしただけ」

「本当は『オリエンタル・エンタープライズ』の社長に頼まれたんだろうが！」

「それ、内海さんのこと？」

「そうだ」

「わたし、内海さんにそんなことは頼まれてないよ」

「盗品を買い取ってもらっただけか？」

「その質問、とても答えにくいね」

ザルダリがにやついた。

「久住賢人、いや、内海から何か頼まれたことはないんだな？」

「ないよ、何も頼まれてないね」

「そっちに声をかけた中国人の女のことを詳しく教えてくれ」

「名前、言わなかった。スマホのナンバーも教えてくれなかったね。ただ、わたしが言われた通りにしないと、知り合いの男に殺させると三回も言った。だから、ちゃんと言われた通りにしただけね。首相官邸を爆破なんかしてないよ。本当だって。信じてください」

「邪魔したな」

別所は体を反転させた。パキスタン人が芝居をしているようには思えなかったからだ。

4

本堂の横の庫裏《くり》に明かりが灯《とも》った。

住職一家の住居部分だ。本堂は暗い。向島の妙心寺である。

境内《けいだい》には薄闇《うすやみ》が漂っていた。午後六時を回っている。

別所は墓地の手前の植え込みの陰に立っていた。

すでに新堀家の墓はチェック済みだった。故人の命日とあって、墓前には仏花がたくさん供えられていた。身内が手向《たむ》けたのだろう。

だが、百合の花は見当たらなかった。毎年必ず麻利子の命日に墓参をしてきた男は、まだ訪れていないようだ。

別所は墓地の中に入った。

新堀家の墓は右手の奥にある。その斜め裏の暗がりに別所は身を潜めた。それから間もなく、石畳を踏む足音が響いてきた。

別所は姿勢を低くして、目を凝らした。

ゆっくりと近づいてくる男は、内海という偽名を使っていた久住賢人だった。黒っぽいスーツを着込み、百合の花束を抱えている。

別所は屈《かが》み込んだ。息を殺す。

久住は目の前を通り、新堀家の墓の前で立ち止まった。墓標に一礼し、携《たずさ》えてきた花束を手向けた。線香は持っていないようだ。

久住が墓前でしゃがみ、両手を合わせる。

別所は久住に声をかけたい衝動に駆られた。だが、すぐ思い留《とど》まった。久住に逃げられたら、謎だらけの事件を解く手がかりを得られない。

十分ほど経《た》つと、久住が立ち上がった。墓石を撫《な》で、何か低く呟いた。麻利子、またね――そう言ったのかもしれない。口許は綻《ほころ》んで見えた。

久住が新堀家の墓から離れた。

別所は忍び足で久住を尾《つ》けはじめた。久住は境内を突っ切り、そのまま妙心寺を出た。寺の前にはオレンジ色のタクシーが停まっている。久住が待たせていたタクシーに乗り込んだ。

別所は最寄《もよ》り駅からタクシーで妙心寺に乗りつけたのだが、車は返してしまった。タクシーを待たせておくべきだった。悔やんだが、もう遅い。

久住を乗せたタクシーが走りだした。

別所は車道に飛び出した。あいにくタクシーの空車は通りかからない。別所は両手を大きく拡《ひろ》げて、一般車輛を停止させた。灰色のプリウスだった。

「危ないことをするなよ。どういうつもりなんだっ」

五十歳前後の男性ドライバーがパワーウインドーを下げ、大声で詰《なじ》った。別所は警察手帳を短く呈示した。

「指名手配犯を乗せたタクシーを追尾《ついび》したいんです。あなたの車を貸してもらえませんか？　お願いします」

「急にそんなことを言われても困るよ」

「そこをなんとか頼みます」

「断る！　先を急いでるんでね」

相手が難色を示した。別所は運転席のドアを開け、ドライバーを引きずり出した。すぐに当て身を見舞う。

五十絡《がら》みの男が呻いて、うずくまった。

別所は相手を路肩に運び、すぐさまプリウスの運転席に入った。車を走らせはじめ、オレンジ色のタクシーを目で探す。六、七十メートル先の赤信号に引っかかっていた。

別所はアクセルペダルを踏み込んだ。数台の車を挟みながら、久住を乗せたタクシーを追いつづける。

オレンジ色のタクシーが停まったのは、豊島区南池袋一丁目にある古ぼけた六階建てのビルだった。明治通りから一本奥に入った通りだ。池袋駅からは五、六百メートルしか離れていない。

　地元でチャイナストリートと呼ばれている飲食街にも近かった。日本で最も多い外国人は中国人だ。およそ六十八万人が国内に住んでいる。池袋周辺には、不法滞在の中国人男女が数千人はいるらしい。

　久住がタクシーを降り、老朽化したビルの中に消えた。

馴《な》れた足取りだった。隠れ家《が》なのか。

　別所はプリウスをガードレールに寄せ、車内で煙草を一本喫《す》った。

それから車を降り、煤《すす》けたビルに近づいた。テナントプレートを仰《あお》ぐと、最上階に『日中親善クラブ』と記《しる》してあった。

　別所はサングラスをかけ、古びた雑居ビルに足を踏み入れた。

エレベーターで六階に上がる。最上階のテナントは『日中親善クラブ』だけだった。

　別所はドアに耳を押し当てた。

早口の中国語が断片的に聞き取れた。久住はドアの向こうにいるのだろうか。

　別所はエレベーター乗り場に戻った。雑居ビルを出て、真向かいの飲食店ビルの六階に上がる。アイリッシュパブ、シャンソンバー、スポーツバーがあり、共同トイレがあった。

別所は共同トイレに入った。窓越しに正面の雑居ビルの『日中親善クラブ』を覗く。ブラインドは、窓の半分ほどしか垂れていない。

窓辺に二卓のスチールデスクが並び、両側の壁には三段ベッドが据《す》えられている。ほぼ中央で十数人の男たちが円陣《えんじん》を作っていた。男たちは二、三十代だろう。全員、中国人のようだ。

彼らのすぐ横には、久住が立っていた。坐り込んでいる男たちに何か指示を与えている様子だ。男たちは誰も一癖も二癖もありそうな面構《つらがま》えをしている。偽装養子縁組で日本に不法入国した犯罪のプロたちなのか。

別所は共同トイレを出て、エレベーターに乗り込んだ。

プリウスに戻り、張り込みを開始する。

久住が古ぼけた雑居ビルから姿を見せたのは、午後八時過ぎだった。別所はプリウスから降り、久住を尾行しはじめた。

久住は明治通りと並行する裏通りを進み、ベトナム料理店に入った。

別所は四、五分経《た》ってから、同じ店に入った。ベトナム風のインテリアで飾られた店内には十数卓のテーブルがあった。

久住は左側のテーブル席で、二十七、八歳の女性と向かい合っていた。息を呑《の》むほど美しい。瓜実顔《うりざねがお》で、瞳は円《つぶ》らだ。

別所は、久住たちのいるテーブルの手前の席に足を向けた。久住とは背中合わせに坐り、海老《えび》と野菜の生春巻《なまはるまき》、辛口《からくち》の牛チリソースうどん、コーラを注文した。

「先月の古美術品は、きれいに捌《は》けたんだね？」

久住が美女に小声で問いかけた。

「ええ。シンガポールに送った分は、どれもこちらの言い値で引き取ってもらえました。菱川師宣《ひしかわもろのぶ》の浮世絵、もう少し高く売ってもよかったんではありませんか？　それから、狩野正信《かのうまさのぶ》の水墨画、安すぎた気もします。幕府の御用絵師になって、足利義政《あしかがよしまさ》に仕《つか》えた方の作品ですもの。そうだわ、柿右衛門《かきえもん》の赤絵磁器はもっと高く売れましたよ」

「梅芳《メイファン》、あまり欲をかくと、ろくなことにはならないぞ」

「そうなんですが、どれも稀少価値のある古美術品ですんで、みすみす先方さんに儲けさせるのは癪《しゃく》な気がして」

「シンガポールの陳《チャン》さんだって、リスクを抱えつつビジネスをしてるんだ。少しはおいしい思いをさせてやらないとね」

「陳《チャン》さんは抜け目がない男性《ひと》だから、こちらの足許を見てるんですよ」

「そういう逞《たくま》しさがあるから、世界各国にいる華僑《かきょう》がいろんなビジネスで成功してるんだろう」

「ええ、それはその通りですね」

「それにしても、中国人のきみが日本の古美術に造詣《ぞうけい》が深いんで驚いてるんだ」

「楊《ヤン》家は代々、日本の美術品や工芸品を高く評価してきたんですよ。ですから、わたしも祖父や父に影響されて……」

「きみがいなければ、わたしひとりでは値づけもできなかっただろう」

「いいえ、先生こそ博学でいらっしゃる。わたし、先生を尊敬しているんです」

「梅芳《メイファン》、先生はやめてくれないか。日本では教師以外の政治家、医者、弁護士なんかも先生と呼ばれてるが、別に尊敬を払われてるわけじゃない。先生と呼ばれると、なんだかからかわれてる気がしてしまうんだよ」

「わたしは、先生をちゃんと尊敬してます。ごめんなさい。また先生と言ってしまいました」

梅芳《メイファン》と呼ばれた美女が謝った。

二人の話が中断したとき、別所のテーブルに飲み物と食べ物が運ばれてきた。

別所はコーラで喉を湿らせてから、海老と野菜の生春巻を摘《つま》んだ。まずくはなかったが、揚げた肉春巻のほうが好きだった。

牛チリソースうどんを啜《すす》り込みながら、耳をそばだてる。

「梅芳《メイファン》、相談があるんだ」

「なんでしょう?」

「唐《タン》のことなんだが、彼をグループから外したいと思ってるんだよ」

「なぜなんです?　彼は中国の国宝もミスなく……」

「確かに盗みのテクニックは優《すぐ》れてる。しかし、唐は訪問先で若い後妻に悪さをしたらしいんだ。リーダーとしては、失格だね」

「その話は王《ワン》から聞いてます。わかりました。唐《タン》はグループから外しましょう。代わりの男を日本人の養子にさせましょうよ。中国からプロ中のプロを呼びます。養子縁組の手配をしてもらえます?」

「梅芳《メイファン》、もうその手は使えないんだ」

「でも、例の猟犬はいなくなったわけでしょ?　どうしていけないんですか?」

梅芳《メイファン》が声を低めた。猟犬というのは、腐乱死体で発見された三木警部のことだろう。

別所は、そう直感した。

「そうなんだが、同じ手を使うのは危険すぎる。死んだ男と親しくしてた者が非番の日に個人的に失踪者の行方を追ってたようなんだよ」

「その者は猟犬と同じ職業なんですか?」

「ああ、そうだ。殺人捜査に携わってる刑事ではないんだが、侮《あなど》れない相手なんだよ」

「それだったら、死んだ猟犬と同じようにしてしまえば、心配は消えます」

「いや、それはまずい。まずいんだよ」

久住が少し苛立《いらだ》った口調で言った。気圧《けお》されたのか、梅芳《メイファン》が何か言いかけて黙り込んだ。

久住は、姿をくらました三木の行方を別所が追っていたことを知っていた。だから、弱みを摑まれていたと思われる土屋を誰かに殺害させ、別所を犯人に見せかけようと謀《はか》ったのではないか。

そこまで考え、別所は疑問にぶつかった。職場のロッカーに入っていたピアジェの宝飾腕時計と金の延べ棒は部下の土屋刑事の手によって、こっそりと放り込まれたのだろうか。土屋は暴力団関係者や故買屋を強請《ゆす》っていたことを上司の別所に覚《さと》られたと焦《あせ》っている様子はみじんも見せなかった。

久住自身が上野署内に忍び込んで、別所のロッカーにスイス製の超高級腕時計や金の延べ棒を入れたとは思えない。署員の誰かが土屋と別所を陥《おとしい》れることに協力したのだろう。犯人側と通じていたのは、いったい誰なのか。

生活安全課の小杉課長、今中保安係長、部下の星巡査長、鳥越巡査の顔が次々に別所の頭に浮かんだ。本庁の根岸警部のことも胸を掠《かす》めた。しかし、特に怪しいと思える人物はいなかった。

「養子縁組をしてくれた日本人の親が謝礼に不満を感じて、からくりをバラす恐れが出てきたんだったら、飴玉《あめだま》で口を塞《ふさ》いでしまいましょうよ」

「親たちも養子と同じように危ない橋を渡ったわけだから、彼らは別に不安材料にはならないんだ。問題は……」

「死んだ猟犬と親交のあった刑事なんですね？」

「そうなんだ。その男をなんとか遠ざけないと、梅芳《メイファン》もわたしも追い詰められる。わたしたち二人だけじゃない。ほかのみんなも破滅だよ。だから、慎重になるべきなんだ」

「わかりました。唐《タン》を外して、王《ワン》をグループのリーダーにすることにします」

「そうしたほうがいいと思う」

「今夜は、予定通りにみんなに動いてもらうんですね？」

「ああ」

「それでは、わたしは自宅で待機してます」

梅芳《メイファン》が先に立ち上がった。久住は坐ったまま、ビアグラスを手に取った。

別所はペーパーナプキンで口許を拭い、伝票を抓《つま》み上げた。急いで支払いをして、ベトナム料理店を出る。

梅芳《メイファン》は大通りに向かって歩いていた。

別所は中国人美女を追った。梅芳《メイファン》は商業ビルの前でタクシーを拾った。別所も空車に乗り、梅芳《メイファン》を乗せたタクシーを追跡した。

マークしたタクシーは二十分ほど走り、新宿区百人町《ひゃくにんちょう》二丁目にある三階建てのビルの前で停まった。梅芳《メイファン》はタクシーを降りると、低層ビルの中に吸い込まれた。

別所はタクシーが走り去ってから、鉄筋コンクリート造りの建物に近づいた。

一般住宅風の造りだったが、表札は見当たらない。地下のガレージのシャッターは完全に下《お》りている。

楊梅芳《ヤンメイファン》は、中国人犯罪集団のまとめ役なのだろう。ベトナム料理店で盗み聞きした話で、梅芳《メイファン》と久住が偽装養子縁組ビジネスに深く関わっていることはわかった。不正な手段で日本に入国させた中国人犯罪者たちに日本の古美術品を盗ませ、それらをシンガポール在住の華僑に売っていることも明らかになった。

そうして得た汚れた金を久住が管理し、本庁の公安部長の増尾謙作に届けているのか。その疑いはあるが、まだ証拠は押さえていない。

別所は梅芳《メイファン》のいる建物の前で一時間ほど張り込んでみたが、なんの動きもなかった。女の梅芳《メイファン》を締め上げることはたやすい。しかし、強《した》たかに生きている女が何もかも白状するとは思えなかった。トカゲの尻尾《しっぽ》切りで終わったら、悔《く》やみ切れない。

別所は近くの大久保《おおくぼ》通りまで歩いた。

擦《す》れ違う男女は韓国人や中国人が多い。イラン人や南米の人々も目立つ。多民族国家に紛《まぎ》れ込んだような錯覚に囚《とら》われそうだ。

別所は大久保通りでタクシーに乗り込み、池袋に戻った。プリウスを少し移動させ、古ぼけた六階建ての雑居ビルの出入口に目を向ける。

久住は、もうベトナム料理店から『日中親善クラブ』に戻っているのではないか。それとも、どこか別の所に塒《ねぐら》があるのか。後者だったとしても、久住の隠れ家はそのうちに突きとめられるだろう。

雑居ビルの前に黒いエルグランドが横づけされたのは、ちょうど午後十一時だった。

ほとんど同時に、六階の電灯が消された。

数分後、雑居ビルから四人の男が次々に姿を見せた。二、三十代に見える男ばかりで、揃って黒ずくめだった。彼らはエルグランドに乗り込んだ。

グループは何班かに分かれ、それぞれが古美術品を強奪しているのだろう。エルグランドが発進した。

別所はプリウスを走らせはじめた。

エルグランドは裏通りから明治通りを進み、渋谷で玉川《たまがわ》通りに入った。玉川通りから多摩堤《たまづつみ》通りを抜けて、世田谷区上野毛《かみのげ》の邸宅外を一巡した。

それからエルグランドは、あるコンツェルン総帥《そうすい》の自宅に隣接する個人古美術博物館の前に横づけされた。館内には、総帥が蒐集《しゅうしゅう》した日本の古美術品や伝統工芸品が数多く展示されている。一般にも公開され、セキュリティー・システムは完璧《かんぺき》なはずだ。現に防犯カメラの数は多い。

しかし、エルグランドを降りた四人の男はまるで自分の家に入るような感じで出入口の扉を開け、館内にやすやすと侵入した。警報のアラームは鳴らなかった。

プリウスの中から男たちの動きを目で追っていた別所は、度胆《どぎも》を抜かれた。どうやら犯行前に防犯装置が作動しないようコンピューターを狂わせておいたようだ。

男たちが代わる代わるに古美術博物館から木箱や段ボール箱を持ち出し、エルグランドに積み込んだ。もちろん、中身は古美術品や工芸品だろう。

四人の男がエルグランドに乗り込んだ。

車内で待機していたドライバーが、速《すみ》やかにエルグランドをスタートさせた。別所は一定の車間距離を保《たも》ちながら、エルグランドを追尾した。

やがて、エルグランドは百人町の三階建てのビルの地下ガレージに潜《もぐ》り込んだ。そのまま男たちは外に出てこない。梅芳《メイファン》に労を犒《ねぎら》われ、酒でも振る舞われているのか。

別所はプリウスを路上に駐《と》め、張り込みはじめた。

十数分が流れたころ、今度はパーリーブラウンのワンボックスカーが低層ビルの地下ガレージの中に消えた。車内には三人の男が乗り込んでいた。

坐席の後ろには段ボール箱が積み上げてあった。中身は、どこかで盗んできた古美術品の類《たぐい》だろう。

やはり、三人の男も建物の外に出てこない。酒盛りに加わったのだろうか。

前方でヘッドライトの光が揺れた。

別所は視線を延ばした。パトカーだった。

プリウスの持ち主は、とっくに警察に盗難届を出しているにちがいない。

別所はステアリング、キー、シフトレバーに付着した自分の指掌紋を手早く拭って、プリウスを降りた。すぐ脇道に入り、全速力で駆けはじめた。

第五章　醜い真相

1

スチールのドアを蹴った。

力まかせだった。音は高く響いた。『日中親善クラブ』のドアだ。

別所は赤い消火器を抱えながら、ドアを蹴りつづけた。消火器は雑居ビルの六階のエレベーターホールの隅に置かれていた物だ。

楊梅芳《ヤンメイファン》の住まいを突きとめた翌日の午前九時過ぎである。別所は道路の反対側にある飲食店ビルの共同トイレから『日中親善クラブ』を覗き、留守番がひとりしかいないことを確認していた。
二十八、九歳の男だった。前夜、古美術品を盗んだ仲間たちは百人町の三階建てのビルに泊まったようだ。
ドアが開けられた。寝癖のついた頭髪を撫《な》でつけながら、目の細い男がまくしたてた。

「ドア蹴ること、よくない。ノックする。それ、正しいね」

「もう少し、日本語の勉強をしろよ。養子縁組で日本国籍を取得しても、すぐに中国人とわかっちゃうぜ」

「わたし、日本人ね。関口数馬《せきぐちかずま》という名前よ」

「そうかい」

「おまえ、何者？　失礼な奴ね」

「入らせてもらうぞ」

別所はドアを大きく開けた。すると、相手がスラックスのポケットから大型のカッターナイフを取り出した。

別所は消火器のゴムホースをフックから外し、ノズルを男に向けた。ピンを引き抜くと、ノズルから乳色の噴霧《ふんむ》が迸《ほとばし》った。

目の細い男が消火器の泡に塗《まみ》れた顔面を両手で覆《おお》いながら、片方の膝を床についた。大型カッターナイフは足許に落ちていた。

別所は刃物を三段ベッドの下に蹴り込み、後ろ手にドアを閉めた。

男が怒号を放って、両腕でタックルしかけてきた。別所は、男の背に消火器を落とした。

男が呻いて、床に転がった。

「目が見えない。痛いよ、目が。顔、顔洗いたいね」

「それは後《あと》だ。おまえの本名は？」

「関口ね」

「ふざけるなっ」

別所は男の腰を蹴りつけた。

「おまえ、わたしを殺す気か⁉」

「殺しやしない。名前は？」

「李《リー》いうね」

「梅芳《メイファン》の力を借りて、日本人の養子になったんだな？」

「………」

「半殺しにされたいようだな」

「もう蹴らないで。それ、嬉しいね」

「日本語になってないな。古美術品をかっぱらうだけじゃなく、真剣に日本語を学べよ」

「おまえ、日本のやくざか？」

「自己紹介は省《はぶ》かせてもらう。おまえら二十一人の中国人男女が日本人と偽装養子縁組して、盗難を働いていることはわかってるんだ。おまえらは、それぞれ犯罪のプロだな。中国で指名手配中なんじゃないのか？　どうなんだっ」

「……………」

「また黙り込んだな。サッカーボールになりたいわけか」

「やめるね、蹴ること。おまえの言った通りよ」

李《リー》が怯《おび》えた表情で答えた。

「梅芳《メイファン》は何者なんだ？」

「彼女、歌舞伎町で昔、上海《シャンハイ》クラブのママさんやってた。でも、オーバーステイで強制送還されそうになった。だけど、大丈夫だったね。警察の力のある男、東京入管の幹部に話をつけてくれたよ。その男、上海クラブのお客さんだった」

「そいつは、警視庁の公安部長の増尾謙作なんだな？」

「そこまで知らない。梅芳《メイファン》、その男に借りがある。だから、内海さんに協力して、わたしたち二十一人を中国から呼び寄せた。わたしたち、中国にいたら、逮捕されて死刑にされちゃうね。だから、みんな、日本人になれて喜んでるよ」

「日本で古美術品や工芸品はどのくらい盗んだんだ？」

「たくさんよ。一杯盗《と》ったね」

「盗品は、梅芳《メイファン》がシンガポール在住の陳《チャン》という華僑に売ってるんだな？」

「そう。盗んだ物、梅芳《メイファン》さんが国際宅配便で送ってるね。X線検査に引っかからないように特殊なシートで古美術品をくるんで、カムフラージュの絵画や陶器と一緒に梱包《こんぽう》してるよ」

「陳《チャン》は、盗品の代金を香港かどこかのペーパーカンパニーの銀行口座に振り込んでるんだな？」

別所は訊いた。

「そういうこと、わたし、わからないよ。梅芳《メイファン》さんはアンダーボスね。その上に内海さんがいる」

「おまえらをマークしてた三木という警視庁の刑事がいたはずなんだが……」

「その刑事のこと、知らないね」

「上野署にいた土屋という刑事が久住、いや、内海を付け回してたなんてことは？」

「それも知らないね。本当に本当よ」

「内海はどこで寝泊まりしてるんだ？　百人町の梅芳《メイファン》のとこに匿《かくま》われてるのか？」

「あの二人、男と女の関係じゃない。だから、梅芳《メイファン》さんは自分のとこに内海さんを泊めるわけないいね」

「内海の居所を知ってるんだろう？」

「そ、それは……」

「知ってるんだなっ」

「わたし、言えないよ」

「なら、言えるようにしてやろう」

「おまえ、何するか？」

李《リー》が目を擦《こす》って、震える声で問いかけてきた。

別所は李《リー》の上体を掴み起こし、すぐに背後に回り込んだ。床《フロア》に尻《しり》を落とし、左手で相手の左襟を下方に引き、右手で喉を絞め上げる。

李《リー》が苦しがって、脚《あし》をばたつかせた。

別所は両足で李《リー》の両腿《りょうもも》を強く押さえつけ、一気に首を絞めた。柔道の固め技《わざ》の一つで、送り襟《えり》絞めと呼ばれている。

李《リー》が唸《うな》り声をあげ、全身でもがいた。

「失神するだけじゃ済まないぞ」

「こ、こ、殺すのか⁉」

「そうだ。内海はどこにいる？　それを吐いたら、勘弁してやるよ」

別所は強く李《リー》の首を絞めてから、少し腕の力を緩《ゆる》めた。

李《リー》が咳《せき》込みながら、久住賢人の宿泊先を告げた。新宿区役所通りと花道《はなみち》通りがクロスする交差点近くにあるホテルだった。

「部屋は？」

「リッキーホテルの九〇五号室にいると思うね。梅芳《メイファン》さんがそう言ってた」

「そうかい」

別所は李《リー》の前に回り込み、顎《あご》の関節を外した。李《リー》が横に倒れ、のたうち回りはじめた。これで、仲間に連絡はできなくなったはずだ。

別所は『日中親善クラブ』を出て、エレベーターで一階に降りた。

古びた雑居ビルを出ると、物陰に走り入る人影があった。その後ろ姿は、上野署の小杉課長に似ていた。しかし、気のせいだろう。

それでも別所は、確かめずにはいられない気持ちになった。男が隠れた場所まで走る。だが、誰もいなかった。やはり、気のせいだったのか。

別所は明治通りに向かった。

歩きながら、さりげなく振り返る。尾行者は目に留《と》まらない。先を急ぐ。

明治通りでタクシーの空車を停めた。

数十分で、目的のホテルに着いた。歌舞伎町二丁目だ。

リッキーホテルは十二階建てだった。シティホテルということになっているが、客筋はあまりよくないことで知られていた。

暴力団関係者が多く利用し、デリバリーヘルス嬢を部屋に呼ぶ出張族も少なくない。過去には麻薬の取引場所として使われたこともあった。

別所はホテルのロビーに足を踏み入れた。

フロントに直行し、四十代前半のホテルマンに警察手帳を短く見せた。

「九〇五号室に五十八、九の男が投宿してますね？」

「はい」

「偽名を使ってるんだろうが、一応、氏名を聞いておこう」

「宿泊者カードには、内海敏文さんと記《しる》されています」

「よく使ってる偽名です」

「九〇五号室のお客さまは、何かの事件の加害者なのでしょうか？」

フロントマンが問いかけてきた。

「加害者ではないんですが、偽証した疑いがあるんですよ」

「犯人にアリバイがあるよう口裏を合わせたんですね？　わたし、推理小説ファンなんです」

「ま、そんなとこです」

別所は話を合わせた。

「偽証罪で逮捕するんですね。それなら、協力します」

「そうじゃないんです。ちょっと内海に揺さぶりをかけるだけです。九〇五号室にいますね？」

「いらっしゃると思います。部屋の電話を鳴らして、確認してみましょうか？」

「いや、その必要はありません。ダイレクトに部屋を訪ねてみますよ」

「そうですか」

フロントマンが失望した顔つきになった。逮捕劇を直《じか》に見るチャンスだと思ったのだろう。

別所は微苦笑《びくしょう》して、エレベーター乗り場に向かった。エレベーターは三基あった。左端の函《ケージ》で九階に上がる。

別所は九〇五号室の前に立って、チャイムを鳴らした。ややあって、ドアの向こうで応答があった。

「どなた？」

「ホテルの者です。お寛《くつろ》ぎのところを申し訳ありませんが、お部屋のスプリンクラーの点検をさせていただきたいんです」

別所は声色《こわいろ》を使った。

「時間はどのくらいかかるのかな？」

「ほんの数分で済みますんで、どうかご協力願います」

「わかりました」

内錠が外され、ドアが細く開けられた。

別所は九〇五号室に躍《おど》り込んだ。久住が後ずさった。

「おたくは……」

「上野署生安課の別所だよ。こんなウィッグを被ってるが、おれの顔に見覚えがあるはずだ。ずっと内偵捜査をしてきたからな」

「まだ盗品を買い取ってると疑われてるのか。わたしは、並行輸入の仕事をしてるだけですよ」

「その件は、どうでもいいんだ。岩手に行って、本物の内海敏文さんに会ってきた。おたくの本名は久住賢人で、石川県輪島市の出身だ。誰も住んでない実家も訪ねて、伯父さん宅にも行ってきた」

「そうなのか」

「おたくは大学二年のとき、『日本赤色旅団』のメンバーになった。その後のことも調べ上げた。だから、空とぼけたりしても無駄だ」

「わかった」

「おたくは三十数年前、本庁公安一課にいた新堀麻利子のスパイ工作に引っかかって、所属セクトのことを無防備に喋ってしまった。美しい女刑事は極左のシンパを装ってたから、油断したんだろうな。そのことによって、おたくがいた『日本赤色旅団』は破滅に追い込まれた」

「坐《すわ》りませんか」

「いや、立ったままでいい」

別所は言った。久住が無言でソファセットに歩み寄り、奥の椅子に腰かけた。別所はソファセットの横まで進んだ。

「おたくは、女刑事をいつしか特別な異性と思うようになってたんだろう。それだけに惚れた女に利用されてたと知ったとき、愛《いと》しさは増悪に変わったにちがいない。で、おたくは無灯火の車で新堀麻利子を轢き殺した。そのことを彼女の上司だった増尾謙作に知られて、故買ビジネスで公安部の裏金を工面するよう強《し》いられた」

「…………」

「おたくは致命的な弱みを握られてしまったんで、増尾に逆《さか》らえなかった。故買ビジネスに励み、楊梅芳《ヤンメイファン》と組んで二十一人の中国人犯罪者を日本人の養子にさせた。彼らに日本の古美術品や工芸品をかっぱらわせ、シンガポール在住の華僑に売ってた。非合法ビジネスで荒稼ぎした金の大半は増尾に吸い上げられてたんだろう。土屋はおたくの裏ビジネスのことを嗅《か》ぎ当て、口止め料をせしめてた。本庁の三木警部は偽装養子縁組ビジネスの内偵捜査を重ねた結果、おたくと本庁の公安部長との黒い関係に気づいた。おたくがおれの犯行と見せかけて、土屋を殺《や》ったのか？　三木を射殺したのは殺し屋《プロ》なんだろうな」

「わたしは新堀さん、麻利子を轢き殺したりしてない。彼女はわたしに公安一課の刑事であることを告白して、死で償《つぐな》おうとしたんだよ」

「女刑事も、おたくをかけがえのない男と意識するようになってたと言うのか？」

「それは間違いないだろう。だからこそ、麻利子はわたしをSにする目的で接近したことを打ち明けてくれたにちがいない。わたしも麻利子なしでは生きられない気持ちになってたんだ。彼女に騙《だま》されたことは腹立たしかったよ。しかし、麻利子は自分の命で償おうとしてくれた。そんな相手を車で撥《は》ねるなんてことはできないよ」

「それなら、誰が新堀麻利子を轢き殺したというんだ？」

「『日本赤色旅団』のメンバーが逮捕される前夜、彼女を車で轢殺《れきさつ》したんだよ。青戸《あおと》繁樹《しげき》という男だ。わたしよりも二つ下の青戸は麻利子を公安のイヌと見抜いて、ずっとマークしてたんだよ。そして、いずれ彼は麻利子に抱き込まれたわたしも殺す気でいたらしい」

「その青戸はとっくに服役を終えてるはずだ。どこで、どう暮らしてる？」

「青戸は、もうこの世にいない。身柄を東京拘置所に移された翌日、獄中で命を絶ってしまったんだ。引き裂いたシャツで紐《ひも》を作ってね」

久住が下を向いた。

「青戸が女刑事を轢殺したという事件は表沙汰になってないな。それは事実なんだろうか」

「増尾さんが青戸の供述調書に目を通したと言ってたから、事実だと思う。麻利子が殺されたことを報道関係者に完全に伏せたのは、当時の公安部長の判断だったんだよ。マスコミにＳ工作のことを詮索《せんさく》されたくなかったんだろう。増尾さんの話では、麻利子の遺族にも青戸のことは伏せられたらしい」

「そうなのか。おたくは美人刑事のことを不憫《ふびん》に思って、故人の命日にこっそり向島の妙心寺に行ってたんだな？」

「そこまで調べ上げてたのか」

「てっきりおたくが新堀麻利子を無灯火の車で轢き殺したと思ってたが、そうではなかったか」

別所は言いながら、妻の直感の鋭さに驚いていた。

女の勘は侮《あなど》れない。しみじみと思った。ただ、青戸という男が麻利子を轢き殺したという話はなんとなく釈然としない。

公安刑事が捜査対象者の中の誰かをスパイにするのは決して珍しいことではない。

青戸が公安警察に取り込まれた久住を裏切り者として断罪したいと考えるのは当然だろう。しかし、担当の刑事まで抹殺したいと思うものだろうか。

「女刑事は青戸という男に轢き殺されたんじゃなく、公安一課の上司か同僚に消されたのかもしれないな」

「まさか⁉」

「新堀麻利子はおたくを好きになってしまったんで、正体を明かして詫《わ》びた。そのとき、彼女が過激派の各セクトに送り込んでるSの名前までおたくに喋ったのではないかと考えた上司か同僚刑事がいたのかもしれない。あるいは、そんなことをされたら、公安捜査ができなくなる。それで、刑事仲間の誰かが新堀麻利子を車で轢き殺したんじゃないだろうか。彼女の上司だった増尾謙作が青戸に濡衣を着せて、自分で部下の美人刑事を轢き殺した可能性もなくはないな」

「青戸が東京拘置所で自死したことは間違いない。彼は麻利子を殺したことで、罪の重さに耐えられなくなったんだよ」

「そうかな。そいつは検事の厳しい取り調べに耐えられなくなったら、所属セクトのことをぺらぺらと自白《ウタ》うかもしれないと思って、自分で自分の口を封じる気になったのかもしれない」

「そうなんだろうか」

「それはそうと、土屋を殺したことは認めるな？」

「土屋刑事も殺《や》ってない。彼には盗品を買い取ってるだろうと揺さぶりをかけられたんで、うるさくなって、時々、金品を渡してたんだ。うまい鮨も喰《く》わせてやったよ」

「故買ビジネスの証拠を押さえられてたわけじゃないというのか？」

「そうだよ」

久住が即座に答えた。

「三木警部の件はどうなんだ？」

「その刑事がわたしの身辺を嗅ぎ回ってたことは知ってるよ。しかし、彼の射殺事件にもわたしは関与してない」

「三木の自宅マンションに二人組の中国人男性が押し入って、デジタルカメラやICレコーダーを持ち去ったこともわかってるんだっ。その二人は、古美術品をかっぱらってるグループのメンバーなんだろうが！　あんたが梅芳《メイファン》とつるんで、中国人犯罪者にやらせてることはわかってる。おたくは増尾公安部長に身の安全を保障される代わりに非合法ビジネスを強要されたんだよな？」

「そのことは否定しないよ。それから増尾さんと密談してるとこを三木という警官に見られてしまったことも認めよう。しかし、わたしはいかなる殺人事件にもタッチしてない」

「増尾ひとりを悪者にする気なのかっ」

「そうじゃない。本当にわたしは誰も殺してないんだ」

「増尾は、おたくが稼いだ汚れた金の大半を吸い上げてたんだなっ。総額でどのくらい上納したんだ？」

「二十億ほどになるね。しかし、その大部分は公安部の捜査費に回されてたはずだよ。増尾さんは私利私欲で、わたしにダーティー・ビジネスを強《し》いてたわけじゃない」

「過激派セクトの一員だったおたくも、すっかり変わっちまったな。昔の仲間に命を狙われるのが怖いんだろうが、いまでは公安警察のイヌそのものじゃないか」

「そう思われても仕方ないが、わたしはいまでも権力側には牙を剝《む》いてるつもりだよ」

「首相官邸に軍事炸薬を積んだドローンを突っ込ませたのは、おたくなんじゃないのか。公安の手先になった振りをしながら、単独で闘争をしてるってわけだ？」

別所は言った。久住は、謎めいた笑みを浮かべたきりだった。

「『牙の群れ』は、各セクトの残党で構成されてるんじゃないのか？　それで、おたくがリーダー格なんだろう。どうなんだ？」

「その質問にはコメントしない。好きなように解釈してもらっていいよ。しかし、わたしは醜い転向者に成り下がったわけじゃない。死ぬまで自分なりの闘争をつづける。そのためなら、どんなに軽蔑してる相手とも手を組む。法律を破り、他人を欺《あざむ》くよ」

「話は飛ぶが、増尾公安部長は梅芳《メイファン》がママをやってた上海クラブの客だったそうだな？二人は愛人関係にあるんだろ？」

「そのあたりのことはよく知らないんだ。二人に面識があることは認めるがね」

「おたくは増尾を信頼してるようだが、なかなかの曲者《くせもの》なんじゃないのか。おたくが土屋や三木殺しに関わってないとしたら、増尾が保身のために二人を殺し屋《プロ》に始末させたのかもしれない。土屋殺しをおれの犯行と見せかける細工をさせてね」

「それは、そっちが失踪した三木警部の行方を追ってたから？」

「そうなんだろう」

「増尾さんは公安畑一筋だったんだ。他人との心理の駆け引きには長《た》けてる。だから、稚拙《ちせつ》な小細工が通用しないことは知ってると思う。したがって、土屋や三木警部を抹殺したかったとしても、そんな細工は弄《ろう》さなかったんではないかね」

「増尾を庇《かば》いたいんだな？」

「そういうわけじゃなかったんだが、そう思われてしまうかもしれないな。煙草とライターを取ってきてもいいかね？　上着の中に入ってるんだ」

「ああ、かまわない」

別所は許可を与えた。

久住が立ち上がった。別所のかたわらを通り抜け、出入口のそばにあるクローゼットに歩み寄った。別所は体の向きを変え、久住の動きを見守った。

久住がクローゼットの扉を開け、上着をハンガーから外した。次の瞬間、別所は慄《りつ》然《ぜん》とした。久住の右手には自動拳銃が握られていた。

ワルサーP5だった。三木警部は同じ型《タイプ》の拳銃で頭部を撃ち抜かれている。

「三木を射殺したのは、おたくなんだなっ。腐乱死体の発見現場で見つかった弾頭と薬莢から、凶器はワルサーP5と断定されたんだ」

「そうだったね。しかし、わたしは三木という刑事は撃ってない」

「その拳銃《ハンドガン》はどこで手に入れたんだ？」

「梅芳《メイファン》が護身用にプレゼントしてくれたんだよ。トランクス一枚になって、腹這《ば》いになってくれないか。両手は頭の上で重ねてほしいな」

　久住が拳銃のスライドを引いた。

「撃てるなら、撃ってみろ」

「言われた通りにしてくれないか」

「早く引き金を絞れ！」

　別所は声を張った。久住が銃口を向けたまま、間合《まあ》いを詰めてきた。左手でベッドの上から毛布を摑《つか》み上げ、銃身を幾重《いくえ》にも包んだ。

　くぐもった銃声がした。放たれた銃弾は、別所の左耳数センチのところを駆け抜けていった。衝撃波で数秒、聴覚を失った。

「際《きわ》どい所だったね。もう少し離れたコースを狙ったんだがな。わたしの命令に背《そむ》く気なら、気の毒だが、死んでもらう」

「わかったよ」

さすがに別所は虚勢を張れなくなった。全身が竦《すく》みはじめていた。衣服を脱いで、トランクス姿で床に這《は》いつくばる。

頭の上に両手を置いたとき、久住が部屋から飛び出していった。

別所はすぐに起き上がった。しかし、下着姿では廊下に出られない。ドアを細く開け、部屋の外をうかがう。

久住の姿は掻《か》き消えていた。

別所はドアを荒っぽく閉め、天井を仰《あお》いだ。

2

小さな鉄工所だった。

三十三年前に東京拘置所で自らの命を絶った青戸繁樹の実家は、大田区の六郷《ろくごう》にあった。多摩川の下流の近くだった。

別所はオフブラックのカローラを降りた。

レンタカーである。運転免許証を呈示して車を借りるのは、かなりリスクを伴《ともな》う。

本庁の根岸警部に自分が都内にいることを覚《さと》られるかもしれない。しかし、徒歩とタクシーだけで尾行と張り込みをこなすことには無理があった。

そんな理由で、別所は歌舞伎町のリッキーホテルを出ると、レンタカー会社から地味なファミリーカーを借りたのである。それから彼は日下刑事に電話をかけ、青戸の実家を調べてもらった。家業の鉄工所は故人の実弟が継《つ》いでいた。その弟の名は誠二《せいじ》だった。

別所は青戸鉄工所の門を潜《くぐ》った。

午後三時半を過ぎていた。建物の右側に工場があった。事務室は左側だ。別所は事務室のドアを押した。
五十四、五歳の男が机に向かって、ノートパソコンのディスプレイを覗いていた。青戸誠二だった。
別所は刑事であることは明かしたが、所属している警察署やセクションは教えなかった。それでも、青戸繁樹の弟は怪しまなかった。

別所は古ぼけた応接ソファに坐り、青戸誠二と向かい合った。

「死んだ兄貴のことなんでしょう？」

「どうしてそう思われたんです？」

「一時間ぐらい前に『日本赤色旅団』で一緒に活動していたという久住という方がここに来て、昔のことをあれこれ訊いたんですよ」

「そうなんですか」

「久住という方は、わたしの兄は東京拘置所で自殺に見せかけて殺された疑いもあるとか言ってましたが、それはないと思います。兄貴は逮捕されることを予想してて、わたしに親父《おやじ》が苦労して興《おこ》した鉄工所の跡を継《つ》いでくれと言ってたんです。セクトのことを喋りそうになったら、死を選ぶとも言ってたんですよ。それから、警察との裏取引には絶対に応じないとも言ってましたね」

「裏取引？」

「ええ。逮捕される前日、兄は公安一課の遣《や》り手刑事にスパイ工作にしくじった部下を車で轢き殺してくれれば、おまえは検挙しないと裏取引を持ちかけられたみたいなんです」

「その相手の名は？」

「一度、兄貴はそいつの名前を口にしたんだよな。増田《ますだ》、いや、そうじゃなかったですね。前尾《まえお》だったかな？」

「増尾ではありませんか？」

「ええ、そうでした。当時、公安一課に増尾という捜査員がいたんですね？」

青戸が言った。

「ええ。いまは本庁の公安部長に出世してます」

「そうですか。兄は裏取引に応じなかったんで、次の日に逮捕されてしまったんです。おそらく手荒な取り調べを受けたんでしょうね。もともと兄は、気弱な性格だったんですよ。東京地検でさらに厳しく調べられたら、『日本赤色旅団』のことを何もかも吐いちゃうと思ったんでしょう。セクトの仲間たちを裏切りたくなかったんで、兄は人生に終止符《ピリオド》を打つ気になったんだと思います」

「その裏取引の件、久住という男にも喋りました？」

「ええ、話しました。まずかったですか？」

「いいえ、かまいません。突然、お邪魔して申し訳ありませんでした。大変、役に立ちましたよ。ありがとうございました」

別所は礼を述べ、事務室を出た。

美人刑事を無灯火の車で轢き殺したのは、上司の増尾謙作だった疑いが強まった。久住は言い逃《のが》れを口にしたのではなかったようだ。

故買屋は愛した女性を轢殺した増尾の嘘を真《ま》に受けて、ダーティー・ビジネスで公安部の裏金づくりに協力させられていたのか。その通りだったとしたら、久住は増尾公安部長に何らかの報復をする気でいるのかもしれない。

別所はレンタカーに乗り込み、桜田門に向かった。

警視庁本庁舎に到着したのは、およそ四十分後だった。皇居の桜田門前に建つ本庁舎は地上十八階、地下四階の巨大ビルだ。指揮下に百二の所轄署を抱え、都内で発生する事件のすべての捜査に当たっている。

別所はSP時代、十六階にある警備部に詰めていた。公安部のフロアは十四階と十五階にある。外国の政府高官が来日するたびに、公安部から過激派分子や狂信的な国《こく》粋《すい》主義者の情報を取り寄せたものだ。増尾とも、むろん面識はあった。

だが、個人的な交友はなかった。増尾は取っつきにくいタイプで、SPたちとは事務的な会話しかしなかった。

別所はレンタカーを職員専用の通用口の近くに停めた。もちろん、防犯カメラには映らない場所だった。

別所は根岸警部の動きが気になった。日下刑事の刑事用携帯電話《ポリスモード》を鳴らした。

「いま喋っても、大丈夫か？」

「ええ、オーケーです」

「根岸は現在、どこにいるんだい？」

「捜査本部《チヨウバ》で警察電話の前にいるはずです。本庁公安一課から過激派セクトの動向の情報収集をしてるんですよ。根岸警部は、『牙の群れ』に例の故買屋が関わってるかもしれないと思いはじめたようですね」

「そう」

「首相官邸の一部を爆破した謎のテロ集団は次の犯行予告をマスコミ各社に伝えながらも、政府筋に接触してる様子がうかがえません」

「そうみたいだな」

「仮に久住が『牙の群れ』に関与してるとしても、本気でテロ闘争をする気でいるとは思えません。別所さんの意見を聞かせてください」

日下が言った。

「これまでの過激派によるテロとは、犯行声明文の内容が異《こと》なってる。要求も大雑把《おおざっぱ》すぎる気がするな」

「ええ、そうですよね」

「もしも久住が『牙の群れ』に一枚加わってるとしたら、一種のデモンストレーションを企《くわだ》てたんだろう。各セクトは長いこと鳴りをひそめてるが、権力側に怯《おび》えて竦《すく》んでるわけじゃないとアピールしたかったんじゃないのかな」

「そういうことも考えられそうですね。しかし、久住の身の安全を保障してると思われる本庁公安部は黙認しないでしょ？　何らかの利点があれば、久住の暴走に目をつぶるかもしれませんけどね」

「利点はあるんだと思うよ」

「えっ、どんな利点があるんです？」

「派手なテロ事件が起これば、公安部の予算はカットされなくなるはずだ。そういうメリットはあるじゃないか」

「そうか、そうですね。ということは、本庁の公安部と久住賢人が共謀して、一種のマッチ・ポンプを仕組んだのかもしれないな。出来レースですが、どちらにも利点はありますから」

「そうだな。公安部はテロ騒ぎが続発すれば、捜査費を増やしてもらえる可能性がある。人員が削減されることもなくなるだろう」

「でしょうね。久住にしても、過激派セクトはどっこい生きてると社会にアピールできます。確かに双方にメリットがあるな。それはそうと、リッキーホテルから逃走した久住は梅芳《メイファン》のとこに隠れてるんでしょうかね」

「いや、百人町にも池袋の『日中親善クラブ』にもいないと思うよ。どっちも、潜伏するには危険な場所だからな」

「まあ、そうですね。久住は、首都圏の目立たないホテルか旅館にいるのかもしれないな」

「そうなんだろう。久住は、新堀麻利子を車で轢き殺してないな。それから土屋殺しにも関与してないだろう。ただ、本庁組対《そたい》の三木を射殺したのは久住なのかもしれない。リッキーホテルで故買屋はワルサーＰ５を取り出したんだよ」

「三木警部は同じ型の銃器で撃ち殺されてます。久住が射殺したんでしょう、三木警部をね」

「その疑いはあるんだが、久住は女刑事も土屋も殺《や》ってないようなんだ。三木だけ射殺するとは思えないんだよな」

「三木警部が久住と本庁公安部の腐った関係を暴こうとしたから、やむなく警部を殺害したんでしょう」

「そうなんだろうか」

　別所は呟いた。

「ワルサーP5は、どこで手に入れたんですかね？」

「久住は、梅芳《メイファン》が護身用にくれたと言ってた。彼女は増尾公安部長と親密な間柄にあるようなんだ。増尾が久住を三木殺しの犯人に見せかける目的で、愛人にワルサーP5を渡させたとしたら……」

「増尾部長が確かに三木警部を始末させたんでしょうね」

「ほかにも増尾には、不審な点がある」

「どんなことなんです？」

　日下が早口で問いかけてきた。別所は青戸繁樹の実弟から聞いた話を詳しく伝えた。

「そういうことなら、新堀麻利子は上司だった増尾謙作に無灯火の車で撥《は》ね飛ばされたんじゃありませんか」

「その疑いが濃くなった。だから、いま、おれは本庁舎の近くにいるんだよ」

「公安部長を尾行する気なんですね？」

　日下が言った。

「そうだ。増尾は何か企《たくら》んでるようだからな」

「裏金づくりの汚れ役を引き受けてくれた久住を切る気でいるんじゃないのかな。長年の腐れ縁を三木警部に知られてしまったわけですから」

「三木だけじゃない。おそらく土屋にも知られてしまったんだろう」

「土屋君にもですか⁉」

「ああ、多分ね。土屋は、故買ビジネスのことだけで久住を強請《ゆす》ってたんじゃないんだろう。増尾が久住に複数のダーティー・ビジネスをやらせてることも嗅ぎ当て、公安部長を直《じき》に脅したんじゃないのかな」

「で、増尾部長は誰かに土屋君を殺《や》らせたんでしょうか？」

「そうなのかもしれないぞ」

「凶器の革紐には、別所さんの指掌紋が付着してました。真犯人が偽の指紋シールを使って、細工をしたのは間違いないですね」

「おれのロッカーに入ってた超高級腕時計と金の延べ棒にも同じ細工が施《ほどこ》されたこと

を考えると、上野署《うえのしょ》に協力者がいることは間違いないよ」

「誰なんです、別所さんを陥れようとした陰険《いんけん》な人間は？」

「ちょっと怪しんでる奴はいるんだが、まだ軽率なことは言えない。勘が外れてたら、人権問題になるからな」

別所は小杉課長のことを思い浮かべながらも、個人名は口にしなかった。

「怪しんでるのは、生安課の課長なんではありませんか？」

「なんでそう思ったんだ？」

「小杉課長はもっともらしい理由をつけて、ちょくちょく捜査本部にやってくるんですよ。生安課の課長があれほど殺人捜査に関心を示すのは、ちょっと妙だと思ってたんです」

「そうか。日下ちゃん、自分の職務をこなしながらでいいんだが、小杉課長の動きを探《さぐ》ってもらえるかい？」

「了解！　何か動きがあったら、すぐ連絡します」

日下が電話を切った。

別所は刑事用携帯電話を懐に戻し、ラジオのスイッチを入れた。FM放送の音楽番組に耳を傾けながら、辛抱強く張り込みをつづける。

増尾公安部長が通用口から現われたのは、午後六時四十分ごろだった。背広姿で、黒革の鞄《かばん》を提《さ》げている。

増尾は車道に寄り、通りかかったタクシーに乗り込んだ。別所は少し間《ま》を取ってから、増尾を乗せたタクシーを追いはじめた。

タクシーは日比谷交差点を抜け、晴海《はるみ》通りを直進した。築地《つきじ》四丁目交差点を右折し、新大橋《しんおおはし》通りに入った。少し先には老舗《しにせ》の料亭が何軒かある。

増尾は、これから誰かと料亭で会食することになっているのか。別所はカローラでタクシーを尾行しつづけた。

ほどなくタクシーは、料亭『きよ瀬《せ》』の前で停まった。老舗の一つで、黒塀《くろべい》が巡らされている。

別所はタクシーの数十メートル後ろにレンタカーを停止させ、手早くヘッドライトを消した。増尾が『きよ瀬』の敷地の中に入った。タクシーが走り去った。

別所は十分ほど経過してから、レンタカーの運転席から離れた。

老舗料亭の踏み石をたどっていると、玄関から下足番《げそくばん》の男が飛び出してきた。六十代の半《なか》ばで、小柄だった。細身だ。

「どちらさまでしょう？」

「本庁のＳＰです。増尾公安部長の警護に当たっている者ですよ」

別所は、とっさに思いついた嘘を口にした。

「警視総監と副総監にしかSPの方はつかないはずですが……」

「今回は特別なんです。過激派の奴らが公安部長の暗殺を企《くわだ》てているという情報をキャッチしたんで、極秘に護衛してるんですよ。増尾部長も、そのことはご存じないんですがね」

「そうなんですか。また過激派の連中がテロ事件を起こすようになりましたから、警戒されたほうがいいでしょう。首相官邸の一部を爆破した連中が増尾さんの命を狙ってるんですか？」

「それは、まだわかりません。それより部長には、わたしのことは言わないでくださいね。テロリストに命を狙われてると知ったら、パニックに陥るかもしれないんで」

「そのへんは心得てます」

　相手が胸を叩いた。

「部長の会食のお相手は、どなたでしたっけ？」

「しっかりしてください。『グローバル・トレーディング』の河出友成《かわでともなり》社長じゃありませんか」

「ああ、そうでした。昨夜《ゆうべ》の酒がまだ抜けてないのかな」

　別所は笑ってごまかした。『グローバル・トレーディング』は、準大手の軍需商社だ。同社は三年前に防衛省の高官に袖《そで》の下を使ったことが発覚し、次期戦闘機の入札資格を失っている。それ以来、年商は年ごとにダウンしているはずだ。

「『グローバル・トレーディング』の河出社長は、いったい何を考えてるのかね。警視庁の公安部長を何度も接待したって、戦闘機や戦車の受注はできないと思うんだがな」

「増尾公安部長の知り合いに防衛大臣か次官と親しくしてる人物がいるんではないですか？」

「そういうことなら、警視庁の公安部長でも接待するだろうね。かなりの見返りが期待できるからな」

「増尾部長、河出社長からお座敷で札束を受け取ってるんじゃないでしょうね」

「密室での出来事は、誰もうかがい知れませんよ。大物政治家はもちろんのこと、財界人や高級官僚の方は肝心なときは必ず人払いをしますんで」

「そうだろうな」

「どんなにお気に入りの芸者がいても、きまって同席はさせません。ここで働かせてもらってるのに罰当《ばちあ》たりですが、日本の政官財人はたいてい堕落しちゃってますね。利権に群がって、私腹を肥《こ》やそうとしてる輩《やから》ばかりです。この国のために志《こころざし》を持って、汗を流してる者はひとりもいないでしょう」

下足番が言い切った。

「そうなんでしょうね」

「若い人たちは夢を持てなくなって、将来の不安に怯《おび》え、せっせと貯蓄に励んでるんですって？」

「そうらしいですね」

「世も末だな。若い世代がそんなふうじゃ、この国はもう救いようがない。行き過ぎた競争社会が日本人の心を荒廃《こうはい》させたんですよ。確かに金は大事です。でもね、金の亡者《もうじゃ》になってはいけません。そうでしょう？」

「同感ですね」

「わたしはロシア嫌いだが、アメリカももう手本にはできなくなった。それにしても、景気がいっこうによくなってません。わたしにチップをくださるお客さまが少なくなったからね。あっ、いけない！　つい欲の深いことを言ってしまったな」

「話を戻しますが、公安部長は『グローバル・トレーディング』の河出社長の座敷でもてなされた後《あと》、二人で銀座の高級クラブに繰り出してるんですか？」

　別所は話題を転じた。

「いや、いつも増尾さんは呼んでもらったハイヤーで先に帰ってますよ」

「そうですか」

「増尾さんは今夜も九時過ぎには、ハイヤーに乗られるんではないのかな？」

「そんなに早く帰るのか」

「どこかにこれでもいるんでしょ？」

下足番の男が曲がった小指を突き立て、好色そうな笑みを拡《ひろ》げた。

「われわれの俸給は安いんですよ。部長になっても、愛人なんか囲えないと思うがな」

「河出社長がたっぷり小遣いをくれりゃ、女ぐらい囲えるでしょ？　えへへ」

「そうかもしれないな。わたしは所定の場所に戻ります」

別所は体の向きを変え、『きよ瀬』の外に出た。レンタカーの運転席に坐り、増尾を持つ。

黒塗りのハイヤーが料亭の前に横づけされたのは、九時十分過ぎだった。

初老の運転手が運転席から降り、リア・ドアの横に立った。夜目《よめ》にも、布手袋《ぬのてぶくろ》の白さが際立《きわだ》って見える。

数分後、増尾公安部長が門から出てきた。六十五、六歳の恰幅《かっぷく》のいい男と肩を並べている。『グローバル・トレーディング』の河出社長だろう。

別所はカローラのパワーウインドーを下げた。

「河出社長、今夜もすっかりご馳走になってしまって……」

「どういたしまして。増尾さん、例の件をお従兄《いとこ》によろしくお伝えくださいね」

「ええ、必ず伝えます。それでは、ハイヤーを使わせていただきますね。お先に失礼します！」

増尾が黒塗りのセルシオの後部坐席に乗り込んだ。ハイヤードライバーが恭《うやうや》しくリア・ドアを閉め、運転席に回った。

女将《おかみ》らしい五十七、八歳の女性が増尾に深々と礼をした。かたわらの河出は軽く片手を挙げた。

ハイヤーが走りだした。

地を滑るような発進の仕方だった。河出と女将と思われる女性が引っ込んだ。

別所は、カローラのギアをＤ《ドライブ》レンジに入れた。ハイヤーは五、六十メートル先を走行中だった。別所はセルシオを尾《つ》けはじめた。

セルシオは料亭街を抜け、晴海通りに出た。

停止したのは、東京駅のそばにある外資系の高級ホテルだった。

増尾はホテルの玄関口でハイヤーを降り、重厚な回転扉を潜《くぐ》った。別所はレンタカーを車寄せの端に駐《と》め、エントランスロビーに走り入った。

増尾はロビーの奥で、着飾った梅芳《メイファン》と立ち話をしていた。ロビーで待ち合わせをしていたらしい。梅芳《メイファン》が何か増尾に囁《ささや》き、腕を絡《から》めた。増尾がにやついて、梅芳《メイファン》のくびれたウエストに片腕を巻きつけた。

二人は身を寄り添わせ、エスカレーターの昇り口に足を向けた。予約してある部屋で甘やかな時間を共有するのだろう。

増尾と梅芳《メイファン》が同じステップに載《の》った。フロントとエレベーター乗り場は二階にあるようだ。

増尾たち二人が一階と二階の中間あたりまで上昇したとき、エスカレーターの降り口に背の高い男が立ち塞《ふさ》がった。

黒いスポーツキャップを被り、同色のパーカを羽織《はお》っている。

男が無造作にパーカのポケットから拳銃を摑み出し、右腕を前に突き出した。

次の瞬間、銃口炎《マズル・フラッシュ》が小さく瞬《またた》いた。

だが、銃声は轟《とどろ》かなかった。消音型の拳銃らしい。ロシア製のマカロフPbか。

増尾が被弾し、大きくのけ反《ぞ》った。後転しながら、エスカレーターの上を転げ落ちてくる。幸いにも、下には誰もいなかった。

梅芳《メイファン》が悲鳴をあげ、そのまま二階のフロアに上昇していった。増尾を撃った長身の男はいつの間にか、姿が見えなくなっていた。

別所は、エスカレーターの真下のロビーに仰向けに倒れている増尾に駆け寄った。

額の射入孔《しゃにゅうこう》は小さかったが、後頭部は大きく砕《くだ》けている。増尾は両眼を見開いたまま、息絶えていた。

ロビーに居合わせた人々が恐る恐る近づいてきた。ドアマンが駆けてきて、別所に話しかけてきた。

「何があったんです？」

「エスカレーターの途中で撃たれたようだ」

「撃たれたって、銃声なんか聞こえませんでしたよ」

「犯人は消音型拳銃を使ったんだ」

「あなたは、犯人を見たんですね？」

「ああ、背丈《タッパ》のある奴だったよ。キャップを目深《まぶか》に被ってたんで、顔はよく見えなかったんだ。動作は機敏だったから、自衛官崩れかフランス陸軍の外人部隊で傭兵《ようへい》をやってた男かもしれないな。銃器の扱いにも馴《な》れてた」

「そうですか」

「とにかく一一〇番通報したほうがいいな」

別所はドアマンに言って、エスカレーターで二階に上がった。

犯人の姿はどこにも見当たらない。梅芳《メイファン》もいなかった。

ホテルに長く留《とど》まっているわけにはいかない。別所は下《くだ》りのエスカレーターでエントランスロビーに降り、ホテルの外に走り出た。

ロータリーの向こうに、一組のカップルが走っていた。

黒いキャップを被った背の高い男に手を引かれているのは、梅芳《メイファン》だった。どうやら射殺犯と梅芳《メイファン》は共犯関係にあるようだ。

別所はロータリーを走り抜け、ホテルの前の車道に出た。しかし、逃げる男女は掻き消えていた。

別所は舌打ちして、靴の踵《かかと》で路面を打った。

3

間もなく午前零時になる。

だが、三階建てのビルの窓は暗い。梅芳《メイファン》の住まい兼盗品の保管所だ。

別所はレンタカーの中にいた。

捜査車輛が到着する前に増尾が射殺された外資系ホテルを出て、百人町にやってきたのだ。梅芳《メイファン》は警戒して、当分の間、自宅には戻らない気なのか。

それは考えられた。しかし、どこに身を潜めるかは見当もつかない。張り込みつづけるしかなかった。

別所は煙草に火を点けた。

増尾謙作は、なぜ殺されたのか。逃亡中の久住は青戸誠二の話を聞き、美人刑事の麻利子を車で轢き殺したのは増尾自身と確信したのか。証拠も摑んだのかもしれない。

それだから、大柄な射殺犯に増尾の始末を依頼したのではないか。殺し屋は成功報酬さえ見合えば、標的を平然と仕留《しと》めるものだろう。

しかし、梅芳《メイファン》は射殺された増尾公安部長とは他人ではなかったと思われる。どんな理由があって、黒いキャップを被った長身の男を手引きしたのか。

久住から麻利子の死の真相を聞かされ、義憤を覚えたのだろうか。それとも梅芳《メイファン》は久住に以前から思慕《しぼ》を寄せていて、彼に同情して加担する気になったのか。

そうだとしたら、中国生まれの美女は久住と行動を共にしているとも考えられる。二人は汚れた過去と訣別《けつべつ》し、どこかで生き直そうとしているのか。そっとしておいてやりたい気持ちもなくはない。

しかし、自分は盗品を横奪《ど》りしたと疑われ、部下の土屋刑事殺しの濡衣も着せられた。さらに親しくしていた本庁の三木警部まで射殺されてしまった。一連の事件の解明を諦《あきら》めるわけにはいかない。

別所は、短くなったセブンスターを灰皿に突っ込んだ。そのすぐ後、日下刑事から電話がかかってきた。

「増尾部長が撃ち殺されたんですよ、東京駅近くの外資系ホテルで」

「知ってる。増尾謙作は、おれの目の前で撃たれたんだ」

別所は経緯《いきさつ》をつぶさに語った。

「本庁の公安部長が築地の料亭でしばしば軍需商社の接待を受けてた理由は察しがつきます。別所さんに言われて、増尾部長の縁者を調べたら、なんと母方の従兄が防衛省の中平恒栄《なかひらこうえい》副大臣だったんですよ」

「それだから、『グローバル・トレーディング』の河出友成社長は増尾をもてなして、口利きを頼んでたんだな」

「ええ、そうなんでしょう。河出社長が確かに増尾公安部長を殺《や》らせるわけないですね。部長の愛人と思われる梅芳《メイファン》が久住に同情して、美人刑事の仇討《あだう》ちに加勢したんじゃないんですか」

日下が言った。

「こっちもそう筋を読んだんだが、梅芳《メイファン》は強《したた》かに生きてきたようだから、そういう情《じょう》に流されるかどうか」

「おそらく増尾公安部長とは打算だけで繫《つな》がってたんでしょうから、梅芳《メイファン》が久住を好きになったとしたら、部長殺害計画に加担するでしょう」

「そうも思うんだが、久住なら他人の手を借りないで、単独で麻利子の復讐をするような気もするな」

「言われてみれば、そうなのかもしれません。久住は孤高のアウトサイダーで、自分の行動哲学を大事にしてる感じだからな。梅芳《メイファン》の力を借りたいなんて思わないでしようね」

「ああ、多分。そうなってくると、梅芳《メイファン》は別の誰かのために射殺犯を手引きしたんだろう」

「ええ、そうなりますよね。増尾部長が死んだら、『グローバル・トレーディング』の社長は困るわけですから、容疑者とは考えられません。公安部の中に増尾部長と敵対関係にあった者が部長のポストを狙ってて、梅芳《メイファン》を寝盗《ねと》ったんじゃないんですか？　梅芳《メイファン》はその男にのめり込んでたんで、協力する気になったのかもしれませんよ」

「日下ちゃん、公安部に増尾と反目してた者がいるか探《さぐ》ってほしいんだ」

別所は通話を切り上げた。

刑事用携帯電話《ポリスモード》を上着のポケットに戻したとき、撃たれた増尾の姿にテロリストの曽我部の死に顔が重なった。オーバーラップシーンは脳裏にこびりついて離れない。

別所は酒を呷《あお》りたくなった。

しかし、飲んでしまったら、ブレーキが利かなくなる。別所は頭を振って、家族のことを考えはじめた。

新婚時代の妻は初々《ういうい》しかった。目が合っただけで、有賀里ははにかんだ。娘が誕生したときの感動も鮮やかに記憶している。生まれた瞬間の真央は、茹《ゆ》で蛸《だこ》のように赤かった。それでも愛くるしかった。

父親になったことで、別所は責任感と保護者意識を持った。娘の夜泣きにはさんざん悩まされたが、わが子の成長は楽しみだった。育児と家事に追われる妻は愚痴《ぐち》ひとつ零《こぼ》さなかった。夫にも尽《つ》くしてくれた。

妻子の存在が大きな張りになっていることは間違いない。自分の人生を豊かにしてくれた家族を失望させることは罪だ。酒に逃げては、妻と娘を悲しませることになる。当分、アルコールは控えるほかない。

別所はカローラから降り、柔軟体操をはじめた。

うっすらと汗ばむぐらいに筋肉をほぐしているうちに、一年数カ月前の射殺場面は頭から消えていた。酒を欲《ほっ》する気持ちもなくなっていた。

別所はレンタカーの中に戻った。

一台のタクシーが三階建ての建物の前に停まったのは、午前二時近い時刻だった。車から降りたのは楊梅芳《ヤンメイファン》ひとりだけだ。

別所はタクシーが遠ざかってから、そっとカローラから出た。

足音を殺しながら、梅芳《メイファン》の背後に迫る。梅芳《メイファン》はポーチに立って、玄関ドアのロックを外していた。

「騒いだら、撃つぞ」

別所は、梅芳《メイファン》の背にライターの底を押しつけた。

「誰なの？」

「黙って家の中に入れ」

「お金が欲しいの？　だったら、ハンドバッグを渡すわ。財布に三十万円ちょっと入ってる」

「いいから、玄関に入るんだ」

「わかったわ」

梅芳《メイファン》が玄関の三和土《たたき》に入り、照明のスイッチを入れた。彼女は白っぽいパンプスを脱ぎ、玄関マットの上に立った。

別所は土足のまま、玄関ホールに上がった。不作法だが、何が起こるかわからない。不測の事態に備えておく必要があった。

「誰もいないんだな？」

「ええ」

「そっちの寝室はどこにあるんだ？」

「三階よ」

「なら、そこに行こう」

「あなた、わたしを……」

「曲解《きょっかい》するな。そっちを姦《や》ったりしない」

「本当に？　信じてもいいのね」

「ああ」

「それなら、寝室に案内するわ」

梅芳《メイファン》が玄関ホールの奥にある階段を上がりはじめた。別所は彼女の後《あと》に従った。じきに三階に達した。梅芳《メイファン》が先に寝室に入り、電灯を点けた。

十五畳ほどの広さだ。ほぼ中央にダブルベッドが据《す》えられ、ドレッサーやクローゼットが壁際に置いてある。シャワールーム付きの寝室だった。

梅芳《メイファン》がゆっくりと向き直った。

「ピストルは？」

「ベルトの下に差し込んだ。腰の後ろだよ。妙な気を起こしたら、九ミリ弾を浴びせるぞ」

「あなたは何者なの？」

「ベッドに浅く腰かけろ」

別所は命令した。

梅芳《メイファン》が言われた通りにした。ミニスカートから白い腿《もも》が覗いた。なまめかしかった。

「増尾謙作をなぜ殺さなければならなかったんだ？」

「えっ⁉」

「下手な芝居はやめろ。おれは東京駅のそばにある外資系ホテルで、増尾が黒いスポーツキャップを被った背の高い男に撃たれたとこを目撃してるんだ。犯人は消音型拳銃でエスカレーターに乗ってる増尾の額を撃ち抜き、すぐに逃げた。そっちが射殺犯と示し合わせてたにちがいない」

「あなたになら、わたし、抱かれてもいいわ。一緒にシャワーを浴びましょうよ」

「おれを見くびるな。女に手荒なことはしたくないが、場合によっては殴るぞ」

「乱暴なことはしないで」

「さっきの質問に答えるんだっ」

「気を鎮《しず》めて。わたし、男の人に怒鳴《どな》られると、恐怖で体の震えが止まらなくなるの。わたし、以前、歌舞伎町の上海《シャンハイ》クラブの雇われママをやってたんです。増尾さんは、そのときのお客さんだったの」

「そうか」

「お店のオーナーは、上海出身のマフィアの幹部だったの。わたしは、その男の愛人のひとりだったんです。でも、その彼とは別れたいと考えてたの」

「それで、増尾に相談したんだな？」

「ええ、そうです。増尾さんは警視庁の公安部長であることを打ち明けてくれて、店のオーナーと縁を切らせてくれたの。それから、オーバーステイのわたしに正規の外国人登録証まで与えてくれたんです。そういう恩義があるんで、わたし……」

梅芳《メイファン》が言い澱《よど》んだ。

「増尾の愛人になったんだな？」

「ええ、そうなの。でも、増尾さんはわたしに非合法ビジネスをやれと言ったんです」

「中国人の犯罪者を日本人の養子にして、そいつらに日本の古美術品や工芸品をかっぱらわせろと命じられたんだな？」

「あなたがどうしてそんなことまで知ってるの⁉　もしかしたら、警察の方なんですか？」

「おれの身許《みもと》調べはやめろ。そっちは母国から二十一人の盗みのプロを呼び寄せ、日本人と偽装養子縁組をさせた。そいつらは次々に〝蒸発〟して、窃盗団のアジトである池袋の『日中親善クラブ』に集まった。古美術品窃盗団を仕切ってたのは久住、いや、内海敏文と称してる日本人だな？」

「あの先生のことまで知ってたなんて……」

「自称内海も増尾とは腐れ縁だったんだ。彼は長いこと故買ビジネスで汚れた金を作らされ、その大半を増尾謙作に吸い上げられてたようなんだよ」

「その話は、わたしも聞いてます」

「そっちと内海は、増尾に汚れ役を押しつけられてたことを腹立たしく思ってたんじゃないのか？」

「ええ、そうなの。だから、わたしたちは増尾さんを亡《な》き者にして、自由に儲けようということになったんです。わたしはいずれ中国に戻って、いろんな事業をやる気でいるの。その資金を調達したかったんですよ。内海先生は若いころに『日本赤色旅団』の闘士だったとかで、テロ活動資金を工面する必要があったの」

「日本人故買屋は、首相官邸の一部を爆破した『牙の群れ』というテロ集団と関わりがあるのか？」

「内海先生は『牙の群れ』の煽動者《アジテーター》のはずです」

「本当なのか？」

「先生はそのことをわたしに打ち明けて、公安部の裏金づくりに協力するのがばからしくなったと言って、二人で古美術品をシンガポールにいる闇マーケットの中国人元締めに売り捌《さば》いて、儲けを山分けにしようと……」

「その元締めは陳《チャン》という名の華僑だな？」

別所は言った。

「『日中親善クラブ』に押し入って、李《リー》を傷めつけたのはあなたなのね？」

「そうだ」

「いったい何者なんです？」

「そんなことより、増尾を撃ち殺した背の高い男について喋ってもらおうか」

「彼は元陸上自衛隊のレンジャー隊員で、イギリスの傭兵派遣会社《ようへいはけん》の登録兵士として、イラクの紛争地《ふんそうち》で働いた後《あと》、闇ネットで殺人を請《う》け負うようになったみたいです」

「名前は？」

「伊勢谷透《いせやとおる》です。年齢は三十七歳だったと思います。あの殺し屋は、内海先生が見つけてきたんですよ。成功報酬は一千万円だったの。お金は先生が立て替えて払ってくれることになってるんです」

「内海はどこにいる？」

「わかりません」

「そっちが正直に答えたかどうかテストさせてもらう」

「な、何をする気なの⁉」

梅芳《メイファン》が戦《おのの》き、上体を反らせた。別所は上着のポケットからライターを取り出し、炎の調節弁を最大にした。点火し、炎を梅芳《メイファン》の顔面に近づける。

「怖い！　熱いわ。ライターを遠ざけてください」

「もう一度訊《き》く。内海はどこに隠れてる？」

「知りません。本当に知らないんです」

「女性にこんな荒っぽいことはしたくないんだ。正直に答えてくれ」

「わたし、本当に先生の居所は知らないの」

「殺し屋の伊勢谷とは外資系ホテルから一緒に逃げたはずだ。居所を知らないとは言わせないぞ。伊勢谷透はどこにいる？」

「東京駅の前で別々になったんです。だから、彼がどこに行ったのかは知らないの」

梅芳《メイファン》が涙声で言った。

別所はライターの炎を消し、ポケットに収めた。腰を屈《かが》め、梅芳《メイファン》を肩に担《かつ》ぎ上げる。

そのまま、寝室のベランダに出た。

「わたしをどうするの？」

「シラを切り通すなら、ベランダから投げ落とす」

「いやーっ！　やめてちょうだい」

梅芳《メイファン》が全身で暴《あば》れた。

「どうなんだっ」

「わたし、嘘なんかついてません。もう赦《ゆる》してください」

「本当なんだな？」

別所は確かめた。

梅芳《メイファン》が泣きはじめた。嘘泣きではなさそうだ。

別所は寝室に戻り、梅芳《メイファン》をダブルベッドに投げ落とした。ベッドマットが弾み、梅芳《メイファン》の両脚が跳ね上がる。

「怖い思いをさせて悪かった。勘弁してくれ」

「わたし、殺されるかと思ったわ」

「むやみに人殺しなんかしないさ。それはそうと、増尾から土屋という名を聞いたことはないか？」

「土屋？」

「そうだ」

「そういう名前は一度も聞いたことないわ」

「そうか。三木という名は？」

別所は畳みかけた。梅芳《メイファン》が上体を起こし、豊かな髪を両手で搔き上げた。

「その名前は知ってる。警視庁の刑事さんだったんでしょ？」

「ああ、そうだ」

「増尾さんは、その刑事さんにわたしと内海先生がやってる非合法ビジネスを知られたかもしれないと言って、なんだか困った様子だったわ」

「そっちが中国から呼び寄せた男たちのうちの二人が三木警部の自宅マンションに押し入って、デジタルタメラやボイス・レコーダーを持ち去ったようなんだ」

「わたし、そのことは知らないわ」

「増尾は中国人窃盗グループの連中とは顔見知りだったんだろう?」

「ええ。増尾さんがメンバーの誰かにそういうことをさせたのかしら? 多分、そうなんじゃないのかな。増尾さんは三木という刑事さんを生かしておくと、身の破綻だと言ってたから」

「その三木は八王子市の外れの林の中で腐乱死体で見つかったんだが、ワルサーP5で頭部を撃ち抜かれてたんだよ。そっちは同じ型の拳銃を久住、いや、内海に護身用にプレゼントしたな?」

「ええ。増尾さんに頼まれて、ワルサーP5を先生に渡したの。凶徒と同じなら、内海先生が三木という警視庁の刑事さんを射殺した可能性も……」

「三木警部を殺害したのは、内海ではないだろう」

「そうね。多分、伊勢谷透という男が内海さんに頼まれてシュートしたんでしょう」

「そうとは限らないな。殺し屋の犯行じゃないとしたら、増尾自身が三木を射殺して、凶器のワルサーP5をそっち経由で内海にプレゼントした可能性もある」

「増尾さんは警視庁の公安部長だったんですよ。自分で三木という刑事さんを撃ち殺すはずないでしょ?」

「増尾は、そっちと内海に裏ビジネスをやらせてたことを三木に知られてたんだ。身を滅ぼしたくなかったら、人殺しもせざるを得なくなるだろう。増尾は自分が疑われることを避けたくて、内海に凶器をプレゼントしたのかもしれない」

別所は言った。

「先生に濡衣を着せようとしたのね？」

「おそらく、そうなんだろうな。さらに増尾は、傭兵崩れの犯行にも見せかけようと細工したとも考えられる」

「どういうことなの？」

「遺体が発見された現場には、犯人のものと思われるジャングルブーツの痕《あと》が残されてたんだ。そういう靴を履《は》いてる男は、そう多くないからな」

「増尾さんは、三木という刑事さんを殺したのは内海先生と殺し屋の伊勢谷だと見せかけようとしたのね？」

梅芳《メイファン》が言った。

「その可能性はゼロじゃないだろう」

「汚い奴だわ。さんざん内海先生を利用しといて。先生が増尾を殺したくなる気持ちはわかるわ」

「故買屋の旦那は、そんな短絡的な人間じゃないと思うよ」

別所は寝室を出て、階下まで駆け降りた。

ポーチを出たとき、暗がりで人影が揺れた。黒いキャップの男だった。伊勢谷だ。

別所は身構えた。

そのとき、腹部に何かが撃ち込まれた。拳銃弾ではなかった。すぐに全身が痺《しび》れはじめた。どうやら麻酔弾を見舞われたようだ。

別所は立っていられなくなった。

その場に頽《くずお》れた。十数秒後、意識が混濁《こんだく》した。

それから、どれほどの時間が経過したのだろうか。別所は体に冷たさを感じて、我に返った。

両手を後ろ手に縛《しば》られた状態で、水面に仰向けに浮いていた。

川や池ではない。潮の香《か》がする。海の波間を漂っているにちがいなかった。まだ夜は明け切っていない。

沖から波が押し寄せてきた。

別所はうねりに呑《の》まれた。海水をたっぷりと飲まされ、体が沈んでいく。肺が詰まって、息苦しい。

別所は逆ドルフィンキックで体を浮上させた。

しかし、すぐにまた体が海中に引きずり込まれる。別所は背泳ぎの要領で、懸命に水を蹴りつづけた。

場所は見当がつかなかった。

さほど沖合ではなさそうだ。磯を洗う波の音がはっきりと聞き取れる。

なんとか頭を岸辺に向き変えたとき、船外機のエンジン音が近づいてきた。

「おーい、助《たす》けてくれーっ」

別所は大声で叫んだ。

ほどなく小さな船外エンジン付きの黄色いゴムボートが寄ってきた。ボートには、あろうことか久住賢人が乗っていた。止《とど》めを刺しに来たのか。

別所は体を横転させ、顔を海底に向けた。

深く潜りかけたとき、急に体が浮かび上がった。久住に片腕を摑まれ、持ち上げられたようだ。

肺が破裂しそうになったとき、両手首に喰《く》い込んでいたロープが緩《ゆる》んだ。縛《いまし》めがほどけると、別所は立ち泳ぎに切り換えた。

「おれに麻酔弾を撃ち込んだ伊勢谷って奴は、どこにいるんだっ。二人で泳いでる標的を狙い撃ちする気なんだろうが、そうはいかない。おれは逃げ切ってみせる」

「長身の男なら、もう城《じょう》ヶ島《しま》にはいない。そっちを磯から海に投げ込むと、さっさと車で去ったよ」

「あんたが雇った殺し屋じゃないのか⁉」

「なんか勘違いしてるな」

「そっちが梅芳《メイファン》と結託《けったく》して、傭兵崩れの伊勢谷に増尾謙作を射殺させたと疑ってたんだが……」

「わたしは、そんなことさせてない」

「それじゃ、誰が土屋や三木を始末させたんだ？」

「自分で調べるんだね。磯まで二百メートル弱だよ。頑張って泳ぎついてくれ」

久住が舵《かじ》を動かし、エンジンを高く響かせた。船外機付きのゴムボートは波を蹴散《けち》らしながら、みるみる遠のいていった。

別所は混乱した頭で、磯に向かってクロールで泳ぎはじめた。

4

窓から水平線が見える。

ちょうど目の高さだった。油壺《あぶらつぼ》行きの観光船がゆっくりと航行している。沖合には数隻の漁船が浮かんでいた。

別所は湯船に浸《つか》りながら、久住が自分の命を救ってくれた理由を考えていた。

城ヶ島灯台のそばにあるホテルの一室だ。午前八時過ぎである。

磯まで泳いだ別所は岩陰でトランクス一枚になって、海水を吸った衣服を幾度も搾《しぼ》った。濡れた紙幣は水気を切ってから、乾かした。スマートフォンには防水加工が施《ほどこ》されていた。まだ使用可能だ。

別所は生乾きの衣類をまとい、二時間近く磯でじっとしていた。そのうち全身が寒さで震えはじめた。

晴天だった。外気温も低くはない。それでも冷えた体は、いっこうに温《ぬく》もらなかった。ついに別所は耐えられなくなって、このホテルにチェックインしたわけだ。まだ乾き切っていない衣服は、ホテルのクイック・クリーニングに回してあった。

なぜ久住は危険を顧《かえり》みずに、追っ手の刑事に接触する気になったのか。故買ビジネス、偽装養子縁組ビジネス、古美術品窃盗教唆《きょうさ》の確証は握られていないと判断したからなのか。そうとは思えない。

仮にそうだったとしても、久住はリッキーホテルの一室でワルサーP5を発射させている。それだけで銃刀法違反だ。こちらの出方ひとつで、久住は殺人未遂容疑にも問われる。

にもかかわらず、彼は自分を救ってくれた。執念の追跡行をしてきた刑事に敬意を払う気になったのだろうか。

そういう余裕があったとは考えられない。久住は殺された増尾謙作と共謀して数々のダーティー・ビジネスに携わったことは、そのうち認める気でいるのではないか。

しかし、殺人者と疑われることは耐えがたかったのかもしれない。

現に彼は麻利子と土屋の死には関与していないようだ。三木殺害の件でもクロと断定できる材料はない。

増尾謙作は梅芳《メイファン》を介して、久住にワルサーP5を渡している。それは久住を三木殺しの犯人に仕立てようとした意図《いと》があったからなのではないか。

増尾は三木の事件に関与しているばかりではなく、三十三年前に部下の新堀麻利子を車で轢き殺した疑いも濃い。

久住は自分が殺人犯として別所に追われることは、どうしても受け入れがたいと強く思ったのではないか。それだから、別所に生き延びて、一連の事件の真相を暴《あば》いてほしいと願っているのかもしれない。

そう考えれば、久住が自分の命を救ってくれたことは一応、納得できる。

体の芯《しん》が火照《ほて》ってきた。額には汗がにじんでいた。

別所は浴槽から出て、海水でべとついた髪の毛を洗いはじめた。シャンプーを泡立《あわだ》てて、頭皮をごしごしと洗う。

ボディーソープを全身に塗りたくりながら、梅芳《メイファン》との遣《や》り取《と》りを頭の中で反芻《はんすう》しはじめる。

彼女は久住と共謀して、殺し屋の伊勢谷に増尾を射殺させたと明言した。主犯格は久住だという口ぶりでもあった。

それだけではない。梅芳《メイファン》は土屋や三木の事件にも久住が関わっている疑いがあるとも言った。よく考えると、どこか不自然だ。

梅芳《メイファン》は何かを糊塗《こと》したくて、捜査の目を久住に向けさせようとしているのではないか。世話になった増尾謙作を悪者扱いしたことにも何か引っかかる。梅芳《メイファン》は誰かを庇おうとしているのではないか。多分、そうなのだろう。

別所は風呂から上がると、浴衣姿で日下刑事のポリスモードを鳴らした。前夜から今朝の出来事を話す。

「そんなことがあったんですか。久住賢人は、いったい何を考えてるんでしょうね。追っ手の別所さんを救《たす》けるなんて、頭がおかしくなったのかな？」

日下が不思議がった。別所は自分の推測を語った。

「そうか、そういうことなのかもしれませんね。そうだ、別所さんに大事なことを報告しておかないとな。増尾公安部長殺しの事件現場に臨場した本庁機捜の聞き込みによると、犯行時にホテルの裏に上野署《うち》の捜査車輌が停まってたらしいんですよ。生安課に割り当てられたクラウンで、運転席には五十年配の男が乗ってたそうだ」

「そうか。生安課が事件現場付近で聞き込みをしてる事案《じあん》はないはずだがな」

「だとしたら、クラウンに乗ってた人物は伊勢谷という殺し屋が本庁の公安部長をシユートできたかどうか確認する目的でホテルに様子をうかがいに行ったんでしょうね」

「その時間帯、小杉課長は署内にいたんだろうか」

「別所さん、なんでここで生安課の課長の名前が出てくるんですか⁉」

「気のせいかもしれないが、おれは捜査中に小杉課長に尾行されてると感じたことがあるんだよ。それを確認することはできなかったんだがね」

「あっ、小杉課長と言えば……」

「どうしたんだ？」

「梅芳《メイファン》が雇われママをやってた上海クラブに通ってた時期があるらしいんですよ」

「その情報源《ネタモト》は？」

「本庁の根岸警部が部下から、そういう報告を受けたんだそうです。それから数カ月前に小杉課長と土屋君が二人だけで、銀座の高級クラブで飲んでたことがあるらしいんですよ」

「なんだって⁉」

「その店は並木通りにある『ミラージュ』で、ママは『グローバル・トレーディング』の河出社長の愛人だって話でした」

「日下ちゃん、やっと謎が解《と》けたよ」

「えっ？」

「小杉課長は上海クラブに飲みに行ってて、本庁の増尾公安部長がママの梅芳《メイファン》にご執心なのを知り、私生活をじっくり調べてみたんだろう。その結果、小杉は増尾が三十三年前に部下の女刑事を無灯火の車で轢《ひ》き殺して、彼女と相思相愛だった久住賢人に故買ビジネスで公安部の裏金を調達させていた事実を知った」

「それで、小杉課長は部下の土屋君を使って、増尾部長と久住の繋がりを深く探《さぐ》らせた。そして、偽装養子縁組や古美術品強奪のことも嗅ぎ当てたんですね？」

日下が言った。

「そうなんだろう。小杉課長は増尾謙作が久住や梅芳《メイファン》に危《ヤバ》いことをさせてると確信し、土屋に故買屋に揺さぶりをかけさせた。久住は口止め料のつもりで、土屋に小遣いや盗品の一部を渡したんだろう」

「だから、土屋君は金回りがよくなって、ブランド物のスーツを買ったり、フランク・ミュラーの腕時計を嵌《は》めるようになったわけか」

「おそらく、そうなんだろう。しかし、小杉と土屋の間で何かトラブルがあった。推測なんだがね、小杉課長が『グローバル・トレーディング』の河出社長に悪知恵を授《さず》けたことを土屋は覚《さと》って、二人のどちらかを強請《ゆす》ったんだろうな」

「悪知恵って、どんなことが考えられます？」

「河出の会社は受注量が減って頭を抱えてた。本庁の増尾公安部長の母方の従兄の中平恒栄は防衛副大臣の任に就《つ》いてる。だから、河出社長は増尾を接待し、さらに双方にメリットのあるテロ騒ぎを起こそうと提案したんだろうな」

「謎のテロ集団『牙の群れ』を操《あやつ》って首相官邸の一部を爆破させたのは、河出と増尾の二人だったんですか⁉」

「ほぼ間違いないだろう。ずっと鳴りをひそめてた過激派がまた暴《あば》れだせば、本庁公安部の予算は減らされなくなるだろうし、北朝鮮や『アルカイーダ』の暴走を懸念《けねん》するタカ派政治家も出てくるはずだ」

「そうなれば、国の防衛費はアップし、『グローバル・トレーディング』の受注量の増加も期待できるわけですね？」

「そうだよ。河出社長は増尾の従兄の防衛副大臣を抱き込めないかもしれないと考えて、テロ騒ぎを仕組んだんではないかな」

「河出と増尾の利害は一致してたわけですから、何も本庁の公安部長を殺し屋に始末させる必要はないでしょ？」

日下が言った。

「弱みを押さえられてた増尾公安部長は優位に立ちたくて、河出社長に何か無理な要求を突きつけたんじゃないのかな。その条件を呑《の》まなければ、従兄の副大臣には橋渡しはしないと強気に出てね。あるいは、増尾は河出社長の致命的な弱みを握ったのかもしれない」

「『グローバル・トレーディング』の社長は、増尾と同じように過去に殺人でもやってたんでしょうか？」

「具体的なことはわからないが、二人の蜜月《みつげつ》関係は終わりかけたんだろうな」

「殺し屋の伊勢谷を雇ったのが小杉課長だとしたら、河出社長とは何か強い結びつき
があるんでしょうね？」

「そうなんだろう。小杉は河出社長の愛人の店で土屋と飲んでたんだというんだから、
かなり親しいんだと思うよ。日下ちゃん、二人の間柄を調べてもらえるか？」

「いいですよ。小杉課長が偽の指紋シールを使って、別所さんのロッカーにピアジェ
の腕時計と金の延べ棒をこっそり入れた疑いが濃くなってきましたね」

「そうだな。小杉課長は革紐で土屋を絞殺したんだろう」

「土屋君は上司に殺害されちゃったのか。なんか哀《かな》しいな」

「自業自得だよ。土屋も悪いことをしてたんだからな」

別所は感傷的な気分にならなかった。

「そのホテルを出たら、どうする予定なんですか？」

「レンタカーを百人町の路上に停《と》めたままなんで、とりあえず梅芳《メイファン》の塒《ねぐら》に行ってみ
るよ。彼女は、もう逃げただろうがな」

「梅芳《メイファン》はパトロンだった増尾公安部長の目を盗んで、小杉課長とも密会してたんでしょうね。だから、殺し屋を手引きして、増尾の殺害に協力したんでしょう。そうですよね？」

「彼女は泥沼で逞《たくま》しく生きてきた女だ。小杉クラスの男とは親密にならないと思うよ。多分、『グローバル・トレーディング』の河出社長の愛人《レコ》になって、増尾謙作に関する情報を流してたんだろう」

「そうなら、河出が梅芳《メイファン》をどこかに匿《かくま》ってる可能性があるな」

「ああ、考えられるね」

「河出社長を尾《つ》けてみますよ。別所さん、密に連絡をとり合いましょうね」

日下が電話を切った。

別所は坐卓に向かって、備え付けの茶を淹《い》れた。茶菓で空腹感をなだめ、セブンスターをくわえる。

久住は、まだ城ヶ島のどこかにいるのだろうか。それとも、もうどこか遠くに去ってしまったのか。頭の回転の速い男だ。きのう増尾謙作が射殺されたことで、すでに殺しの依頼人に見当をつけているにちがいない。

久住は増尾と梅芳《メイファン》が彼を三木警部殺しの犯人に仕立てようとしたことに勘《と》づいて、複雑に絡まった悪巧《わるだく》みの糸を解きほぐす気になったとも考えられる。

だとしたら、陰謀の絵図を画《か》いた首謀者を突きとめる気になるだろう。それならば、危険だ。久住まで抹殺されてしまう恐れがあった。

別所は久住に借りがある。久住が命を狙われたら、なんとか安全な場所まで退避させてやるべきだろう。

受けた恩義を忘れてはいけない。それが人の道だ。心意気でもある。

畳の上に寝転がって数十分が経《た》ったころ、部屋に朝食が運ばれてきた。

別所は一泊分の保証金をフロントに預けてあったが、衣服のクリーニングが済んだら、ホテルを引き払う予定だと伝えてある。そのせいか、朝食は豪華だった。相模湾で獲《と》れた新鮮な魚介類の刺身、焼き物、地場野菜をふんだんに使った煮物や和《あ》え物が卓上に並べられた。

部屋係の中年女性が下がると、別所はダイナミックに食べはじめた。

どれも美味だったが、とりわけ刺身がうまかった。皿と鉢《はち》は、瞬《また》く間に空になった。

クリーニングされた衣類が届けられたのは、午前十一時過ぎだった。

靴はまだ湿っぽかったが、別所は身繕《みづくろ》いに取りかかった。チェックアウトして、京浜急行三崎口《みさきぐち》駅までタクシーに乗る。

別所は京浜急行品川《しながわ》駅で下車し、タクシーで百人町をめざした。

目的地に着いたのは、午後一時数分前だった。

カローラは駐《と》めた場所にあった。何か車に細工をされた形跡はない。別所はレンタカーの運転席に入って、イグニッションキーを捻《ひね》った。予想通り、三階建てのビルにはまるで人の気配はうかがえなかった。

エンジンが始動したとき、日下から連絡が入った。

「小杉課長は、『グローバル・トレーディング』の河出社長と同じ山梨県大月《おおつき》市の出身でした。農地解放の前まで、小杉課長の祖父は豪農の河出家の小作人《こさくにん》だったんですよ。戦後の民主社会になっても、地主と小作人の上下関係は尾を曳《ひ》いてるとかで、いまでも小杉家は河出家に頭が上がらないそうです」

「そういう関係だったのか」

「捜査班が土屋君の遺族から再聞き込みをしてわかったんですが、小杉課長は生前の故人に、わたしと一緒に依願退職して、『グローバル・トレーディング』に入ろうよと熱心に誘っていたらしいんですよ。そのとき、課長は自分は常務のポストを河出社長に用意してもらってるから、土屋君もスピード出世させてやると言ってたそうです」

「しかし、土屋は小杉課長の誘いを断ったんだな?」

別所は先回りして、そう訊いた。

「ええ、そうらしいんですよ」

「おそらく土屋は、そのときに河出と小杉の弱みをちらつかせて、恐喝を働こうとしたんだろう。だから、小杉に殺《や》られてしまったにちがいない」

「そうなんでしょうね。別所さん、本庁の三木警部は増尾公安部長の雇った殺し屋に消されたかもしれないんでしたよね？」

「実行犯は伊勢谷という傭兵崩れだろうが、殺しの依頼人は射殺された増尾謙作ではなかったんだろう」

「ということは、河出社長か小杉課長のどちらかが伊勢谷を雇ったんですね？」

「ああ、そう考えられるな。三木警部は、ダーティー・ビジネスで公安部の裏金をせっせと溜《た》め込んでた増尾に河出社長が接近して裏取引を持ちかけてたことまで見破ってたんだと思うよ。だから、河出は焦《あせ》って、小杉に三木警部を消してしまえと指示したんだろう」

「小杉課長は久住賢人が三木警部を撃ち殺したと思わせるため、伊勢谷が使った凶器のワルサーＰ５を梅芳《メイファン》経由で……」

「久住に渡したんだろうね」

「河出は救いようのない悪党ですね。それから、小杉課長も。課長は『グローバル・トレーディング』の常務になりたい一心で、部下の土屋君も殺しちゃったんですから、冷血漢そのものです。いくら土屋君に脅迫されてたとしても、自分の部下を殺《や》るなんて人間じゃないですよ」

「欲得に目が眩《くら》んじゃったんだろう。それはそうと、小杉は署にいるのかな？」

「午前中はいたんですが、いまは姿が見えません」

「そう。本庁の根岸の動きを教えてくれ」

「小杉課長の行方を探してるようです。あっ、根岸警部は土屋君殺しに小杉課長が関与してると疑いはじめたようですね」

「そうなんだろう」

「捜査本部《チョウバ》の職務を片づけ次第、河出社長の居所を調べてみます。梅芳《メイファン》の隠れ家《が》を突きとめられるかもしれませんので」

「その前におれが電話で探《さぐ》りを入れてみるよ」

「そうですか」

　日下が電話を切った。別所はいったん通話終了キーを押し、ＮＴＴの電話番号案内係に『グローバル・トレーディング』の本社の代表電話番号を教えてもらった。

　すぐにコールし、電話を社長秘書室に回してもらう。電話口に出たのは男性室長だった。

「わたし、『月刊軍事ジャーナル』の記者の片倉といいます。河出社長に緊急インタビューを申し入れたいんですが、電話を社長室に回していただけますか？」

「あいにく河出社長は社内におりません」

「出先を教えてほしいんです。締切りまで、あまり日数がないんですよ。どこにでも出向きますんで……」

「社長は大事なゲストをもてなすんで、箱根の別荘に四、五日滞在する予定になっています」

「そういうことでしたら、河出社長に直《じか》にお目にかかって、取材の許可をいただきます。別荘の所在地を教えてもらえます？」

「わたしの独断で教えていいものか、困りましたね」

「室長にご迷惑はかけません。インタビュー記事といっても、二頁《ページ》を丸々割《さ》くんです。防衛省の幹部は必ず記事に目を通すはずですから、売り込みのチャンスですよ」

「そうですね」

「室長は、社長賞を貰えるんじゃないかな」

別所は気を惹《ひ》いた。

室長が別荘の所在地を明かした。芦《あし》ノ湖畔《こはん》の三国山《みくにやま》の麓《ふもと》にあるようだ。

別所はカローラを発進させた。河出と梅芳《メイファン》は箱根の別荘にいるのだろう。

山手《やまて》通りに出て、池尻大橋《いけじりおおはし》から玉川通りに入る。駒沢《こまざわ》に差しかかったとき、上着の内ポケットでスマートフォンが震えた。

別所はレンタカーを路肩《ろかた》に寄せ、スマートフォンを摑み出した。発信者は妻の有賀里だった。いつもとは様子が異《こと》なる。

「何があったんだ？」

「真央が、真央が下校途中に誰かに誘拐されたの」

「えっ⁉　で、犯人から何か要求は？」

「ほんの少し前に誘拐犯と名乗る男から、わたしのスマホに電話があったの。着信記録を見たら、公衆電話と表示されてたわ。犯人は男よ。でも、口に何か含んでるようで、声は不明瞭《ふめいりょう》だったの」

「身代金《みのしろきん》はいくらだって？」

「営利目的じゃないんだって言うの。犯人は、あなたに真央を引き取りに来いって伝えろって。どうしても、あなたに会う必要があると言ってたわ」

「で、人質の引き渡し場所は？」

別所は訊いた。

「杉並の善福寺《ぜんぷくじ》公園の池の畔《ほとり》で、午後七時半に待てという指示だったの。あなたひとりで来なかったら、真央は殺すと言われたわ。本庁の特殊捜査班に出動してもらいましょうよ」

「それはまずい。犯人側を刺激したら、真央に危害を加える恐れがあるからな」

「でも、犯人の言いなりになったら、あなたと真央の両方が何かされるかもしれないのよ。わたし、そんなことになったら、とても生きていられないわ」

有賀里の声が掠《かす》れ、語尾が涙でくぐもった。

「少し落ち着くんだ。真央は必ず救出する。たとえ深手《ふかで》を負っても、娘の命は守り抜くよ」

「犯人に心当たりはあるの?」

「ああ。一連の事件の真相を知ったんで、犯人側はおれを誘《おび》き出す気になったんだろう」

「あなたは命を狙われてるの⁉」

「多分ね。しかし、やすやすと殺されやしない。まだ時間があるな。急いで、きみの実家に行く」

別所は通話を打ち切り、カローラを走らせはじめた。

不審者は見当たらない。

怪しい車も目に留《と》まらなかった。

別所は善福寺公園の周《まわ》りを巡《めぐ》り終えた。七時十三分過ぎだった。別所は日下刑事ひとりに娘が誘拐されたことを電話で伝え、妻の実家を出た。日下は人質の受け渡し場所と時刻を何度も訊いた。だが、別所は教えなかった。

犯人側の狙いはわかっていた。自分を葬《ほうむ》る気でいることは明らかだ。

流れ弾が日下に当たってしまう恐れもあった。自分よりも年下の刑事を死なせるわけにはいかない。

別所は園内に足を踏み入れた。

人っ子ひとりいない。ほぼ中央に細長い池がある。

別所は池の畔にたたずんだ。落ち着かない。

セブンスターをたてつづけに二本喫《す》う。少し緊張と不安が薄らいだ。満天の星を仰《あお》ぎながら、深呼吸を繰り返す。ようやく平静さを取り戻すことができた。

やがて、七時半になった。

遊歩道の向こうから誰かが駆けてくる。影はさほど大きくない。娘だった。

「真央、こっちだ。父さんだよ」

別所は娘に走り寄った。真央が全身で抱きついてきた。小刻みに震えている。

「怖かったよ。わたし、ずっと泣き通しだったの」

「ごめんな。もう大丈夫だ」

別所は娘を抱き締めた。そのとき、頭上を風圧に似た衝撃波が疾駆《しっく》していった。銃弾の衝撃波だった。

銃声は耳に届かなかった。サイレンサー付きのピストルで狙われたようだ。

別所は真央を抱きかかえ、繁みの奥に逃げ込んだ。

「お父さん、どうしたの？」

「しーっ！　真央はここに隠れて、じっとしてるんだ。いいね？」

「う、うん。お父さんはどうするの？」

「声を出しちゃ駄目だ」

「ごめんなさい」

真央は、いまにも泣きだしそうだった。

別所は娘を灌木《かんぼく》の中にしゃがませると、遊歩道の反対側の繁みの中に走り入った。わざと低木の枝を鳴らしながら、できるだけ真央から遠ざかる。

足音が迫ってきた。

別所は太い樹木の背後から遊歩道に目をやった。狙撃者は小杉課長だった。右手に拳銃を握っている。

銃身部分が長い。消音型拳銃なのだろう。

銃口に筒状のサイレンサーが装着されているわけではなかった。型《タイプ》は判然としなかったが、ロシア製のマカロフＰｂっぽい。

別所は屈《かが》み込んだ。

足許の石ころを二つ拾い上げ、一つずつ遠くに投げる。

繁みが鳴った。小杉が横に走り、二発連射した。

別所は小さく呻いた。被弾した振りをしたのだ。

小杉が遊歩道から灌木の植わった場所に分け入り、奥に向かった。別所は繁みの中を横に移動した。

小杉が別所に気づいて、また発砲してきた。放たれた弾が小枝を散らし、樹皮を弾《はじ》いた。

別所は逃げると見せかけ、小杉に突進した。

不意を衝《つ》かれた小杉は一瞬、棒立ちになった。

別所は小杉に組みついた。小杉が狼狽《ろうばい》し、銃器で自分のこめかみを撃ち抜く素振りを見せた。

別所は拳銃を奪い取った。やはり、マカロフＰｂだった。

「撃て！　撃ってくれ。生き恥を晒《さら》したくないんだ」

小杉が哀願口調で言った。

「あんたは自分のことしか考えてないんだな。河出に言われて、おれの娘を連れ去ったんだなっ。真央を囮《おとり》にして、おれを殺す気だったんだろうが！　腐った野郎だ」

「………」

「あんたは本庁の増尾公安部長が三十三年前に部下の新堀麻利子を車で轢き殺し、彼女と恋仲だった久住賢人にダーティー・ビジネスをやらせて公安部の裏金を調達してたことを知った。そして、増尾が世話をしてた梅芳《メイファン》を抱き込んで、内通者にした」

「よく調べたな」

「あんたは、『グローバル・トレーディング』の河出社長に増尾の悪事を教えた。河出は増尾の弱みをちらつかせて、公安部長の従兄の防衛副大臣とパイプを繋ごうと画策した。増尾を追い込むだけでは、副大臣に橋渡しはしてもらえない。河出はそう考えて増尾の接待に努め、架空のテロ集団『牙の群れ』に首相官邸の一部を爆破させた。そうだな？」

「そこまで看破《かんぱ》してたのか」

「テロ騒ぎを起こせば、増尾にも河出にもメリットがある。公安部の予算はカットされなくなるだろうし、河出の会社は受注量が増えるだろう」

「なんでもお見通しなんだな。元ＳＰは、殺人捜査には弱いと高を括《くく》ってたんだが……」

「人を舐《な》めるんじゃない。偽装養子縁組ビジネスの内偵捜査を重ねてた本庁組対《そたい》部の三木警部は増尾の不正だけじゃなく、河出やあんたの企《たくら》みまで知った。で、あんたか河出のどちらかが傭兵崩れの伊勢谷に三木を射殺させ、凶器のワルサーＰ５を梅芳《メイファン》経由で久住に贈った。久住を三木殺しの犯人に仕立てたかったんだろうが、ちょいと脇が甘かったな」

「闇サイトで伊勢谷を見つけたのは、このわたしだよ。しかし、三木を始末させたのは河出さんだ」

「あんたは土屋を絞殺しただけなのか？」

別所は確かめた。

「そうだよ。土屋は本庁の三木と同じように何もかも嗅ぎ当てて、河出さんから二億円の口止め料を脅し取ろうとしたんだ」

「だから、あんたは河出のために一肌脱いだわけだ。『グローバル・トレーディング』の常務になりたくてな」

「ああ、そうだ。所轄の生安課長で停年を迎えるんじゃ、冴《さ》えないからな」

「おれに土屋殺しの濡衣を着せようと企んだのは、個人的に三木の行方を追ってたからだなっ」

「その通りだ。三木が調べ上げたことをきみに知られたら、わたしも河出さんもまずいことになるじゃないか」

「梅芳《メイファン》は増尾の愛人でありながら、河出とも情《じょう》を通じてたわけだ？」

「そうだよ。彼女は、のし上がることしか考えてない。利用できる男がいれば、どんな相手にも取り入るさ」

「梅芳《メイファン》は、河出の箱根の別荘に匿《かくま》われてるんだな？　二人は一緒にいるんだろう？」

「ああ、多分ね。別所、わたしを撃ってくれ。おまえはSP時代に曽我部という狙撃犯をひとり射殺してるんだ。人殺し刑事《デカ》なんだから、わたしも平気で殺《や》れるだろうが」

小杉が言って、前に進み出た。

別所はマカロフPbの銃把《グリップ》で、小杉の右の側頭部を撲《う》った。小杉が横倒れに転がって、灌木の枝を何本か折った。

「別所さん、どこにいるんです？　返事をしてください」

遊歩道から日下刑事の声が響いてきた。日下は真央の手をしっかりと握っている。

二人の背後には、本庁捜査一課の根岸警部が立っていた。

「こっちだ。小杉の身柄《ガラ》は押さえた」

別所は大声で応じた。日下、真央、根岸の三人が駆け寄ってきた。

「おたくを土屋刑事殺しの容疑者扱いしてすまなかった。見込み捜査だったんだ。どうか勘弁してくれないか」

根岸がきまり悪そうに言って、深々と頭を下げた。

「一発ぶん殴ってやりたいよ」

「殴ってもかまわない」

「ま、水に流そう。それより、小杉の取り調べをよろしく！　一連の事件は落着しましたよ」

別所は経緯《いきさつ》を語った。根岸警部が無言で小杉を引き起こし、前手錠を打った。

「娘を女房の実家まで送ってやってくれないか。おれは、まだ行かなきゃならない所があるんだ。日下ちゃん、頼むぞ」

「河出の居所がわかったんですね。別所さん、後《あと》は捜査本部に任せてください」

「ちょっとドライブしたくなっただけだよ」

別所は日下にマカロフPbを渡し、遊歩道に走り出た。そのまま公園を出て、路上に駐《と》めたレンタカーに乗り込んだ。

環八《かんぱち》通りに出て、東名高速道路に入る。御殿場《ごてんば》1Cで降り、一般道を走りつづけた。三国山の裾野から林道を五、六百メートル行くと、右手に河出の別荘があった。

アルペンロッジ風の造りで、二階建てだった。

別所は別荘の手前でレンタカーを降り、河出の別荘に忍び寄った。電灯が点いていた。

テラスの前で、二つの人影が縺《もつ》れ合っている。

久住と河出だった。二人の向こうには梅芳《メイファン》が茫然《ぼうぜん》と突っ立っていた。

河出が呻いで、伸び上がった。すぐに膝から崩れ、テラスに倒れた。仰向けだった。

別所はテラスまで走った。河出の心臓部には、両刃のダガーナイフが深々と埋まっていた。

「この男は復讐のチャンスを奪ったんだよ。わたしは、新堀麻利子を車で轢き殺した犯人が増尾謙作と知ってから、ずっと報復のチャンスを狙ってたんだ。だが、河出は先に傭兵崩れの伊勢谷に増尾を始末させてしまった」

久住が忌々《いまいま》しげに言った。

「それだけのことで、河出を殺《や》るなんて……」

「いや、それだけじゃない。河出は、わたしが貧乏してるセクトの元仲間に匿名《とくめい》で送金してることを知って、犯罪絡《がら》みの金だと言い触《ふ》らし、カンパ金を横奪《ど》りしてたんだよ。その金を梅芳《メイファン》のお手当に充《あ》ててたんだ」

「そうだったのか」

「わたし、先生のことは尊敬してたのに、パトロンの河出社長を刺し殺したんだから、恨《うら》みますよ」

梅芳《メイファン》が憎々しげに言った。

その直後、彼女の顔面から鮮血と肉片が飛び散った。被弾した中国人美女は後方に倒れ、それきり微動だにしない。銃声は聞こえなかった。

別所は振り返った。

マカロフPbを手にした伊勢谷が、アプローチの方から歩いてくる。きょうは黒いキャップを被っていない。

「なんだって、梅芳《メイファン》まで……」

久住が驚きの声を洩《も》らした。

「河出さんから梅芳《メイファン》も片づけてくれと言われてたんだよ。もう彼女は利用価値がないと言ってた」

「しかし、もう殺しの依頼人は死んでるんだ」

「おれは律儀《りちぎ》な人間なんだよ。報酬の三百万貰ってるんで、きちんと仕事をしたのさ。おたくの始末も頼まれてたんだ」

伊勢谷が乾いた声で言って、無造作に久住の右の太腿《ふともも》に九ミリ弾を沈めた。久住が短く呻いて、横に転がった。

別所は伊勢谷に跳《と》びかかった。押し倒し、消音型拳銃を奪い取る。

ほとんど同時に、別所は撥《は》ね飛ばされた。マカロフPbが宙《ちゅう》を舞い、植え込みの向こうに落ちた。

伊勢谷が敏捷《びんしょう》に身を起こし、植え込みに走った。別所は右脚を撃たれた久住を背負い、別荘の外に逃《のが》れた。

伊勢谷が猛然と追ってきた。

別所は久住をおぶったまま、林道を突っ走った。銃弾が放たれた。足許に着弾し、土埃が舞い上がった。

「わたしを下《お》ろして、ひとりで逃げてくれ」

久住が耳許で言った。

「あんたには城ヶ島で命を救《たす》けてもらった。借りを返したいんだ」

「古いな。時代遅れの生き方をしてると、損ばかりするよ」

「借りを返したい。それだけですよ」

「わかった。わたしの体を楯《たて》にすればいい」

「もう黙っててほしいな」

別所は久住の言葉を遮《さえぎ》り、雑木林の中に入った。

樹木が多ければ、被弾しにくい。伊勢谷は執拗《しつよう》に追ってくる。鬼気迫る形相《ぎょうそう》だ。

雑木林の先は雑草の繁る丘陵地になっていた。

しかし、もう引き返せない。後ろから銃弾が襲ってくる。このままでは二人とも撃ち倒されてしまう。焦《あせ》りと恐怖が募《つの》った。

丘の外れに、送電線の鉄塔がそびえている。

別所はジグザグに駆け、弾《たま》を避《よ》けた。ほどなく鉄塔の下に達した。

「鉄塔の上に逃れるつもりなのか⁉」

「三十メートルよじ登れば、拳銃の弾道は大きく逸《そ》れる。まず命中はしなくなります」

「無理だよ。わたしを置き去りにして、ひとりで逃げるんだ」

「まだ借りを返してない。おれの胴を両脚で強く挟《はさ》んで、しっかり両手を首の前で組んでてください」

「不器用な男だ。浪花節《なにわぶし》だよ、これでは」

久住が言った。迷惑げな口調ではなかった。むしろ、嬉しげだった。

「あんたの旧友の伝言を伝え忘れてた」

別所は、内海に頼まれたことを喋った。

「そう。あいつと一緒に水産加工の仕事をやるのも悪くないな」

「やれますよ、いつかね」

「服役中に脱走するか」

久住が言って、小さく笑った。

別所は久住を背負い直し、送電線の鉄塔をよじ登りはじめた。

体が重い。思うようには登れなかった。それでも挫《くじ》けなかった。

「二人とも、くたばっちまえ！」

伊勢谷が鉄塔の下から狙い撃ちしてきた。

最初の銃弾は別所の真上の鉄骨に当たり、小さな火花を生んだ。二弾目は、すれすれの所に着弾した。別所は心臓がすぼまるのを自覚した。

「下から伊勢谷が登ってきたぞ。垂直に登ってたら、いまに撃たれる」

背中で、久住が注意を促《うなが》した。

別所は、横に渡された鉄骨に足を掛けた。地上十数メートルだ。まだ安全圏ではない。横に動いて、ふたたび垂直に登りはじめた。

殺し屋は同じように登ってくる。高さ二十五、六メートルに達すると、送電線が風に鳴っていた。

伊勢谷の位置を目で確認するたびに、別所は足が竦《すく》みそうになった。突風に煽《あお》られたら、久住ともども落下してしまうだろう。

「弾《たま》切れらしい。伊勢谷はコマンドナイフを横ぐわえにして、よじ登ってくる」

「どのくらい下にいます？」

「六、七メートル下まで迫《せま》ってる。わたしが伊勢谷を蹴落《けお》としてやろう」

「そんなこと、とても無理ですよ。足首を嚙まれて、ナイフを突き立てられるだけだ」

「それなら、別の方法で……」

「何を考えてるんです？」

「きみとは別の形で知り合いになりたかったね。そうなら、きっと一緒に酒を酌《く》み交わしてたにちがいない」

「久住、いや、久住さん、何かやろうと思ってるんですね。そうなんでしょ？」

「伊勢谷を道連れに地獄に行くよ。ありがとう！」

久住が背から離れた。空中で、彼は伊勢谷に組みついた。

二人の体は、そのまま鉄塔の下まで垂直に落ちていった。地響きが耳を撲つ。

地面に叩きつけられたとき、二つの体は離れた。久住と伊勢谷は身じろぎもしない。

二人とも、もう生きていないだろう。

こんな終り方は予想もしてなかった。久住に、また借りを作ってしまった。誰に借りを返せばいいのか。

別所は途方に暮れながら、鉄塔を下《くだ》りはじめた。

風切り音が一段と高まった。どこか慟哭《どうこく》に似ていた。

本書は二〇一五年三月に廣済堂出版より刊行された『手配犯　逃亡捜査』を改題し、大幅に加筆・修正しました。

本作品はフィクションであり、実在の個人・団体などとは一切関係がありません。

文芸社文庫

冤罪捜査《えんざいそうさ》

二〇一八年六月十五日　初版第一刷発行

著　者　南英男
発行者　瓜谷綱延
発行所　株式会社　文芸社
〒一六〇-〇〇二二
東京都新宿区新宿一-一〇-一
電話　〇三-五三六九-三〇六〇（代表）
〇三-五三六九-二二九九（販売）
印刷所　図書印刷株式会社
装幀者　三村淳

ISBN978-4-286-19919-1